Lapislazuli

Die entdeckten Jahre

Winfried Benkel

Lapislazuli
Die entdeckten Jahre

Ein philosophischer Roman

Bibliografische Information der Deutschen Nationalbibliothek:
Die Deutsche Nationalbibliothek verzeichnet diese Publikation
in der Deutschen Nationalbibliografie; detaillierte bibliografische Daten sind im Internet über
http://dnb.dnb.de abrufbar.

Für meine Enkelkinder

© 2020 Winfried Benkel
Lektorat: Katharina Maier, www.katharina-maier.de
Satz: Katharina Maier
Cover Gestaltung: Bernd Spring, www.berndspring.de
Cover Illustration: atelier varna, Diessenhofen CH

Herstellung und Verlag: BoD – Books on Demand
Norderstedt

ISBN: 978-3-7519-1491-8

Auf langen Stelzen
eilt mein Schatten übers Feld –
Dezembersonne

Der Wanderer und sein Schatten
Sils Maria 2011

Der WANDERER. Und könnte ich dir nicht in aller Geschwindigkeit noch etwas zu Liebe tun? Hast du keinen Wunsch?

DER SCHATTEN. Keinen, außer etwa den Wunsch, welchen der philosophische „Hund" vor dem großen Alexander hatte: gehe mir wenig aus der Sonne, es ist mir zu kalt.

DER WANDERER. Was soll ich tun?

DER SCHATTEN. Tritt unter diese Fichten und schaue dich nach den Bergen um; die Sonne sinkt.

DER WANDERER. – Wo bist du? Wo bist du?

(Friedrich Nietzsche: Der Wanderer und sein Schatten)

X01

14. Juli 2041

„Verrückt", sagt der Taxifahrer mit einem leichten Grinsen, während er mich über die Landstraße chauffiert.

„Ich komme mit dem Taxi von Bismark, bringe Sie von Kläden nach Stendal, weil Sie von dort nach Bismark und wieder zurück nach Kläden laufen wollen. So etwas habe ich in meiner dreiunddreißigjährigen Berufszeit auch noch nicht erlebt. Aber ich bin ja froh, dass Sie mich buchen, denn die Konkurrenz zu den vielen Mobilitätsdiensten und den selbstfahrenden Karossen ist enorm. Erst vor vier Monaten hat es in einem festgelegten Distrikt für hoch und voll automatisiertes Fahren sowie für autonomes Fahren höllisch gekracht. Schuld daran, so munkelt man, war wieder mal ein führerloses Fahrzeug. Und da sagen sie immer, dass das Unfallrisiko der selbstfahrenden Karossen geringer sei als bei den von Menschenhand gesteuerten Autos. Aber so ein Unfall schreckt die Leute nicht ab. Es ist billiger, weil man ein paar Leute einsammelt, die dann mit den noblen Karossen zu ihrem Bestimmungsort gebracht werden. Bei mir jedenfalls werden Sie nicht durch das Gequatsche anderer belästigt. Ich weiß ja: Was der Mensch sich in den Kopf setzt, was er unbedingt haben will, das bekommt er tatsächlich. So auch die Flugtaxis. Da braucht man nur nach oben zu schauen. Bloß komisch. Wenn man ihn nach langem Nachdenken nochmal fragt, dann will er oft nicht das, was er einst wollte. Und nicht selten dauert das Nachdenken Jahrzehnte. Dann kann ein einstiger Vorteil zu einem Nachteil werden oder aber auch ein Nachteil zu einem Vorteil."

Stumm sitze ich neben dem Fahrer und spüre, dass er mir noch viel sagen möchte in den wenigen Minuten, die uns bis zum Ziel verbleiben. Über mein heutiges Vorhaben habe ich ihm bereits mit großer Begeisterung erzählt. Nun aber will ich nur noch dem lauschen, was er auf dem Herzen hat.

„Mein Vater übertrug mir das Taxi-Unternehmen vor dreiunddreißig Jahren, 2008. Damals machte das Autofahren noch Spaß. Zwar ist es heute geräuschloser auf den Straßen, aber sehr voll. Ich durfte meinen Job aufgrund meiner vielen Dienstjahre in diesem Beruf behalten. Mit meinem Gehalt bin ich zufrieden. Aber es ist schon seltsam. Einerseits bekomme ich vom Staat einen Zuschuss, andererseits muss ich einen beträchtlichen Teil meines Gehalts abführen an den ‚Fonds der Lernenden‘, wie all die anderen Verdiener auch. Trotz allem, ich hatte Glück. Ich darf arbeiten und fühle mich sehr frei. Sonst aber hätte ich alle sechs Monate ein Zertifikat vorlegen müssen, mit dem man bestätigt, dass man ein Lernender ist. O weh! Hunderttausende Chauffeure in der Welt haben ihren Job verloren, weil nicht mehr so viel Menschen gebraucht werden, um die Karossen zu steuern. Das ist bitter. Mit den Maschinen ist fast alles automatisiert. Ja, die Kunst des Steuerns besteht heute vor allem darin aufzupassen, dass der Mensch nicht ganz überflüssig wird beim Arbeiten. Das wäre dann das Ende. Die Leute brauchen noch einen kleinen Bereich, in dem ihnen die Maschinen nicht sagen, wie sie entscheiden sollen. Wir brauchen neue Utopien, und man sollte sofort beginnen, sie umzusetzen. Wir brauchen nicht überall die Jäger und Gejagten!"

Da hat er recht, denke ich und mache mir bewusst, dass ich mich auf keinen Fall als Jägerin fühle, auch wenn ich in wenigen Minuten meinen langen Lauf starte. Es ist schon recht warm an diesem Juli-Vormittag. Doch ich bin gut gerüstet, ich brauche nicht viel: ein ärmelloses T-Shirt, Shorts, Socken und gute Laufschuhe. Für die Taxifahrt habe ich mir noch ein zweites, altes, löchriges T-Shirt übergezogen. Das wandert nachher in den Müll. In meinen Händen halte ich lediglich eine kleine Flasche Wasser. Der Taxifahrer hat mich im Blick und ich ihn auch.

„Wenn ich Sie so sehe", sagt er, „bekomme ich den Eindruck einer selbstbewussten und starken Persönlichkeit. So etwas brauchen wir. Sie strahlen Originalität und Tatkraft aus, wenn ich das so unter uns sagen darf. Bravo! Es scheint, als würden Sie mit einer Leichtigkeit gegen den Strom der Zeit schwimmen, eine Zeit, in der man nun die Folgen all des Modernen spürt: die vielen geistigen Hilf- und Obdachlosen. Diese armen Orientierungslosen. Die Frage ist doch: Was wollen wir? Sie aber haben das Zeug, der Gesellschaft zu einer anderen Richtung zu verhelfen. Werden Sie Kybernetikerin! Bitte, werden Sie Kybernetikerin! Wir brauchen dringend solche Steuerfrauen wie Sie. Werfen Sie das Steuer rum!"

Das sitzt, was der Taxifahrer da äußert, nach nur zehn Minuten unserer Bekanntschaft. Ich überlege kurz, ob es echt gemeint ist und nur mir gilt. Oder ist es eine Beweihräucherung, die er in seiner seelischen Bedrängnis vielleicht schon hundert oder tausend Mal von sich gegeben hat?

Der Herr neben mir am Steuer wirkt nach seinem Statement deutlich erleichtert. Offenbar würde er das Rad der Geschichte gerne um dreißig Jahre zurückdrehen. Nun aber zählt er zu derjenigen Generation, die weit mehr hinter sich hat als vor sich. Ich schätze, dass er fast dreimal so alt ist wie ich. Na klar, in dem Alter muss er nicht unbedingt wissen, was bei den jungen Menschen alles abgeht. Denn ich bin nichts Besonderes. Menschen mit ähnlichen Ansichten wie den meinen gibt es mittlerweile Hunderttausende in der Mitte Europas. Und es werden immer mehr.

Ich lasse mich in Stendal am Winckelmannplatz absetzen und wünsche dem Fahrer nach dem Bezahlen noch alles Gute. Gleich neben mir, wo eben das Taxi hielt, steht eine Bank, auf der ich Platz nehme. Noch einmal sortiere ich meine Gedanken: „Warum will ich, die einundzwanzigjährige Brit, ausgerechnet hier, in der mir bisher unvertrauten Altmark, einen neuen Lebensabschnitt lostreten? Noch vor einem Jahr war doch mein weiteres Leben völlig anders geplant ..."

Wieder spüre ich, wie jeder noch so kleine Zweifel an meiner felsenfesten Entschlossenheit für den neuen Weg abrutscht. Es sind drei Quellen, aus denen ich eine unvorstellbare Kraft schöpfe: Winckelmann, Flors Vater und Flor. Ich bin berauscht von dem Gedanken, dass diese drei Quellen nun in mir zu einem gewaltigen Strom werden. Und alles begann vor fast einem Jahr mit meinem unglaublichen Fund. Aber darüber später mehr! Das Buch „Traum der ewigen Schönheit" über Winckelmann war dann das i-Tüpfelchen für die Korrektur meines Lebensweges.

Aus meiner Gürteltasche ziehe ich einen Zettel, auf dem ich grob skizziert habe, über welche Straßen ich hier laufen muss. Den weiteren Weg weisen mir ja die Verkehrsschilder übers Land. Außerdem stecken in meinem Täschchen noch eine Kreditkarte, ein kleines Notizheft und ein Stift. Eigentlich trage ich den Laufgürtel nur, um diese wichtigen Utensilien bei mir zu haben. Ein Wearable, also ein tragbares Computersystem am Körper oder in der Kleidung integriert, habe ich nicht, auch kein Handy. Unter meinen Gleichgesinnten gilt es als cool, auf längeren Strecken netzunabhängig unterwegs zu sein. Man ist stolz, ein bisschen „gefährlicher" zu leben, und lässt das hin und wieder andere auch wissen. Gleichzeitig üben wir mit dieser Unerreichbarkeit noch mehr Gelassenheit. Dennoch haben wir eine erreichbare Telefon-Nummer bei uns, vor allem, wenn wir länger und allein unterwegs sind.

Ich stehe auf und gehe ein paar Schritte bis zum Winckelmann-Denkmal. Da steht er nun vor mir, riesig, hoch oben auf einem Sockel. Das also ist er, der berühmte Archäologe und Bibliothekar, der hier das Licht der Welt erblickte.

Ich schaue hoch zu ihm und denke: „Wenn du wüsstest, wie du mein Leben in diesem Jahr umgekrempelt hast! Deinetwegen zog ich meine Einschreibung für ein Geologie-Studium an der TU Bergakademie Freiberg zurück. Ich hatte mir diesen Studienort in der Nähe des Elbsandsteingebirges ganz bewusst ausgesucht. Seit vielen Jahren kam für mich kein anderes Studium in Frage. Leidenschaftlich sammle ich seit meiner Kindheit Mineralien, Fossilien und Steine. Steine sind meine Welt! Auch das Phänomen der Vulkane fasziniert mich bis heute. Doch dann tauchst du ganz plötzlich in meiner Gedankenwelt auf, und ich schmeiße meine Pläne über den Haufen. Du bist die Initialzündung für meinen Entschluss: Ich will Klassische Archäologie studieren."

Das stumme Selbstgespräch hier ist Balsam für meine Seele. Doch jetzt geht's los. Ich ziehe mir das alte T-Shirt vom Leib, als wäre es eine Haut, werfe es in einen Abfallbehälter und laufe los.

Mit einem kleinen Umweg über die Brauhausstraße führt mein Weg über die Uenglinger Straße zum Stadtausgang. Ab hier geht es von Dorf zu Dorf bis nach Bismark. Schneller als gedacht lande ich im dritten Ort, Steinfeld. Er ist wie ausgestorben. Lediglich in einem kleinen Haus schaut eine alte Frau aus dem Fenster. Offensichtlich staunt sie über mein ungewöhnliches Outfit. Ich laufe vorbei und kehre nach einigen Metern wieder um. Die Frau könnte vielleicht meine Wasserflasche auffüllen. Angekommen an ihrem Fenster trage ich freundlich meine Bitte vor, mit der leeren Flasche in der Hand.

„Na, gerne", sagt sie und kommt kurze Zeit später mit der aufgefüllten Flasche zurück. Sie meint, dass ich heute erst die zweite Person sei, die sie ohne Fahrzeug an ihrem Fenster vorbeikommen sehe. Wir tauschen noch ein paar Worte und ich laufe gezielt zum Schützenplatz. Dort lege ich eine geplante längere Pause ein und betrachte in Ruhe die Steine des Hünengrabes.

Ich rätsle. Beim Anblick der großen Steine kann ich mir gut vorstellen, dass die Menschen früher glaubten, sie könnten nur von Riesen beziehungsweise Hünen bewegt worden sein. Daher der Begriff Hünengrab. Genauer gesagt handelt es sich bei dieser Anlage um ein Großsteingrab. Es ist eines der größten Megalithgräber der Altmark. Also, schon seit tausenden Jahren dienen Steine dem Gedenken der Toten.

Ich setze mich auf einen der Steine und sinniere darüber nach, wie viele Funktionen sie doch haben. In Gedanken führe ich einige Funktionen auf und meine Aufzählung endet bei den Grenzsteinen, Gerichtssteinen und Grabsteinen. An manchen Grabsteinen sind schon seit Jahren QR-Codes angebracht, die man mit einem Mobiltelefon scannen kann. Man erfährt dann sofort viel über den Verstorbenen und sieht vielleicht auch ein Bild von ihm.

Doch Grabsteine gibt es immer weniger. Mir kommt in den Sinn, dass Grabsteine unseres Jahrhunderts vielleicht die letzten Zeitzeugen von Profilen sein werden, die in Stein geschlagen sind. Profile der Toten sowie der lebenden Menschen haben ihre Existenz ansonsten längst im Internet. Allerdings ist Vorsicht geboten, denn ein Profil könnte gefälscht sein, was auf einem Grabstein weniger wahrscheinlich als in der digitalen Welt ist.

Aus meiner Sicht sind Personennamen für die Identität der Menschen heute weniger von Bedeutung als früher. Jemanden identifizieren kann unter anderem das Internet inzwischen schon viel besser, ganz ohne die entsprechenden beglaubigten Dokumente mit den Personennamen.

Internet ist überall. Ich kenne es nicht anders. Internet ist allgegenwärtig.

Vielleicht wird wegen dieser Fremdbestimmung die scheinbare Selbstbestimmung immer mehr herausgehängt. Seit letztem Jahr dürfen alle Menschen mit unserer Staatsbürgerschaft selbst entscheiden, ob sie ihren Vornamen behalten oder auswechseln möchten. Diese neue Möglichkeit ergab eine Abstimmung der Bürger für mehr Selbstbestimmung. Allerdings gibt es dafür eine klare Bedingung: Abgesehen von Pseudonymen kann man den neuen Vornamen des Realnamens ohne Grund nur einmalig und nur im Zeitraum vom 21. bis zum 25. Geburtstag annehmen.

Derzeit ist Mode, bei neuen Vornamen je eine Silbe aus dem Vornamen des Vaters und der Mutter zu übernehmen. In aktuellen Berichten heißt es, dass sich viele von uns jungen Menschen bei diesem anspruchsvollen Puzzle ereifern. Einigen ist die Wortakrobatik sehr wichtig, weil sie damit ihre Verbundenheit zu Vater und Mutter zum Ausdruck bringen wollen, ohne dass es gleich offenkundig wird.

Auch ich werde in etwa drei Monaten einen neuen Vornamen annehmen. Welchen, das verrate ich später.

Jetzt wird es mir aber doch zu unbequem auf dem harten Stein. Ich stehe auf und gehe zu den davorstehenden Bänken. Während ich mich so umschaue, geht mir durch den Kopf, dass einst der junge Winckelmann bestimmt auch diese Gegend hier durchstöberte.

In den vergangenen Wochen las ich einiges über die Altmark. Ein Buch handelte von der Welt der Sagen in dieser Region. Jetzt aber bin ich eigentlich hier, um an dieser markanten Stelle die Einleitung für das gefundene Manuskript zu schreiben, das für mich der größte Schatz ist, den ich in meinem bisherigen Leben geborgen habe. Man wird es nicht glauben, dass alles, was darin festgehalten ist, sich tatsächlich zugetragen hat. Auch ich konnte es nicht fassen. Aber heute, nach fast einem Jahr unzähliger Recherchen und einem sehr aufregenden Puzzle, glaube ich, dass alles in dem Manuskript der Realität entspricht. Ich bin berauscht. Nun aber versuche ich mich erst mal in aller Ruhe an einer Einleitung:

Lieber Leser,

dieses unvollendete Manuskript, das ich vor fast einem Jahr entdeckte, sollte eigentlich für sich allein stehen. Da es aber nach vielen Seiten abrupt abgebrochen wurde, sah ich mich als Betroffene doch dazu veranlasst, noch recht Aufschlussreiches zu ergänzen. Und das habe ich mit großer Begeisterung getan.

Es wäre schade, wenn Du den Text schon nach wenigen gelesenen Seiten in die Tonne schmeißt, weil Deine Geduld auf zu schwachen Beinen steht. Aber das Recht dazu hast Du natürlich, wie jeder andere auch. Ich weiß nicht, wie viel der kostbaren Zeit der Leser sich heutzutage noch gönnt, um einer möglichen Enttäuschung zu entgehen, weil er im Lesestoff nicht rasch genug das findet, was er erwartet.

Erwarte erst mal nichts! Oft versteht man erst am Ende den Anfang und brennt dann darauf, unbedingt alles noch einmal mit anderen Augen zu lesen. Spätestens dann erkennst Du mit Vergnügen, wie alles wurde, was es am Ende ist.

Auch wenn der Schreiber dieses unvollendeten Manuskripts weit davon entfernt ist, ein professioneller Schriftsteller zu sein, so kann doch gerade durch das Fehlen ausgebuffter und eleganter Formulierungen, die so leicht von der Hand gehen, viel nachhaltiger das Natürliche des Stoffes transportiert werden. Also, sei es, wie es sei. Mache Dir ein Bild! Vor allem aber sollst Du erfahren, wieso ich jetzt mein großes Glück gefunden habe, obwohl es vor mir ein großes Unglück gab.

X02

Ende Juli 2041

Nassgeschwitzt und verstört wache ich auf. Eben noch war ich eine Riesin und Flor auch. Ich wohnte in Kläden und Riesin Flor in Steinfeld. Einmal am Tag aßen wir gemeinsam in Kläden, und das in größter Zufriedenheit. Dafür bereitete ich den Backofen vor, und wenn er heiß genug war, schlug ich kurz mit einem Stein gegen den Backtrog. Das war dann das Signal für Riesin Flor, mit dem Teig zu mir zu kommen. Diese Verständigung über die große Entfernung funktionierte wunderbar. Und überhaupt verstanden wir uns bestens.

Eines Tages tauchten in meiner Umgebung drei junge Halbriesen auf. Ich hörte nur, wie einer von ihnen sagte: „Oh, ein Riese."

Dann eilten sie fort. Das enttäuschte mich nicht nur, weil sie Angst vor mir hatten. Ich erzürnte mich, weil einer von ihnen mich als Riese bezeichnet hatte und nicht als Riesin. In meiner Erregung nahm ich einen Stein und schlug mit aller Wucht auf eine Fliege, die sich auf meinen Backtrog gesetzt hatte. Die Fliege entkam, doch der Schall bedeutete für Riesin Flor, sich mit dem Teig auf den Weg zu machen. Noch hatte sie aber nicht alles fertig und geriet in Stress. Als sie dann zu mir eilte und sah, dass der Ofen noch nicht heiß war, fühlte sie sich von mir getäuscht. Verärgert zog sie wieder ab. Mich wiederum brachte ihre böswillige Haltung völlig aus der Fassung. Ich war frustriert. Und so passierte es, dass wir uns, als Riesin Flor wieder in Steinfeld war, über die weiten Felder hinweg mit Steinen bewarfen. Zuerst mit kleinen und dann mit immer größeren. In meiner furchtbaren Angst, dass es eine von uns treffen könnte, wachte ich auf und dachte: „Bloß gut, dass das alles nicht wahr ist!"

Flor lernte ich vor einem dreiviertel Jahr kennen. Sie ist ein Jahr älter als ich, wuchs in Köln auf und zog noch vor ihrer Einschulung mit ihrer Familie in die Schweiz.

Schon auf den ersten Blick waren wir uns sympathisch. Nur ihr habe ich das gefundene Manuskript zum Lesen gegeben. Vor zwei Monaten radelten wir mehrere Tage durch Bayern und staunten über das schöne Bundesland. Obwohl ich bei Karlsruhe großgeworden bin, war ich erst einmal zuvor in Bayern, und das vor vielen Jahren. Meistens hatte ich mit meinen Eltern Urlaub in Frankreich gemacht. Ich liebe Frankreich.

Aufgrund meiner guten Sprachkenntnisse in Französisch und Englisch fällt es mir sehr leicht, im Ausland Kontakte zu knüpfen. Auch in Latein bin ich fit. Nebenbei lerne ich jetzt Griechisch.

Auf unserer Radtour machten Flor und ich uns mit einigen bayerischen Orten vertraut. Größere Pausen legten wir unter anderem in Andechs, Altötting und Freising ein. Am Alten Gefängnis in Freising lasen wir in einer kleinen Broschüre etwas über die Stadtgeschichte. Dann ließen wir uns ein wenig über den ersten Bischof dieser Stadt aus. Einer Sage nach bürdete er, als Freising noch im ungeteilten Frankenreich lag, auf seinem Pilgerweg nach Rom einem Bären sein Gepäck auf. Das war die Strafe dafür, dass der Bär zuvor sein Lasttier gerissen hatte.

Dann kamen wir aufs Bier zu sprechen, das hier mit der Braustätte in Weihenstephan eine langjährige Tradition verzeichnen kann. Über die Zeit der Hexenverfolgung sprachen wir auch noch, danach endete unser historischer Rückblick.

Wir schnappten unsere bepackten Drahtesel und schoben sie den Domberg hinauf. Flor meinte beim Schieben, sie würde nun all ihr Vertrauen in die Handbremsen ihres Fahrrads setzen. Ich schmunzelte und sah, wie gut gelaunt und zuversichtlich sie war. Oben am Dom angekommen, sagte Flor im Spaß, dass sie lieber hundert Bilder malen würde, als einen bepackten Drahtesel den Berg hochzuschieben. Wir stellten unsere Räder ab und hatten einen wunderbaren Ausblick auf das Freisinger Umland.

Flor machte den Vorschlag, die Annahme unserer neuen Vornamen mit einem kleinen Fest zu verbinden. Ich war von ihrer Idee sehr angetan und willigte freudig ein. Nach einer Weile verkündete Flor, dass sie gerade eine Idee für ein Event habe, welches sie während meines geplanten Besuchs bei ihr arrangieren wolle. Und zwar ein „Gastmahl für die Musen" mit einem anspruchsvollen Begleitprogramm. Dazu würde sie auch einige Freundinnen und Freunde einladen. Im Gegensatz zum „Saufgelage" der alten Griechen werde sie aber ganz auf Bio-freundliche Speisen, Wasser und Kaffee setzen, allerdings nebenbei auch auf Wein. Ihr gehe es vor allem um den Hunger des kreativen Geistes.

Aber das Thema, über das die Griechen damals philosophierten, reize sie schon sehr. Flor hatte sich gedacht, dass sie zur Erheiterung der Gäste zwei Kabarettisten einladen würde, die zum Thema „Die Kunst der Liebe in der Mitte unseres Jahrhunderts" sprechen würden. Für die musikalische Unterhaltung sollten drei Männer sorgen: ein Flötenspieler, ein Klarinettist und ein Saxophon-Spieler.

Ich war begeistert von ihrer originellen Idee und staunte, auf welche Einfälle Flor immer wieder so spontan kam.

Auch meinte sie, dass sie mir bei der Suche nach einem neuen Studienplatz und bei der Beschaffung von Wohnraum helfen würde. Flor stammt aus einem gutbetuchten Haus. Geldsorgen kennt sie nicht. Ihre Ferien verbringt sie oft in Italien. Ihre Eltern haben ein Landhaus in der Toskana. Flor liebt diese idyllische Landschaft, die mit dem Duft ihrer Kräuter, den Zypressen und Pinienalleen all ihre Sinne weckt. Und sie schwärmt von der mediterranen Küche, besonders von der Frucht der echten Ölbäume, den Oliven. Regelmäßig zieht es sie nach Florenz und immer wieder macht sie Ausflüge nach Rom.

Flor stellt sehr hohe geistige Anforderungen an sich, besonders im künstlerischen Bereich. Aus meiner Sicht ist sie schon jetzt eine besondere Künstlerin. Ihre Portraitmalerei und ihr Klavierspiel versetzen mich immer wieder in Staunen. Sie sagt, dass sie besonders bestimmte Strömungen des 18. Jahrhunderts in der Malerei und Musik beeindrucken. Auf unserer Radtour scherzte sie:

„Ich bin leider dreihundert Jahre zu spät auf die Welt gekommen."

Worauf ich sagte: „Gott sei Dank."

Flor ist überaus fleißig. Ihr Eifer kennt zuweilen keine Grenzen. Ich könnte denken, ihr Tag hat dreißig Stunden.

X03

Anfang August 2041

Seit drei Wochen bin ich von meiner Reise in die Altmark schon wieder zurück zu Hause. Ich fühle mich
gestärkt und überhaupt, ich bin glücklich, ein Kind
dieser Zeit zu sein. Endlich neigen sich die verrück-
ten Technik-Jahre ihrem Ende zu. Es weht ein frischer
Wind im Land. Vorbei ist der kurzfristige Optimierungs-
wahn. Der Gedanke der Nachhaltigkeit bestimmt das
Denken vieler Menschen. Und es scheint, als würde
nun eine Zeit anbrechen, die so lebenswert ist wie lange
nicht mehr.

Für meinen neuen Lebensweg habe ich einige Schritte
unternommen. Außerdem habe ich mich mit verschiedenen Bewegungen meines Vereins „L-P-G Neuer Weg"
vertraut gemacht, in dem für fast dreihunderttausend
Mitglieder spezielle Aktivitäten koordiniert werden. Die
Gleichgesinnten in unserem Verein lieben das Einfache.
Wir sind gegen die permanente Erreichbarkeit und die
nerventötenden Selbstdarstellungen. Außerdem unterstützen wir die vielen Wanderbewegungen, die es inzwischen gibt. Ja, auch das schreibt sich der Verein auf
die Fahnen; ich selbst gehöre allerdings nicht gerade zu
den Wanderfreundlichen.

L-P-G steht für eine Ausrichtung, deren Schwerpunkte
man grob mit zwölf Schlagwörtern umreißen kann:

L: Lachen, Liebe, lyrisch, Liberté und leise
P: Planet, Power, Peace und Pause
G: Gleichgewicht, Gefühl, Gewissen

Eine Aktion des Vereins für das nächste Halbjahr lautet: „Bitte unterbreite Vorschläge, was man deiner Meinung nach vom ‚Auslaufmodell der romantischen Liebe' noch reaktivieren kann."

Heute bin ich besonders happy. Vorhin erhielt ich eine Briefsendung im DIN-A4-Format. Sie ist von Flor. Sie schickte mir acht Karikaturen, fünf davon nur über mich. Überwiegend sind sie auf unserer Radtour entstanden. Ich habe mich gebogen vor Lachen.

Auf einer Karikatur sieht man, wie Flor und ich auf einem Karren knien, der von einem Bären den Berg hochgezogen wird. Wir knien vor unserem Gepäck und halten gemeinsam siegesbewusst einen langen Stock in die Luft, an dessen oberen Ende ein Wimpel flattert. Er trägt in großen Lettern die Aufschrift „Auf-Ladung".

Die Karikatur erinnert mich sofort an ein Bild, auf dem Lou Andreas-Salomé mit einer Peitsche in der Hand auf einem Karren kniet, der von Nietzsche und Rée anstelle von Pferden gezogen wird. Flor zeigte mir einmal dieses Bild, das 1882 in Luzern entstand. Sie ist fasziniert von außergewöhnlichen und geistreichen Frauen der letzten Jahrhunderte und sagte mir, dass sie einiges über Lou Andreas-Salomé gelesen habe, die vor hundertfünfzig Jahren an der Universität Zürich Vorlesungen hörte.

Ich bin ein Fan von Flors Karikaturen, da ich durch sie ihren Reichtum an Witz und Humor erlebe, den sie so treffend und schön verbal wohl kaum äußern könnte. Ist es nicht sehr reizvoll für einen Karikierten zu erfahren, wie man von einer anderen Person gesehen wird? Und überhaupt, wer wollte nicht gesehen werden? Mich jedoch interessiert jetzt vor allem, wie Flor mich sieht oder sehen will.

Das Lustige beim Malen ist auch die Verfremdung! Personenfotos reizen mich kaum noch und schon gar nicht die Selfies, diese peinlichen Ego-Momente der Menschen, wie sie früher jahrelang Mode waren. Aber im Grunde genommen unterscheiden sich die Selfies mit ihren wichtigsten Selfie-Filtern für große Augen, kleine Nase, verdeckte Pickel und so weiter gar nicht so sehr von der Porträtmalerei. Doch der wesentliche Unterschied ist: Hier liegt es letztendlich an der Gabe und Macht der Maler, in welchem Licht ihre Porträtierten erscheinen.

Auf einem beigelegten Blatt schrieb mir Flor:

Zürich, 29. Juli 2041

Liebe Brit,

heute schon Sauerkraut geradelt? Ich hoffe, Du hast was zu lachen, wenn Du die Karikaturen siehst. Es hat Spaß gemacht! Irgendwann, wenn ich im Malen besser bin, möchte ich von Dir ein Portrait in Öl anfertigen. Einverstanden?

Hier, in meiner neuen Heimat, nutze ich des Öfteren Gelegenheiten, unbeobachtet Personen in ihrem Alltag zu skizzieren. Auch wenn es mir nicht gelingt, den hiesigen Dialekt anzunehmen, so habe ich doch Freude daran, besondere Verhaltensweisen der Menschen zeichnerisch festzuhalten. Beim Zeichnen verstehe ich meine Umwelt.

Neulich lieh mir eine Freundin ein Fastnachtsbuch „... und das böggenwerck solt abgeschafft syn: Zürcher Fasnacht - Sakkaden - 1489 bis 1999". Die Erzählungen darin über diesen Brauch mit den wechselnden Traditionen sind sehr interessant. Dazu gibt es viele ausdrucksstarke Skizzen verschiedener Gesichter und Figuren in ihrem fastnächtlichen Treiben. Fein, obwohl ich nicht wirklich zu den Fans der Fastnacht gehöre.

Gestern, am 28. Juli, dem 291. Todestag von Johann Sebastian Bach, hörte ich mir sein Oster-Oratorium an, grandios! Im Adagio dazu heißt es: „Kommt, eilet und laufet, ihr flüchtigen Füße, erreichet die Höhle, die Jesum bedeckt!"

Ist das nicht schön gesagt? Jedenfalls musste ich bei dieser Stelle an Deinen langen Lauf denken und die geplante Pause beim Hünengrab in Steinfeld. Ich bewundere Deine Energie!

Hoffentlich verlief alles nach Deinen Vorstellungen. Ich glaube, es war recht warm an diesen Tagen. Und, hast Du noch ein paar Spuren von Winckelmann entdeckt? Bestimmt! Aber pass auf, dass Du nicht weniger findest als Deine Fantasie ersehnt! Spaß, Fantasie ist enorm wichtig! Ohne sie sind wir arme Geschöpfe!

Es ist schon seltsam: Du begeisterst Dich so sehr für Winckelmann, ich schwärme von Angelika Kauffmann. Da könnte man denken, es gab eine Chance für den

Zufall, dass wir uns begegneten. Nun aber wissen wir, es ist weit mehr!

Stell Dir mal vor, als Angelika K. den Winckelmann malte, war sie noch jünger als ich! Die Frau ist genial!

Doch wie kann man nur „Kauff-Mann" heißen (Lachen!!). Weißt Du, dass in drei Monaten ihr 300. Geburtstag ist? Das werden wir gehörig feiern, wenn Du nach Zürich kommst. Ich werde Dir dann auch ihr Gemälde von Winckelmann im Kunsthaus zeigen.

So, jetzt muss ich aber weiterarbeiten, es ist schon 23:30 Uhr. Komm gut voran!

Es liebt Dich,
Deine Flor

Ich freue mich auf die Herausforderungen der kommenden Zeit und lege den Brief von Flor mit den Karikaturen in meinen Schreibtisch. Dann hole ich aus dem darunterliegenden Fach das gefundene Manuskript heraus und lege es auf den Tisch. Dieses handbeschriebene Papier ist für mich etwas ganz Besonderes, ein heiliges Schriftstück. Es ist, als würde ein Baum mit einem Mal viele Blätter ausschlagen, weil er seine Wurzeln stärker als je zuvor spürt.

Ich rücke meinen Stuhl zurecht, schlage das erste Blatt auf und schwebe, wie Stephan Zweig es so schön sagt, in die Welt von Gestern:

Das Manuskript

X04

Tami ist die Einzige in der Familie, die wieder Kontakt zum Vater aufgenommen hat. Das war nicht einfach und für ihre Familie schwer nachzuvollziehen. Doch sie will nun nach über einem Jahr zum dritten Mal zu ihm in den Norden fahren, wo er mit seiner neuen Familie lebt.

Dieses Mal ist Tami ganz allein mit ihrem Vater. Seine Partnerin ist mit den beiden Kindern aus ihrer früheren Beziehung für vier Tage zu Verwandten gefahren, damit der Vater am verlängerten Wochenende viel Zeit mit seiner Tochter verbringen kann. Tami hat die neue Familie ihres Vaters früher schon kennengelernt.

Wie zuvor übernachtet sie auf der Couch im Arbeitszimmer des Vaters. Zum ersten Mal spürt sie, dass sich ihr Verhältnis zu ihm deutlich entspannt. Das tut ihr gut, denn ihr liegt einiges auf dem Herzen, das sie loswerden möchte. Und so erzählt sie ihm mit Sympathie von den Marotten ihrer Brüder. Außerdem bringt sie die hohe Achtung zum Ausdruck, die sie vor ihrer Mutter hat. Doch diesbezüglich hält sie sich mit Worten zurück. Sie möchte den Vater nicht in Bedrängnis bringen.

Die beiden machen zusammen einen langen Spaziergang. Ihre Schuhe rascheln in den heruntergefallenen

Blättern dieses sonnigen Herbsttages. Unter den Bäumen liegen frische Kastanien, von denen Tami zwei, drei, vier aufhebt und in ihre Jackentasche steckt. Sie lauscht den Worten ihres Vaters, der ein wenig über seine berufliche Tätigkeit erzählt, dem Dokumentieren und Speichern technischer Daten. Das Vertrauen zwischen den beider wächst, doch bereits morgen muss Tami wieder ihre Heimreise antreten.

Während des Spaziergangs redet der Vater zum ersten Mal etwas ausführlicher über seine Eltern, die nicht mehr leben. Schließlich kommt er auch auf den Zweiten Weltkrieg zu sprechen und erwähnt, dass sie da, wie Millionen andere Menschen, all ihr Hab und Gut und auch ihre Bücher verloren.

„Zu den ersten neuen Büchern nach dem Krieg, die ich bei meinen Eltern entdeckte, zählt das Büchlein ‚Lebensfreude – Sprüche und Gedichte gesammelt von P. J. Tonger'. Diese Sammlung von Sprüchen war meiner Mutter sehr ans Herz gewachsen. Sie hat einen Eintrag von ihrem Namen und der Jahresangabe 1950. Wahrscheinlich hat der Verlag von P. J. Tonger aus Köln dieses Büchlein viele Jahre vor dem Zweiten Weltkrieg herausgegeben. Heute findet man einige der Sprüche im Internet, das es damals ja nicht gab.

Mutter nutzte lediglich oft eine Schreibmaschine, vor allem, wenn wichtige Texte zu verteilen waren. Für ein Schriftstück in dreifacher Ausführung wurde dann das Originalpapier zweimal hinterlegt, mit jeweils einem Bogen Blaupapier und dem dünnen Durchschlagpapier. Dann wurde alles zusammen in die Schreibmaschine eingespannt. Auch ein Tonbandgerät gab es anfangs nicht. Oft erlebte ich, wie meine Eltern plötzliche eigene Ideen oder wichtige Reden, die in normalem Tempo gesprochen wurden, in Stenographie mitschrieben.

Zu den Lieblingsbüchern meines Vaters zählte das Buch von Heinrich Spoerl ‚Man kann ruhig darüber sprechen. Heitere Geschichten und Plaudereien‘, herausgegeben vom Paul Neff Verlag, mit einem handschriftlichen Vermerk des Jahres 1950. Die Verfilmung von ‚Die Feuerzangenbowle‘, für die Heinrich Spoerl zusammen mit Heinz Rühmann das Drehbuch verfasste, gehörte zu seinen und auch zu meinen frühen Lieblingsfilmen. Und von den anfangs wenigen Schallplatten sind mir besonders die Opern von Mozart und Verdi, die Musik von Beethoven, Richard Wagner und die vom Walzerkönig Johann Strauß in Erinnerung."

Dann kam der Vater auf die Einstellung seiner Eltern zum Sport zu sprechen: „Das Herz meiner Eltern und besonders das meines Vaters schlug sehr für den Sport, als die schönste Nebensache der Welt. Sie brachten mir gegenüber recht klar zum Ausdruck, dass Sport Spaß machen muss und nie vorrangig als Broterwerb dienen darf.

Trotzdem aber war die körperliche Ertüchtigung für sie von großer Bedeutung. Schon in jungen Jahren war Mutter im Kunstschwimmen aktiv und Vater erhielt eine Urkunde als Rettungsschwimmer. Doch dann kam der Zweite Weltkrieg und vernichtete das Leben vieler Millionen Menschen. Außerdem wurden in Vernichtungslagern Millionen Menschen ermordet.

All das war die Hölle auf Erden und darf sich nie wiederholen. Diejenigen, die überlebten, mussten sich neu aufrichten und neu orientieren.

Ich erinnere mich an eine kurze Schilderung meines Vaters über seine Tätigkeit als Funker und wie das Morsen funktioniert. Kurz erzählte er mir über seinen Einsatz als Rettungsschwimmer am Ende des Krieges in der Po-Ebene. Erschütternde Szenen ...! Mir, der ich noch in der Pubertät war, brannten sich Bilder in den Kopf wie von einer großen Schlacht auf einem Meer.

Danach kam Vater mit tausenden anderen deutschen Soldaten in Italien in ein britisches Gefangenenlager. Während im Krieg die Feldpost zu seiner Frau einen, zwei oder drei Monate unterwegs gewesen war, kam der Kontakt zur Heimat seit dem Kriegsende noch viel schleppender zustande. Erst nach einem dreiviertel Jahr erhielt meine Mutter ein erstes Lebenszeichen von ihrem Mann durch ihre Schwester, die eine Karte aus München vom Roten Kreuz bekommen hatte. Darin wurden Grüße meines Vaters, die er über den Schweizer Kurzwellensender bestellte, übermittelt. Das bestärkte den Mut meiner Mutter.

Alle Briefe wurden vom Absender handschriftlich nummeriert. Einige der Briefe zwischen meinen Eltern, die ihre jeweiligen Adressaten erreichten, waren ausgehend von den letzten Kriegswochen sogar dreizehn Monate unterwegs!

Nach weit über einem Jahr wurde Vater aus dem Gefangenenlager entlassen und fand mit Unterstützung von Schwager und Schwägerin seine Familie. Die Eheleute wurden wiedervereint. Dann folgte zwischen November 1946 und März 1947 der sogenannte Hungerwinter. Viele Menschen mussten sehen, wie sie überlebten. Ringsum war alles zerstört. Neben der Sorge um ausreichende Ernährung galt nun ihre große Sehnsucht einer Zukunft in Frieden. Es begann eine Zeit unendlicher Arbeit. Und das, was dieser Generation durch die Kriegs- und Nachkriegsjahre nicht vergönnt war, wollte sie später umso mehr in ihren Kindern verwirklicht sehen.

Ich erinnere mich an eine zufriedene Kindheit. Sicher, es gab viel zu tun und es fehlte an vielen grundlegenden Dingen. Das aber war mir als Kind kaum bewusst. Es gab bei uns kein Telefon. Ich kannte es nicht anders. Und trotz Schule und kleiner Aufgaben, die ständig im Haus, Hof und Garten zu erledigen waren, blieb noch Zeit, sich auf dem Land in völliger Freiheit auszutoben. Herrlich!

Eines Tages entdeckte ich als Kind die versteckten Liebesbriefe meiner Eltern aus der Zeit der Gefangenschaft. Von der exotischen Ausstrahlung der frankierten Kuverts war ich zutiefst beeindruckt. Heimlich schnitt ich die reizvollen italienischen Briefmarken aus den Umschlägen und legte sie nach Lösung vom Papier und dem Trocknen sorgfältig in mein kleines Briefmarkenalbum. Diese Briefmarken waren für mich etwas Besonderes, wobei mich der Inhalt der Briefe zu jener Zeit kaum interessierte. Heute bedaure ich meine damalige Aktion, durch die historische Kuverts zerstört und letztendlich vernichtet wurden.

Erhalten blieb ein Kuvert meiner Mutter mit einem Briefstempel vom 27.5.46. Er wurde für die Versendung nach ITALIA mit vier Briefmarken der Deutschen Post im Gesamtwert von 78 Pfennig frankiert. Der Brief wurde kontrolliert. Ich weiß nur noch, dass auf dem Klebeband ‚OPENED BY ...‘ stand und dass es abgestempelt war mit den vier Worten ‚MILITARY CENSORSHIP ... CIVIL MAILS‘.

In meiner Kindheit hatten wir in zwei Stuben Kachelöfen, im Schlafzimmer einen kleinen eisernen Ofen und in der Küche einen Küchen- sowie einen Gasherd. Letzterer war an einer großen Gasflasche angeschlossen. Wir mussten unsere beiden Gasflaschen abwechselnd zu einer Sammelstelle tragen, von der aus sie zum Auffüllen abtransportiert wurden. Und vielleicht schon am nächsten Tag konnten wir die etwas schwerer gewordene Gasflasche wieder abholen.

Geheizt wurde nur, wenn es notwendig war. In der kalten Jahreszeit brauchten wir mehrere Öfen. Dann war für das Anheizen mehr als eine halbe Stunde erforderlich: Überall war die alte Asche zu entleeren. Täglich mussten mit einem Eimer Holzstücke, Briketts oder auch Eierkohle geholt werden. Und dann galt es, mit zerknülltem Zeitungspapier, dünn gespaltenem Holz und wenigen Kohlestücken alles zum Brennen zu bringen. Auch bei Schnee und Frost war es selbstverständlich, Holz und Kohle von draußen aus dem Schuppen zu holen.

Doch ganz andere Bilder habe ich im Kopf von der damaligen warmen Jahreszeit. Ich erinnere mich, wie wir im Sommer draußen oft barfuß spielten. Und nicht selten waren wir vor dem Schlafengehen zu faul, noch Wasser zum Waschen zu holen.

Bis zu meinem dreizehnten Lebensjahr waren wir abhängig von einer Pumpe, die auf einem Hof eines anderen Grundstücks stand. Bis dorthin über die Straße waren es etwa fünfzig Schritte. Im Winter passierte es mehrmals, dass kein Wasser aus der Pumpe kam. Es war gefroren. In diesen Situationen mussten wir mit heißem Wasser nachhelfen, das wir in die Pumpe auf das Gefrorene gossen. Also, etwas Wasser musste man immer im Haushalt parat haben. Wir gingen mit Wasser sparsam um. Ich hatte aber nie das Gefühl, dass es daran mangelte. Wenn man Wasser brauchte und kaum noch etwas im großen Eimer war, dann musste man eben neues holen. Meistens mit einem Eimer, manchmal aber auch mit zwei.

Wasserholen war für uns etwas ganz Normales. Nur wenn Mutter ihren Waschtag hatte, dann hieß es für mich, mehrere Male Wasser mit zwei Eimern von der Pumpe heranzuschleppen. Schließlich sollte die Wäsche auch gründlich gespült werden.

Als ich etwa elf oder zwölf Jahre alt war, gab mir Vater beim Wasserholen noch ein Gedankenbild mit auf den Weg. Ganz entspannt wies er mich auf die Pflicht hin, verunglückten Menschen unter allen Bedingungen sofort zu helfen. Und in größter Selbstverständlichkeit sagte er, dass man dafür alle Kraft aufbringen müsse. Er sah die Wassereimer und meinte leicht schmunzelnd, dass man dann unter Umständen so viel Kraft brauche, wie wenn man zum Beispiel zwei volle Wassereimer zu Fuß bis in unsere Kreisstadt tragen müsste. Das beeindruckte mich sehr, denn bis zur Kreisstadt waren es vierzehn Kilometer ...!

Zum Glück trat diese Situation nie ein. Aber das Bild, das mir Vater über die Mobilisierung von Kräften mitgab, blieb nicht ohne Folgen. Aus der Not machte ich eine Tugend. Immer, wenn es möglich war, wollte ich unbedingt Wasser holen. Ich verband es mit einer Übung zur Ertüchtigung. Anfangs hob ich den vollen

Wassereimer auch mal bis zur Brust. Später versuchte ich hin und wieder, den vollen Wassereimer an den gestreckten Armen kurz baumeln zu lassen. Ein Ritual war geboren, es machte Spaß.

Pflichtbewusstsein und Zuverlässigkeit wurden mir immer wichtiger, wenn sie aus Einsicht in eigene Verantwortung entstanden. Wohin dagegen ein blinder Gehorsam führen kann, veranschaulicht Siegfried Lenz brillant in seinem Roman ,Deutschstunde', in dessen Mittelpunkt die Frage nach den Freuden der Pflicht steht. Der Bestseller berührte mich sehr. Der Mensch glaubt, Berge versetzen zu können. Doch dabei kann er mit bloßen Händen nicht mal einen großen Stein heben. Er erkennt schnell die Grenze seiner körperlichen Kraft, nicht aber immer die seines Geistes.

Ich zähle, Gott sei Dank, zu der Generation, die nach dem Krieg aufgewachsen ist. Aber auch wir lebten einen Alltag, wie er heute oft schwer vorstellbar ist. Da gab es zum Beispiel unser Toilettenhäuschen aus Holz, ein Plumpsklo, gleich neben dem Misthaufen auf dem Hof. Mit fünf Familien war es zu teilen. Bis wir dann eines Tages, ich war dreizehn, das stille Örtchen mitten im Wohnhaus hatten, ein eigenes WC.

Doch zurück zum Sport. Mein Vater meldete mich persönlich in einem Judo-Verein an. Alles Weitere lag dann erst mal weitgehend an mir. Obwohl, einen wesentlichen Beitrag für meine sportliche Betätigung leistete meine Mutter. Ich sehe noch heute, wie sie sich meist am späten Abend mühte, den schweren, gewaschenen Judoanzug noch trockenzubügeln, da er am nächsten Tag gebraucht wurde."

Tami ist sehr beeindruckt von der Rückschau ihres Vaters auf seine Kinder- und Jugendjahre. Sie stellt viele Fragen und nach einem regen Gedankenaustausch kommen die beiden frohgelaunt auf einige aktuelle Dinge zu sprechen.

Spät am Abend reicht der Vater seiner Tochter sein Reisetagebuch. Er war vor Kurzem als Zuschauer bei der Judo-Weltmeisterschaft gewesen, die in diesem Jahr in Birmingham stattgefunden hatte.

Tami schlägt die erste Seite des Tagebuchs auf und schon nach wenigen Augenblicken ist zu sehen, wie sehr sie sich über die handgeschriebenen Zeilen freut. Doch es ist an der Zeit, zu Bett zu gehen. Noch beeindruckt von den ersten Zeilen, sagt sie plötzlich zum Vater: „Ich kann mir gar nicht vorstellen, dass die Handschrift einmal stirbt. Ist sie doch für eine gewisse Zeit eine so lebendige und authentische Erinnerung, auch wenn man selbst schon gestorben ist."

Darauf erwidert der Vater etwas erschrocken: „Ja, mich fasziniert sie auch sehr, diese alphabetische und ureigen gewordene Form der Wiedergabe menschlichen Denkens. Doch man kann sich auch nicht vorstellen, dass vielen Menschen die Handschrift überhaupt nichts bedeutet. Sie ist ihnen völlig egal. Wie viel Gefühl und Freiheit kommt mit ihr doch zum Ausdruck! Sie ist eine hohe kulturelle Errungenschaft. Aber nun lass uns zu Bett gehen und hoffentlich schön träumen."

Sie wünschen sich eine gute Nacht.

Bis Mitternacht saugt die Tochter die Einträge des Vaters förmlich in sich auf. Ihr Herz klopft und sie fühlt sich, als würde ihr Kopf nun immer wärmer werden. Sie entdeckt viele Details, die ihr jetzt für eigene Entscheidungen hilfreich erscheinen. All die Betrachtungen des Vaters muss sie unbedingt noch einmal in aller Ruhe lesen.

Tami ist aufgeregt. Plötzlich fällt ihr der Kopierer in der Ecke des Zimmers ins Auge, mit einer kleinen Packung weißen Papiers. Das bringt sie auf die Idee, das Tagebuch zu kopieren. Sie schätzt es sehr, dass sie die Zeilen lesen darf. Aber niemals würde der Vater das Tagebuch anderen zum Lesen geben. Eigentlich hat er es nur für sich geschrieben. Trotzdem – Tami steckt den Stecker in die Dose, stellt das Gerät an und kopiert, so schnell es geht, Seite für Seite.

„Geschafft! Gott sei Dank", denkt sie gelöst. Sie verstaut die Kopien, der Kopierer kühlt ab und ihr Atem beruhigt sich langsam.

Alles hat geklappt. Aber Tami findet noch lange keinen Schlaf. Sie liegt im dunklen Arbeitszimmer des Vaters mindestens noch eine Stunde wach ...

Beim späten Frühstück dankt Tami ihrem Vater für die Einblicke ins Tagebuch. Sie habe es mit großem Interesse gelesen, sagt sie, und die beiden sprechen noch ein wenig darüber. Aber dennoch quält Tami sich wegen ihrer nächtlichen Aktion, bei der sie wie im Affekt handelte. Sie will dem Vater auf jeden Fall sagen, was da passiert ist. Vielleicht freut er sich sogar, dass seine Tochter sich für seine Gedanken begeistert. Doch Tami weiß auch, dass nicht mehr viel Zeit bleibt, um die mitternächtliche Situation ausführlich zu erklären. Sie möchte den Vater nicht mit zu kurzen Worten und einem zwiespältigen Gefühl verlassen, wo sich doch gerade Vertrauen zwischen ihnen entwickelt hat. Die Kopien will sie auf jeden Fall in ihrem kleinen Schränkchen verschließen, in dem sie auch schon eine Handvoll persönlicher Briefe aufbewahrt. Außerdem will sie dem Vater unbedingt noch erzählen, dass sich jetzt ihre eigenen Lebensverhältnisse ändern. Und so wird in der Kürze der Zeit ihr dringendes Anliegen von anderen wichtigen Belangen verdrängt. Ihr schlechtes Gewissen verschwindet.

Nun ist Tami wieder besser gelaunt. Sie erzählt und erzählt. Zum Schluss erwähnt sie, dass sie vertrauten Menschen gerne einen Spitznamen gibt.

„Ach ja, die Namen", bemerkt der Vater. „Meine Oma schenkte mir zur Taufe einen silbernen Löffel mit meinem eingravierten Vornamen. Wenn ich als Kind damit gegessen habe, war es immer etwas Besonderes. Den Löffel habe ich noch heute."

Und scherzend fragt er, ob sie sich auch schon für ihn etwas ausgedacht hat, worauf Tami sagt: „Nachdem, was ich gestern von dir über deinen Beruf gehört habe, fällt mir eigentlich nur ein: mein Vater, der Archivar!"

Der Vater, der gespannt am Tisch sitzt, äußert sich schließlich ganz cool: „Das hast du aber gut gesagt. Ich bin ab jetzt für dich der Archivar! Übrigens, so verstaubt finde ich den Namen gar nicht, im Gegenteil. Das Berufsbild der Archivare, aber auch das der Bibliothekare und Dokumentare wird sich mit der Nutzung des Internet gravierend wandeln. In Zukunft wird es mit den neuen Technologien völlig neue Herausforderungen geben. Mehr denn je wird es um das Speichern, Wiederfinden und Löschen von Informationen und Wissen gehen. Und auch um das Erinnern und Vergessen."

Sie umarmen sich.

Der Abschied naht. Die beiden gehen zum Bahnhof. Tami sieht an diesem windstillen Tag plötzlich die Welt, als wäre sie vergoldet. Auf dem Bahnsteig ist in der Ferne schon der Zug zu sehen. Noch einmal sagt der Archivar seiner Tochter, sie solle sich doch melden, wenn sie ein Problem habe. Er möchte helfen. Tami nickt und bemerkt, dass es ihr gutgehe. Sie sagt auch, wobei es ihr etwas eng im Hals wird, dass ihre Familie mit allem zurechtkomme. Sie wünscht ihrem Archivar auch alles Gute und lässt Grüße an seine Familie ausrichten. Noch einmal umarmen Vater und Tochter sich vor dem bremsenden Zug, bevor Tami mit ihrem kleinen Rucksack als Letzte in den Zug springt. Die Tür schließt. Tami winkt noch durch die blendende Scheibe und erst, als der Zug den Bahnhof verlässt, sucht sie einen freien Platz.

Auf der langen Rückfahrt kann Tami nun endlich in Ruhe die Tagebuchkopien lesen. Ihr geht es weniger um die Schilderung der Judo-Wettkämpfe. Viel mehr interessiert sie, wie der Vater am Rande des Wettkampfes die Kunst entdeckte und wie er in diesen Tagen in einem offensichtlich äußerst primitiven Zimmer hauste. Sie holt die Blätter aus dem Rucksack und beginnt zu lesen:

Ich wachte auf und stellte fest, dass ich überlebt habe, und das gar nicht einmal so schlecht. Anscheinend waren mir die Bretter unter meiner Wirbelsäule und das dreifach zusammengelegte Kopfkissen (wegen der Halswirbel) gut bekommen.

Auf der Toilette kommt zwar momentan kein Wasser, aber das kann sich im Laufe des Tages ja noch ändern ...

Meinen nassen Schirm kann ich nicht ins Zimmer nehmen, denn aufgestellt hat er tatsächlich keinen Platz!

Nun akklimatisiere und freue ich mich auf die bevorstehenden Tage. Gestern Abend allerdings, als ich in diesem kleinen, trockenen Stübchen schlecht Luft bekam, war mir nach Zurückfahren zumute.

15:00 Uhr. Die Judo-Weltmeisterschaft hat sich für mich jetzt schon gelohnt, obwohl ich nicht einen einzigen Kampf gesehen habe. Ich bin begeistert, diese Atmosphäre erleben zu dürfen.

Das Größte: Entdeckte eben einen Raum, in dem gemalte Judo-Kunst von einem französischen Künstler verkauft wird. Bin berauscht!

Das, was ich mir in meiner Fantasie nicht vorstellen kann, hier sehe ich es. Dieses geheimnisvolle Abstrakte, wohlwissend, was dahintersteckt, ist es, was mich berauscht.

Ich würde den ganzen Laden leer kaufen, wenn ich dabei nicht bankrottginge. Alles, aber auch alles an den Ausstellungsstücken gefiel mir. Der Andrang nahm zu.

Schon hatte ich Angst, ich würde von der Kunst nichts mehr abbekommen.

Ich konzentrierte mich erst einmal auf die kleinen, billigen Kunstkarten, von denen ich fast alle mehrfach auswählte. Gerade erklärte der Künstler im Kreis Interessierter seine Originalzeichnungen, und schon war ich dabei. In meinem Wahn nahm ich die Erstbeste - alle sind wunderbar - ohne mir die anderen noch in Ruhe anzusehen. Der Run auf die Kunst war enorm.

Ich erfuhr: 300 DM kostete sie. Das war es mir wert. Zu diesem Künstler muss ich später noch Kontakt aufnehmen.

Zeichnungen, Karten, Plakate - alles wurde sorgsam eingerollt. Kaufte noch ein historisches Buch über Kanō, zwei Tassen, T-Shirts und eine Mütze; war ziemlich bepackt!

Wo man auch hinschaute, überall erkannte man die Judokas unter den Zuschauern - eine große internationale Judo-Familie. Der Gesichtsausdruck vieler war klar, zielstrebig, selbstbewusst. Auch Älteren sah man den durchtrainierten, straffen Körper an.

Die Halle war knapp zur Hälfte gefüllt. Live-Programm einer Musikgruppe.

Unten in der Halle wurden gerade zwei sehr lange Lauf-Teppiche ausgerollt, für das Eröffnungsprogramm. HYUNDAI war wieder der Hauptausrichter. Werbung auch von HITACHI, LTI und BOSCH.

Fühlte mich eigentlich ganz fit, obwohl mir heute früh alle Finger schmerzten; rheumatische oder neurologische Anzeichen (?), die jetzt deutlich zunehmen.

Außerdem übersprang mir im Knie laufend eine Sehne. Und mein großer Zeh am linken Fuß schien wie abgestorben – vollkommen taub! Naja, dafür aber jetzt keine Probleme mit Halswirbel und Augen!

Unten, neben der elektronischen Anzeigetafel, hing eine große Leinwand mit dem Gesicht von Kanō und Kanji-Zeichen.

Für übermorgen Abend besorgte ich mir eine Karte für das Birmingham Sinfonie Orchester. Es werden Stücke von Nielsen, Brahms und Sibelius gespielt. Die Konzerthalle nebenan gilt als schönste und beste im Land, ebenso das Orchester. Ich freue mich darauf und hoffe auf ein grandioses Fest der Töne und der Harmonie.

Doch was ist Disharmonie? Von meinem Sitzplatz aus sehe ich gerade, wie in der großen Halle acht Jungs einen etwa sechs Meter breiten und sehr langen Teppichläufer aufrollen und nach vielleicht vierzig Metern mit dem schief aufgewickeltem Teppich an der Seitenplanke landen. Die Zuschauer applaudieren kräftig. Die armen Jungs! Schließlich wird die immer breiter gewordene Teppichrolle mit Verstärkung hinausgeschleppt ...

Heute lernte ich den französischen Künstler persönlich kennen. Seine Arbeiten faszinieren mich. Ein Bild hat es mir besonders angetan. Es ist eine Grafik. Beim Betrachten der detaillierten Bewegungsabläufe im Bild komme ich ins Schwärmen. Welch enorme Kraft, welch riesiges Feingefühl muss der Graveur doch für dieses Meisterwerk aufgebracht haben!

Ich bringe meine Bewunderung dem Künstler gegenüber zum Ausdruck und nach langem Zögern erwerbe ich die vor mir hängende Original-Druckgrafik 52/75.

„Geld ist relativ, doch dieses berauschende Gefühl für Kunst wahrscheinlich einmalig", kommt mir in den Sinn.

Ich hätte mich in der Umgebung seiner Werke ohnehin total vergessen können. Nun fühle ich unendliche Freude und große Dankbarkeit. Bevor ich gehe, überreicht mir der Künstler Alain Bar seine originelle Visitenkarte mit einer persönlichen Widmung auf der Rückseite. Ich bin glücklich.

Wieder im Zimmer. Wusch mir die Hände und staunte: Habe jetzt schon fünf Handtücher, vier davon unbenutzt und keins kann ich hinhängen ...!

Freitag, 8. Oktober 1999 (3. Tag)

Früh kein Licht im Bad. Gut geschlafen.

16:00 Uhr NIA.

Schön sind erhoffte Siege bei einer Meisterschaft. Große Freude bereiten mir aber auch generell schöne Kämpfe. Gewinnen soll, wer mit seinem Körper die höchste Eleganz und Schönheit beim Werfen ausstrahlt. Ja, nur dem wünsche ich den Sieg!

Judo hat, glaube ich, wie nur wenige andere Sportarten etwas mit einer vielfältigen Beherrschung des eigenen wie auch des gegnerischen Körpers zu tun: im Stillstand wie in der Bewegung; im Stand, in der Luft und am Boden. Judo ist Kunst.

Nun weiß ich, wieso ich mich jetzt so glücklich fühle. Ich erwarb soeben erneut ein Bild vom Künstler – der Wurf Uchi-Mata in drei verschiedenen Darstellungen! Wie alle grafisch bearbeitete Zeichnungen, die ich nun nach Hause bringe, ist es schwarz-weiß und eingerahmt.

Schon jetzt steht für mich fest: Es ist für mich die Meisterschaft der KUNST.

Nicht allein der Wunsch für den Sieg einer bestimmten Person soll in Erfüllung gehen. Siegen soll vor allem die Schönheit in der Bewegung.

Schmunzeln musste ich, wie die Medaillengewinner in Begleitung von Uniformierten im Stechschritt zum Podest gebracht wurden. Und dann gingen die beiden Uniformierten wieder allein im Stechschritt zum Hallenausgang zurück ...

Äußerlich legte man auf bestimmte Formen und Zeremonien Wert. Kleine Pannen aber ließen sich nicht übersehen. Trotzdem, die Atmosphäre war insgesamt gut und gelassen. Vielleicht sind siebentausend Zuschauer hier? Stimmungsvolle Beat-Gruppe!

Was ich an Judokas aus unserem Land bisher kämpfen habe sehen, da kann ich nur sagen: Wie „nasse Säcke"! Keine Kampffreude, keine Begeisterung, kein Einsatz. Was ist da los?

Samstag, 9. Oktober 1999 (4. Tag)

Heute früh war das Bad kalt; Heizung defekt?

12:00 Uhr. Wieder Niederlagen deutscher Judokas. Treten allesamt lahm und müde auf. Die sind doch nicht motiviert!
  Die Kubanerinnen gefielen mir. Sie kämpften wie wilde Katzen, aber mit Erfolg. Und die Japaner sind große Klasse! Sie kämpften besonnen, äußerst konzentriert, fast programmiert. Als würden zwei Minuten vor dem Ende wie aufgezogen ihre Ippons kommen. Die Sieger von gestern sahen auch durch die Reihe alle sehr aufgeweckt und intelligent aus.

Ich war vormittags noch einmal in der Ausstellung und grüßte den Künstler. Er schenkte mir eine Broschüre über einige seiner künstlerischen Werke, wieder mit einer persönlichen Widmung. Es war eine sehr freundliche Begegnung. In einem Prospekt bezeichnet er sich als Graveur.

Wieder auf den Zuschauerrängen. Vernehmung eines Kampfurteils – Portugiese gegen Ungar: Sieg durch Entscheidung für den Ungarn! Im gleichen Moment lässt sich der Portugiese vor Enttäuschung steif nach hinten fallen und der Ungar vor Freude nach vorn. Ich muss lachen. Das sieht aus, als würde der Wind in Zeitlupe beide gleichzeitig umhauen.

19:00 Uhr. Beginn des Konzerts. Schon nach fünf Minuten Fußweg innerhalb der NIA war ich hier. Noch vor zwanzig Minuten hatte ich den letzten Finalkampf der Judo-Weltmeisterschaft des heutigen Tages erlebt, unter dem Ansporn von Schreien, Pfiffen und Knarren. Nun, die letzten Finalkämpfe waren keine Glanzleistungen. Im Kampf der Japanerin gegen die Kubanerin gewann knapp das nüchtern-konzentrierte gegen das leidenschaftlich-wilde Temperament.

Doch hier in der Musik-Arena erlebe ich nun, von der Weltmeisterschaft der Kunst des „sanften Weges" kommend (die in der Brechung des Gleichgewichts enden sollte), die wahre Meisterschaft. Von meinem exzellenten Platz aus wird mir klar, dass man bei Musik unbedingt auch sehen muss, wie sie entsteht!

Diese Konzentration der Spieler. Diese wunderbare harmonische und rhythmische Bewegung der Stöcke, Zauberstöcke, Zauberstäbe!

Ein ergreifendes Bild. Hoch oben höre und sehe ich da unten das Ballett der Zauberstäbe. Das sind die wirklichen Hochleistungssportler!

Ich frage mich, wie man das überhaupt messen könnte in einem Wettbewerb, in dem zum Beispiel die besten Geiger oder Pianisten antreten.

Nebenan bei der Weltmeisterschaft gab es schließlich ein Punktesystem und die Uhr für die Bewertung. Doch wie würde man die allerbesten Virtuosen gegeneinander messen? Hat doch jeder der Besten auch seine individuelle Körpersprache mit ihren Reizen. Welche Rolle spielen die Kleider der Frauen, welche Macht haben ihre Farben? Lässt nicht all das die brillant klingenden Vorträge in einem Wettbewerb zum Ganzen werden? Immerhin geht es doch in einem Wettbewerb der Virtuosen auch um viel Geld.

Für mich war die Sache klar. Für all die Besten muss es mehrere Goldmedaillen geben.

Grandios, wie das Orchester der etwa achtzig Musiker auf den Punkt kam. Und welche Verantwortung auch für die Frau dort unten, deren einzige Aufgabe darin bestand, zum richtigen Zeitpunkt die riesengroßen Teller laut oder ganz leise hintereinander oder aber in größeren zeitlichen Abständen zusammenzuschlagen! Peng-peng. Peng. Ihr langes Haar wehte durch den heftigen Zusammenprall nach hinten. Das sah aus, als würden die Musiker da unten mit ihren mitreißenden Bewegungen wild werden, ausrasten wollen. Aber der bezaubernde Dirigent behielt alles unter seiner Kontrolle. Leidenschaft pur!

Nach dem ersten Stück herrschte einen Augenblick in dem großen Konzertsaal eine Stille, wie ich sie bei einer solchen Menschenmenge (etwa achthundert Zuhörer) noch nie erlebt habe. Kein Atemzug war zu hören! Doch dann brach er aus, der frenetische Applaus ...

In der Pause konnte man trinken und Eindrücke austauschen. Der Platzanweiser, mit dem ich kurz ins Gespräch kam, teilte mir mit, dass er in Kitzbühel einen Freund habe.

Überhaupt, ich befand mich in einer Umgebung vieler älterer, meist schrulliger und versnobter Leute. Doch das akustische und optische Erlebnis hier war einmalig! Ich sollte mir für meine seltenen Konzerterlebnisse immer die exzellenten Konzerthallen der Welt aussuchen. Weniger, aber dafür in höchster Qualität.

Nach dem Konzert landete ich zufällig in einer Disco. Nach Passkontrolle durfte ich hinein. Hier ging die Post ab. Mir gefällt diese Pub-Atmosphäre immer wieder. Locker, lebensfroh. Hier hörte ich meine alten Lieder der 60er und 70er Jahre. Das waren unter anderem die Songs der Beatles und der Popgruppe ABBA. Alle sangen mit! Auf einem großen Plakat lese ich „Woodstock" – eine Reminiszenz an das legendäre Festival vor dreißig Jahren, 1969, in Bethel nahe New York. Nach einer Stunde fuhr ich heim.

Sonntag, 10. Oktober 1999 (5. Tag)

Bad kalt. Im ICC machte ich noch einige Fotos von der Kunst-Ausstellung.

In der Pause zum vierten Mal dieselbe Gruppe für dreißig Minuten mit exakt demselben Programm in Musik und Text. Das war eine Zumutung!

In der „Birmingham Post" konnte ich gestern noch nichts über den englischen Weltmeister finden.

Jeden Tag esse ich Eier, Hotdog ... Mir hängt es langsam zum Halse heraus.

Die Judo-Abschlusszeremonie löste sich fast im Nichts auf. Keine Spannung bis zum Schluss. Es blieben Fragen: Warum Siegerehrung zum Schluss, wenn dreiviertel der Zuschauer schon weg sind? Warum gingen die Zuschauer schon vor der Siegerehrung?

Die Japaner bestachen mit ihrer Ausstrahlung. Sie können sich sehr freuen, sehr ernst sein, aber auch vor Ehrgeiz weinen, wenn das Finale verloren wurde ...

Vom Erfolg der Franzosen von der letzten Weltmeisterschaft in Paris blieb nicht viel übrig. Und für uns nur einmal Bronze ...! Waren wir jemals so schwach? Was soll das bloß in zwei Jahren werden, wenn die Weltmeisterschaft in München ist?

Auch die Ausstellung mit den Kinderzeichnungen über Judo war toll! Gemalt hatten Kinder ab vier Jahren. Die meisten Bilder kamen aus Japan, Korea und Australien.

Montag, 11. Oktober 1999 (6. Tag)

9:00 Uhr in der Bahn nach Stratford-upon-Avon. Nachdem zuvor in der Wechselstube die Quittungsmaschine streikte, im Bahnhof die Toiletten geschlossen waren und ...
Wenn ich den Zug sehe, könnte ich denken, die Inneneinrichtung fällt bald auseinander. Sitzpolster dreckig, zerrissen ...

Draußen sah ich viele Konstruktionen aus Stahl. Heute schien endlich wieder die Sonne. Zuvor nur „bewölkte Tage".
In der „Birmingham Post" fand ich im Sportteil irgendwo versteckt nur einen kleinen Artikel über den Abschluss der Judo-WM mit einem Bild des kubanischen Siegers bis 60 kg. Kaum zu glauben, welche geringe Bedeutung Judo hier eingeräumt wird.
Draußen viele Eisenzäune und gepflegte Rasen! Dicke, kräftige Schafe, weiße mit schwarzem Kopf. Immer wieder einsame Gehöfte, Weiden, Kühe ...

Die Fahrt nach Stratford-upon-Avon, etwa 50 Kilometer, kostete hin und zurück nur 3,50 Pfund (etwa 10,50 Mark). Eine Fahrt dauerte etwa 45 Minuten.

Im Ort viele Fachwerkhäuser. In Shakespeares Geburtshaus kaufte ich ein Buch über ,Hamlet'. ,Hamlet' war das letzte Stück, das ich mit meinem Vater im Theater gesehen habe. Da war ich dreizehn.

Shakespeare - welch wunderbare Gedankenbilder schuf er auch darüber, wie die Menschen sich immer wieder sehen wollen: „Die ganze Welt ist Bühne. Und alle Frau'n und Männer bloße Spieler. Sie treten auf und gehen wieder ab. Sein Leben lang spielt einer manche Rollen."

17:00 Uhr. Ein schöner Tag geht zu Ende. Ganztägig Sonnenschein und viel Grün. Jetzt schaukle ich mit der Dreckschleuder wieder nach Birmingham.

Hatte großes Glück: Heute waren wenig Touristen unterwegs!

Gleich 18:00 Uhr. Sonne geht bald unter. Immer noch zwei Golfer auf dem Golfplatz zwischen den Weiden.

17:58 Uhr: Shirley Bahnhof. Der Triebwagen macht einen höllischen Lärm, kaum auszuhalten. Motorgeräusche, Scheiben klappern, unmöglich!

Am Abend in meinem kleinen „Hotelschuppen", ein Häuschen im Hinterhof, das wohl nur aus meinem Zimmer und einem kleinen Toilettenraum besteht.

In meinem „lyrischen Zimmer" wurde es nun langsam ungemütlich. Die Bude war immer noch kalt. Kein Licht im Bad. Die Federn aus dem Kopfkissen flogen im Zimmer rum ... Jetzt reicht's! Raus!

X05

Juli 1999

Langsam und mit langen Zügen schwimmt Tami ihre kleine Runde. Unbeschwert wechselt sie ihre Lage und aalt sich im Wasser an diesem schon warmen Vormittag. Sie genießt, wie das Wasser ihre Haut umgibt, und dreht sich nun wieder mit leichten Arm- und Beinbewegungen auf den Rücken.

„So viel Blau", denkt sie und erfreut sich des wolkenlosen Himmels. Es ist lange her, dass eine Freundin ihr den versteckten Zugang hier zum See gezeigt hat. Sie lauschten damals dem Gesang der Vögel und sprangen dann während des Sonnenaufgangs ins Wasser. Das ist Tami noch gut in Erinnerung, weil es so kühl im See war und sie sich anschließend das Handtuch der Freundin teilen mussten. Auch hat Tami noch vor Augen, wie sie sich unter den Bäumen am Ufer mit sportlichen Bewegungen aufwärmten.

Dort an einen Baum lehnte sie auch vorhin das alte Herrenfahrrad des Vaters an und daneben liegen jetzt ihre Kleidungsstücke. Ja, heute ist alles anders. Die Sonnenstrahlen tanzen auf dem ruhenden Gewässer. Am liebsten würde sie jetzt laut singen und der ganzen Welt sagen, wie schön unser Planet mit all seinem Leben doch ist.

Zum ersten Mal schätzt Tami im See das Alleinsein, weil sie sich in Wirklichkeit nicht allein fühlt. Sie ist verliebt.

Beim Malkurs hat sie einen jungen Mann kennengelernt, der sich recht bald in Tami verliebte. Der junge Mann ist der Farbmischer für den Kurs. Rasch merkte er, dass Tami sich sehr für die Farbe Blau interessiert. Blau ist recht beliebt, aber dass sich jemand so zu dieser Farbe hingezogen fühlt und so viele Fragen stellt, hatte er noch nie erlebt. Der Farbmischer, der den Kurs nebenberuflich durchführt, machte sich in den folgenden Tagen besonders über diese Farbe schlau. Schon beim nächsten Kurs-Tag erklärte er: „Viele wissen ja, dass Gelb mit Blau gemischt Grün ergibt, weil Gelb und Blau andere Wellenlängen verschlucken. Darum nennt man das auch die ‚subtraktive Mischung‘."

Tami beobachtete den Farbmischer sehr genau, aber plötzlich schweiften ihre Gedanken ab. Ihr ging durch den Kopf, welche große Macht Farben über Menschen haben. Doch nach wenigen Sekunden hatte sie wieder die Kontrolle über sich gefunden und fragte den Vortragenden aufmerksam: „Und dann muss es bestimmt auch eine ‚additive Mischung‘ geben?"

„Jawohl", antwortete der Farbmischer vor den etwa zwanzig Kursteilnehmern und fuhr fort: „Werden verschiedene Wellenlängen des Spektrums hinzugefügt, zum Beispiel wenn sich das Licht farbiger Scheinwerfer mischt, dann entsteht aus den Farben Rot und Grün zuerst Gelb und dann mit der Farbe Blau gemischt, ergibt sich das Weiß."

Einige Tage später bekam Tami das deutliche Gefühl, dass der Farbmischer sich auch noch für ganz andere

Wellenlängen interessierte, und sie lernten sich näher kennen. Tami hat sich zuvor auch schon mit anderen Jungs getroffen. Sie hält aber nichts von einem übereilten engen Zusammensein, auch wenn es ihr zuweilen nicht an Abenteuerlust fehlt. Dieses Mal aber, das spürt sie, bahnt sich etwas ganz Besonderes an.

Losgelöst und verträumt schaut Tami nun aus dem tiefblauen Wasser nach oben, und sie verliert sich im Himmel.

„Ob heute der Brief von ihm gekommen ist?", denkt sie.

Sie hat Achim, dem Farbmischer, gleich klargemacht, dass sie zurzeit absichtlich kein Telefon benutzt und keine E-Mail-Adressen austauscht. Sie schreibt Briefe. Nicht gesagt hat sie ihm, dass sie überhaupt für ihr Leben gern Briefe schreibt und besonders gern mit blauer Tinte. Doch sie erklärte ihm, dass sie die Treffen mit ihm immer rechtzeitig planen müsse und überhaupt nicht spontan sei. Sie freue sich aber natürlich über viele Briefe.

Über dieses seltsame Verfahren staunte Achim sehr und musste erst einmal schlucken. Schließlich hätte er von seinem Wohnort aus schon in etwa zwei Stunden mit dem Auto bei ihr sein können. Aber er akzeptierte es schließlich.

Tami ist nicht nur von Briefinhalten angetan, sondern auch von der Handschrift der Briefeschreiber. Sie stellt sich immer wieder vor, wie der jeweilige Verfasser seine Worte aufs Papier bringt, die dann bei ihr ganz besondere Gefühle auslösen. Es beeindruckt sie auch, was Schrift auf den Medien alles so hinterlässt. Sie erinnert sich nicht, seit wann sie diese Leidenschaft schon hat und woher diese gekommen ist. Sie hatte sie schon immer.

Manchmal schaut Tami in ihre kleine Sammlung von Handschriften auf verschiedenartigem Papier. Darunter befindet sich auch eine Faksimileausgabe, die ihr der Großvater vor Kurzem schenkte. Er hofft, dass sie bei Tami in besten Händen ist und noch lange bleiben wird.

Großvater hätte in seinem familiären Umfeld sonst keinen gewusst, der sich für das vor vielen Jahren per Hand Geschriebene interessieren und für das schwere Papier im Wohnbereich ausreichend Platz reservieren würde. Tami erinnert sich noch sehr genau, wie der Großvater bei der Übergabe der Faksimileausgabe sagte: „Nun, meine liebe Tami, du bist noch jung mit deinen siebzehn Jahren. Ich wünsche dir nicht nur ein langes, sondern vor allem ein erfülltes und gutes Leben. Schon in einigen Monaten beginnt mit dem Jahr 2000 ein neuer Zeitabschnitt mit vielen neuen Herausforderungen. Eine davon wird das Internet sein. Und wer weiß, vielleicht wird man schon in fünf oder zehn Jahren mein so teuer erworbenes und geliebtes Faksimile im Internet finden. Und dann kann jeder, der will, es womöglich kostenlos oder ganz billig ausdrucken. Wen interessiert dann noch diese edle Box mit den vielen so sorgsam gefertigten A3-Blättern?"

Die Faksimiles in der kunstvoll gestalteten großen Box beinhalten die Handschrift Friedrich Nietzsches für das Druckmanuskript des „Ecce homo". Vor allem auch seine Korrekturen, Streichungen und Ergänzungen darin sind in den Augen von Tamis Großvater höchst interessant. Was er seiner Enkeltochter bei der Übergabe nicht sagte, war, dass er zwischen den letzten Seiten der Ausgabe noch ein Foto sowie einige Strophen vom Text des Liedes „Aus der Jugendzeit" von Friedrich Rückert versteckt hatte. Die Strophen des Lieds hatte die Großmutter aufgeschrieben mit dem Vermerk, dass sie den Text von ihrer Mutter habe. Auf dem versteckten Foto waren die Enkelin und ihre Brüder mit den Großeltern zu sehen.

Tami hat schon ab und zu einen Blick auf die ersten Seiten der Faksimileausgabe geworfen. Das saubere Schriftbild beeindruckte sie. Die kleinen Lettern sind sehr ordentlich verbunden, ebenso auch die Korrekturen. Alles sieht sorgfältig und flüssig aus. Es scheint so, als wären die Worte ohne Hast aufs Papier gebracht worden und als wollte diese Handschrift ihre eigene Geschichte erzählen. Trotzdem strengt Tami das Lesen dieses Textes an. Mühselig ist das Entziffern einiger Worte und der Inhalt interessierte sie eigentlich überhaupt nicht. Tami wundert sich aber sehr, dass man die eigene Sprache in der Schrift von vor etwa hundert Jahren nur noch schwer lesen kann. Dennoch schätzt sie die schwere Papierausgabe in Verbindung mit der Erinnerung an ihre Großeltern als etwas ganz Besonderes.

Neben Papier begeistern Tami auch andere Medien wie Metall, Glas und Stein mit interessanten geritzten oder geschlagenen Schriften. Sie will später auch beruflich viel mit den Händen gestalten, selbst wenn Maschinen Ähnliches viel schneller und billiger erledigen können. Tami will den Dingen einen tieferen Sinn geben und der rasanten Beschleunigung ein wenig entgegenwirken. Auch wenn Tami blitzschnell sein kann, das Langsame möchte sie, wo auch immer es geht, pflegen. Oft wurde sie deswegen schon schief angesehen, besonders von jungen Menschen.

Tami hat keine Post von Achim erhalten und ist deshalb etwas traurig. Sie will sich aber weiterhin in Geduld üben, auch wenn es ihr nicht leicht fällt. Dafür aber brachte ihr der Briefträger Post von ihrer Freundin Tata, mit der sie vor allem Judo verbindet. Leider zog Tata vor einem Jahr weg. Nun hat sie Tami nach langer Zeit wieder einmal geschrieben. Tami fühlt sich plötzlich sehr angenehm abgelenkt. Sie versinkt in die Erinnerung an ihre schöne Judo-Zeit ...

Ihr Judo-Trainer merkte damals bald, dass beide Mädchen auf der Matte sowohl sehr ehrgeizig als auch ein Herz und eine Seele waren. Die zwei begeisterten sich nicht nur für den japanischen Kampfsport, sondern auch für die Werte, die Judo vermittelt. Es war eine Freude, zu sehen, wie die beiden sich bewegten und im Übungskampf versuchten, trickreich ihre Spezialtechniken durchzusetzen. Auch betrachteten es beide stets als Gewinn, ihr verlorenes Gleichgewicht immer wieder herzustellen. Die japanischen Begriffe lernten sie eifrig. Frohgelaunt suchten sie in der Trainingshalle, dem Dojo, eine neue Orientierung und wussten: Hier war jeder herzlich eingeladen, wenn man die Regeln auf der Judo-Matte beachtete. Was im Rahmen der Rechte und Pflichten mit Worten beschrieben wurde, versuchten die Körper wortlos Schritt für Schritt umzusetzen.

So fand die Gruppe immer mehr zueinander. Alle hatten das Gefühl, dass sie gleich waren. Keiner kam auf die Idee, dass man aufgrund der Siege oder Niederlagen ein besserer oder ein wenig besserer Mensch wäre. Das war wirklich schön, vor allem, weil nicht so viel gequasselt wurde. Natürlich wurde auch herzlich gelacht und erzählt, doch jeder, außer dem Trainer, bemühte sich um leise Sätze.

Beim Wettkampf allerdings wurde beim anscheinend gelingenden Werfen oft ein Schrei herausgestoßen. Vielleicht wollte man dadurch den Kampfpartner beeindrucken oder es war eine Art Vorfreude über den Sieg, der gleich kommen würde. Nach einem Erfolg zeigte man natürlich seine große Freude, doch gehört es zu diesem Kampfsport, schnell wieder Respekt und Demut zu bekunden.

Diese Werte auch nach einem Kampf umzusetzen, war für Tami sehr bedeutsam. Im Stillen dachte sie: „Auch wenn ich den Judoanzug an den Nagel hänge und mir andere Kleidung anziehe, gelten diese Werte weiter für mich. Sicher, es macht schon Spaß, sich für bestimmte Veranstaltungen zu verkleiden. Ich möchte aber in meiner Freizeit und in meinem Umfeld keineswegs nur über die Kleidung definiert werden."

Eines Tages, bei einem Übungskampf, einem sogenannten Randori, sagte der Trainer spontan zu den beiden Mädchen: „Ihr ergänzt euch auch beim Trainieren wunderbar. Es freut mich, wie ihr das Werfen und Fallen übt. Das wirkt, als wäre die Matte euer Zuhause. Man könnte euch fast die Namen Tata und Tami geben."

Die Mädchen fanden den Jux ihres Trainers so lustig, dass sie fortan nur noch auf diese Namen hörten. So erwies sich die Judomatte, die Tatami, auf besondere Weise als der kleine, eingegrenzte Platz, auf dem die Mädchen sich in ihrer Freizeit austobten. Gleichzeitig kam auch ihre außergewöhnliche Verbundenheit durch ihre Spitznamen zum Ausdruck. Tami behielt ihren Namen auch später bei.

Tata war über ein Jahr älter, aber Tami war fast genauso groß wie sie. Die Freundin hatte etwas mehr Kraft. Dafür zeigte Tami, die nur ein bisschen leichter war, ihre Stärke in einer ungeahnten Schnelligkeit. Keiner hätte geglaubt, dass Tami, die immer so sehr auf die Bremse drückte, so explodieren konnte. Insgesamt waren die beiden Freundinnen meistens ziemlich ebenbürtig. Im richtigen Kampf standen sie sich allerdings nie gegenüber, weil Tami vor dem Wettkampf ihre zwei Kilo Übergewicht immer abtrainierte und somit in der unteren Gewichtsklasse starten konnte. Trotz ihrer Siege lernten die Mädchen aber vor allem aus ihren Niederlagen.

„Das war vielleicht das Bedeutsamste", denkt Tami rückblickend, „dass mein Selbstbewusstsein dadurch sehr gestärkt wurde, dass ich das Fallen übte und dann immer wieder das Aufstehen."

Bei Judo-Übungen unterscheidet man zwischen Tori und Uke. Uke bedeutet in etwa so viel wie der Entgegennehmende oder der Geworfene. Tami war bei den Partnerübungen ein sehr begehrter Uke, weil sie keine Angst vor, sondern Freude am Fallen hatte. Unter Tori versteht man denjenigen, der gibt und handelt. Es ist der Angreifer. Damit beim Üben ein Wurf gelingt, sollten die Bewegungen von Tori und Uke in einem Augenblick sehr gut zusammenpassen.

Am liebsten vollführte Tami beim Training ihre Würfe aus einer fast tanzenden Bewegung heraus. Besonders am Mattenrand sah man ihre Stärke, da sie es verstand, das Gleichgewicht ihres Partners zu brechen, ohne den Rand zu übertreten, um dann mit einem ihrer Spezialwürfe einen vollen Punkt – einen Ippon – und damit den sofortigen Sieg zu erringen. In einem solchen Fall flog der Gegner dann mit vollem Schwung auf den Rücken.

Die Brechung des Gleichgewichtes, das Kuzushi, trainierten Tami und Tata unzählige Male. Beim Übungskampf ahnten die beiden schon genau, mit welcher Bewegung die andere auf die eigene reagieren würde. Da war es nicht einfach, einen Widerstand zu provozieren, um den Partner in der entgegengesetzten Richtung zu Fall zu bringen. Die zwei kannten sich eben in- und auswendig.

Kuzushi ist wichtig, um nach dem Anriss in den Wurf zu gehen. Man nennt den Anriss in den Wurf Tsukuri und die Wurfausführung Kake. In der Trainingsgruppe war bekannt, dass Tamis Tsukuri sehr gefährlich war. Oft blieb bei einem richtigen Kampf in so einer Situation wenig später die Uhr des Kampfgerichts stehen: Ippon!

Tami erinnert sich gerne an die japanischen Begriffe. Auch die Lebensweisheiten vom Begründer des Judo, Jigorō Kanō, fesseln sie. Dessen Schule des Übens, der Kodokan in Tokio, ist nach wie vor sehr bedeutsam. Noch heute besitzt Tami ihre zwei Hefte, in denen sie japanische Begriffe aufgeschrieben hat. Auf einigen Seiten malte sie sogar mit Tinte immer wieder Zweige, Blüten und auch Kirschen. Die Bilder ihrer Judo-Idole, die einst über dem Nachtschrank hingen, schlummern nun in einer Mappe. Nach wie vor klebt an der Tür des kleinen Zimmers ihr Lieblingsspruch ganz groß auf einem Blatt Papier: „mens sana in corpore sano." Obwohl Tami nie Latein gelernt hat, begeistert sie diese Redewendung von Juvenal. Der Spruch bedeutet in etwa, dass ein gesunder Geist in einem gesunden Körper sein möge.

Einer der ersten Würfe, den Tami lernte, nachdem sie längst das richtige Gürtelbinden und Verbeugen im Angrüßen beim Training beherrschte, war der De-Ashi-Barai, der auch „Fußfeger" genannt wird. Sie erinnert sich noch genau, dass der Trainer den Schülern dabei die Gleichgewichtsbrechung demonstrierte, indem er sagte, dass es eine Bewegung sei wie am Autolenkrad: in die Richtung drehen, in die geworfen werden soll. Der linke Arm zog dann kreisförmig nach unten, der rechte kreisförmig nach oben. Das waren die schönen Augenblicke, in denen sie erstes Gelingen spürte und nicht mehr nur „Fallobst" für andere war.

Zu Tamis Spezialwürfen zählte der Uchi-Mata, was zu Deutsch der „innere Schenkelwurf" genannt wird. Auch Tata warf gern den Uchi-Mata und zwar auf beiden Seiten. Sie war besonders im Bodenkampf stark. Oft gewann sie dabei durch Festhalten oder Armhebel.

Judo ohne Gürtel ist undenkbar. Er wird nach einer einfachen Vorschrift gebunden und geknotet. Tami erinnert sich an mühsame Kämpfe, in denen sie eindeutig hinten lag. Wenn diese Kämpfe unterbrochen wurden und die Jacke neu geordnet oder der Gürtel neu gebunden werden musste, dann konnten ihre Arme und Hände schwer wie Blei werden. Diese Augenblicke der Erschöpfung gehörten zu den schwersten ihrer Judokämpfe. Oft überlegte sie in der kurzen Unterbrechung, mit welcher Technik sie ihren Rückstand in der wenigen verbleibenden Zeit noch aufholen konnte. Noch heute spürt sie, wie schwer in diesen Momenten das Gürtelbinden und Knoten war.

Eigentlich hätte Tami nach dem Willen ihres Vaters schon mit sieben Jahren mit dem Judo beginnen sollen, doch sie hatte damals dazu überhaupt keine Lust. Vielleicht lag es an der zerrütteten Familiensituation. Als der Vater dann endlich in den Norden zog und sich von Tamis Mutter scheiden ließ, fiel die Familie in ein tiefes Loch und musste auch mit weniger Geld klarkommen. Wenn da nicht die damals über siebzigjährigen Großeltern gewesen wären, die Eltern der Mutter ...!

Tami weiß bis heute nicht, wie sie es hätten schaffen können. Damals war sie elf Jahre alt und ihre Zwillingsbrüder sechs. Es begann eine harte Zeit für die Mutter, die älter als der Vater war. Tami sah, dass ihre Mutter am Rande ihrer Kräfte war und versuchte, die Familie ohne Vater zusammenzuhalten. Doch Tami spürte auch, dass sie selbst, bis auf die Übernahme täglicher kleiner Aufgaben im Haushalt, die eigentlichen Probleme nicht lösen konnte. Immer häufiger ging sie ihren eigenen Interessen nach, die meistens nicht die der Mutter waren.

Eines Tages lernte Tami Tata kennen. Sie wohnte in der Nähe, ging aber auf eine andere Schule. Tata überredete Tami, doch einmal beim Judotraining vorbeizuschauen. Tami war ganz begeistert vom Training. Das war der Judoanfang der Zwölfjährigen. Auch ihre Mutter förderte das Training ihrer Tochter. Sie sah darin eine Möglichkeit für Tami, den engen Verhältnissen zu Hause ein Stück weit zu entkommen.

Tami zögerte nicht mit ihren Gürtelprüfungen und kam mit den Jahren über weiß-gelb, gelb, gelb-orange, orange, orange-grün, grün bis zum blauen Gürtel.

Für viele ist es das große Ziel, sich eines Tages den schwarzen Gürtel umzubinden. Damit werden sie in der Öffentlichkeit als Judo-Meister wahrgenommen. Die Meistergrade beginnen mit einem schwarzen Gürtel und reichen vom 1. bis zum 10. Dan. Die Schülergrade gehen vom 8. bis zum 1. Kyu, dem braunen Gürtel.

Obwohl Tami schon alle Würfe und Griffe für den braunen Gürtel beherrschte, bestand sie darauf, bei ihrem blauen Gürtel zu bleiben. Diesen Entschluss konnte nicht nur ihr Trainer nicht verstehen. Brachte sie doch damit auch die Interpretationen hinsichtlich des Ausbildungsstandes durcheinander. Doch das war Tami egal. Sie liebte ihren blauen Gürtel, basta.

Wer Tami kämpfen sah, war begeistert. Zuletzt gewann sie sogar gegen ältere achtzehnjährige Frauen und zwei Dan-Trägerinnen im Übungskampf. Einige meinten, wenn sie so weiter trainiere, würde sie Europa- oder Weltmeisterin.

Nachdem Tata weggezogen war, hörte Tami einige Monate später plötzlich mit dem Judo auf. Das war für den ganzen Verein ein Schock, für einige sogar schmerzhaft. Wer in der Region war so talentiert wie die sechzehnjährige Tami, die jetzt ihren erfolgversprechenden Pfad verließ?

Doch Tami meinte, sie wolle noch andere Wege gehen. Einerseits suche sie neue Herausforderungen und sei gespannt, welche Überraschungen die Zukunft bringen würde. Andererseits wolle sie lernen, ab und zu etwas zu unterbrechen und Pausen zu machen. Auch wolle sie über einiges nachdenken, wie zum Beispiel über die Farben des Lebens und die Farben der Gürtel.

„Aber vielleicht komme ich ja wieder", sagte sie, um den schweren Abschied etwas leichter zu machen und die enttäuschte Gruppe nicht ganz hoffnungslos zu verlassen.

Es blieb die starke Erinnerung an Judo – der sanfte Weg.

Tami möchte nach der Schule erst einmal den Beruf einer Graveurin erlernen. Das entspricht ihren Vorstellungen in Sachen handwerklicher Kreativität. Sie hält sich offen, danach auf dem zweiten Bildungsweg weiterzumachen und vielleicht zu studieren. Ihre Unabhängigkeit ist ihr sehr wichtig.

„Wenn mir der erste Beruf gefällt, habe ich immerhin die Chance, mich als Meisterin selbständig zu machen", sagt sie sich.

Als Graveurin will Tami auch individuelle Gürtelschnallen bearbeiten. Sie hofft, dass sich nach ausführlichen Gesprächen die Kundenwünsche mit ihren Vorstellungen decken werden. Jetzt schon sieht sie ein Aktionsfeld im Bereich Monogramme, Initialen, Sport, Vereinszeichen, Familienwappen, Tier- und Pflanzenmotive.

Sicher wird sie auch lernen, mit den computergesteuerten Maschinen umzugehen. Ihr Arbeitsbereich soll aber vorrangig die Handarbeit mit Stichel, Meißel und Graviernadel sein. Auch freut sie sich auf ihre Bild-Zeichnungen und gemalten Buchstaben, die, von ihr und auch anderen Handwerkern stammend, dann bleibend auf Metall, Kunststoff oder Stein, Porzellan und Glas gebracht werden können.

Tami treibt keinen Sport mehr im Verein. Sie liebt aber Bewegung und ist äußerst fit. Oft fährt sie mit dem alten Rad zum Schwimmen oder wandert mit Freunden. Regelmäßig macht sie zu Hause mit dem Gewicht ihres eigenen Körpers Übungen, sodass sie kein Fitnessstudio oder spezielle Geräte braucht. Ein Thera-Band reicht ihr.

Besonders nach dem Duschen beim Abtrocknen spürt Tami ihren durchtrainierten Körper und staunt über ihre Haut.

„Wahrlich ein Wunderwerk", denkt sie und kann sich gar nicht vorstellen, dass so ein kleiner Quadratzentimeter etwa fünftausend Sinneszellen hat. Auch Riechrezeptoren soll die Haut haben, und ihr geht durch den Kopf: „Wenn meine Haut so sensibel auf Lichtreize und Berührungen reagiert, ob sie dann auch sehen kann? Pass nur auf, mein lieber Farbmischer! Obwohl meine Haut sich enorm regenerieren kann – sie vergisst nichts!"

Tami schmunzelt in den Spiegel und nickt selbstbewusst zu ihren eigenen Gedanken. Ihr Kopf steckt voller Fragen: „Wie weit reicht die Vernunft, wie weit denkt der Mensch letztendlich mit seiner Haut? Was taugt die erlernte Vernunft wohl noch morgen? Was frage ich heute, was in zwanzig Jahren?"

Doch schnell kommen ihre Gedanken wieder auf das Heute zurück. Neulich hat sie gelesen, dass die Haut eigentlich ganz gut selber für sich sorgen kann und keine Kosmetik benötigt. Wichtig sei nur eine ausgewogene Ernährung, genug Wasser, Schlaf und Ruhe. Das ist alles, was für ein gesundes Gleichgewicht nötig sei. Und Tami fallen die Erkenntnisse der Fachleute ein, die schreiben, dass sich dieses Sinnesorgan besonders über Berührungen freue. Sie meinen sogar, diese seien für die Haut ein Lebensmittel.

Tami zieht sich an. Sie will heute wieder zu Achim und freut sich. Auch wenn sie manchmal unterschiedlicher Auffassung sind über die Veränderungen des Planeten, spätestens in ihrer kleinen Welt fühlen sich die beiden wieder wohl.

Achim ist einundzwanzig und damit vier Jahre älter als Tami. Er ist schlank und groß und arbeitet in einer Firma als Maler und Lackierer. In seiner Freizeit ist er auch in Nebenjobs aktiv. Seine Freunde staunten, wie schnell er es zu einer schönen, großen Zweizimmer-Mietwohnung gebracht hat, in die er vor zwei Monaten eingezogen ist. Achim würde sich freuen, wenn seine Freundin auch bald zu ihm zieht.

Doch als er diese Möglichkeit Tami gegenüber zaghaft andeutet, sagt sie recht deutlich: „Das ist viel zu früh, auch wenn dadurch meine Brüder in unserer engen Wohnung endlich ihr eigenes Zimmer hätten. Im Herbst beginnt erst einmal meine Lehrausbildung, und ich bin schon sehr gespannt auf diesen neuen Lebensabschnitt."

Tami hat jetzt so viel im Kopf, was sie Schritt für Schritt in ihrer gewohnten Umgebung erledigen will. Aber die Perspektive auf größeren Wohnraum reizt sie sehr.

X06

Juli 2000

Draußen ist alles bunt. Die Menschen genießen die warmen Tage.

Tami begann letztes Jahr, im Herbst 1999, ihre Lehrausbildung. Alles lief gut. Zum ersten Mal verdient sie nun mit achtzehn Jahren Geld, von dem sie notwendige Dinge selber kauft. Auch kann sie endlich der Mutter etwas abgeben.

Nach mehrmaligem Zögern hat sich Tami entschlossen, ihren Lebensmittelpunkt nun in die Wohnung ihres Freundes zu verlegen. Die beiden freuen sich schon auf diesen neuen Lebensabschnitt. Achim, der mit seinem flotten Schlitten in sechs Touren jegliches Hab und Gut von Tami bereits in die neue Wohnung gebracht hat, wird heute am späten Nachmittag endlich auch seine Freundin abholen.

Noch einmal geht Tami in der Nähe ihrer Wohnung allein auf den Feldweg und erinnerte sich all der Jahre in dieser Gegend. Sie pflückt auf dem Rückweg einige Kornblumen, die sie ihrem Freund zum Einzug schenken will. Zur Verabschiedung kommen sogar ihre Brüder, die fast so groß wie die Mutter sind, welche sie fest in ihre Mitte nehmen. Es fließen ein paar Tränen, in die sich aber auch die Zuversicht auf positive Veränderungen für alle mischt. Und außerdem ist man ja nicht aus der Welt!

Nach über zwei Stunden landet Tami in ihrer neuen Wohn-Welt. Achim und sie begannen schon vor Monaten, die bescheidene Einrichtung gemeinsam zu gestalten. Dabei musste etwas Technik im Blickfang einem kleinen Regal mit Büchern weichen. Auch zwei Vasen mussten her und in einer davon strahlen nun die Kornblumen ins helle Zimmer.

Tami ist geschafft, obwohl sie heute kaum etwas gemacht hat. Sie sitzt im Sessel, lässt ihre Gedanken kreisen und genießt die Ruhe.

„Sicher müssen wir noch einiges gemeinsam verändern", überlegt sie und sagt sich: „Kommt Zeit, kommt Rat!"

November 2000

Achim hält die Wohnung sehr sauber. Alles ist tipptopp. Man sieht, wo die Dinge im Zimmer ihren festen Platz haben. Es scheint, als wüsste Achim sehr genau, was er will. Er liebt kürzeste Wege und will rasch erreichen, was er sich in den Kopf setzt. Das funktioniert bis jetzt blendend.

Schon hat er konkrete Vorstellungen, was in den nächsten Monaten angeschafft werden könnte. Darum arbeitet er in seiner Freizeit viel. Im Urlaub will er dann vor allem ausschlafen, schön essen und fernsehen. Das tut ihm gut. Auf der Arbeit gilt für ihn vor allem: Pünktlichkeit, die Situation sofort erfassen und, eingehend auf die Wünschen der Menschen, schnell für eine neue farbliche Umwelt zu sorgen. Dann heißt es für ihn nur noch Schaffen und Anpacken. Er freut sich, wenn andere sich freuen über seinen neuen Anstrich.

Jetzt aber möchte er vor allem, dass sich Tami schnell in der neuen Wohnung und mit ihm wohlfühlt. Am liebsten würde er immer in ihrer Nähe sein, um sie zu beschützen.

Immer wieder versucht Achim, Tamis Wünsche zu erraten, um sie mit kleinen Dingen, die er für sie kauft, zu erfreuen. Doch das ist gar nicht so einfach. Natürlich hat Tami viele Wünsche, die sie sich in der Zukunft Schritt für Schritt erfüllen will. Da sie aus finanziell recht eingeschränkten Verhältnissen kommt, hat sie in Hinblick auf materielle Belange beizeiten eine Strategie entwickelt: Immer, wenn ein solcher Wunsch aufkommt, fragt sie sich, ob die Erfüllung wirklich notwendig ist und welchen Zweck sie hat.

Dieses Sich-Bewusstmachen war zu Anfang recht anstrengend. Auch will Tami andere Menschen mit ihrer Einstellung nicht beeinflussen. Manchmal kommt sie aber nicht umhin, gewisse Dinge in Hinblick auf die Kaufentscheidungen anderer Leute wahrzunehmen. Sie sieht, wie sich die Menschen Minuten nach dem Kauf eines besonderen Artikels fühlen. Einige sind dann überaus freundlich. Tami hofft insgeheim, dass dieses gute Gefühl doch möglichst lange anhalten möge und sich keiner durch den Kauf später vielleicht verführt fühlt.

Wahrscheinlich hängt das Ganze auch mit dem unterschiedlichen Ich-Gefühl der Menschen zusammen, denkt sie, und ihr fällt die Faksimileausgabe ein, die ihr der Großvater schenkte. Deren Titel hat sich ihr sehr eingeprägt, auch wenn sie noch keine Lust verspürte, das Werk zu durchstöbern. Bestimmte Wünsche will Tami keineswegs verschweigen, denn sie weiß um die starke Kraft derer Erfüllung. Trotzdem, Tami spürt, dass ihre materiellen Wünsche in der freiwilligen Selbstbeschränkung langsamer wachsen. Sie wird nicht so sehr von Erwartungen getrieben, auch das macht sie froh.

Oft schaut Tami in ihr kleines Büchlein „Selbstbetrachtungen" von Marc Aurel und schwärmt von seinen Worten: „Denke nicht so oft an das, was dir fehlt, sondern an das, was du hast."

Asketisches kommt ihr dabei nicht in den Sinn, im Gegenteil.

„Man kann doch einiges teilen, tauschen oder ausleihen", sagt sie und muss dabei auch an ihre Bücher denken, die sie alle zwei Monate in der Bibliothek aussucht, um ihren Lesedurst zu stillen.

Achim hat sein System für sich gefunden. Das betrifft auch seinen Umgang mit Geld. Freiheit bedeutet für ihn auch, materielle Möglichkeiten und Neuheiten auszuschöpfen. Achim ist sehr fleißig und verdient gut. Jeden Monat füllt er Lottoscheine aus, obwohl er schon mehrmals mit dem Spiel aufhören wollte. Bisher war es nur ein Verlustgeschäft. Doch er meint, diese Spannung zu erfahren, koste eben auch.

Nur einmal ließ er sich auf eine monatliche Raten-Finanzierung ein, weil er unbedingt schnell ein Auto haben wollte, das zwar schon gebraucht, aber von einer bestimmten Marke war. Auch wenn seine Freunde meinen, Darlehen seien das Normalste auf der Welt, will er sich eigentlich nicht so sehr verschulden.

Er kennt Tamis Ansicht, dass man grundsätzlich erst einmal etwas verdienen muss, wenn man was ausgeben will. Auch sagt sie, dass man in Wirklichkeit dann unabhängig sei, wenn man in schlechten Zeiten auf ein paar Ersparnisse zurückgreifen könne. Diese Reserven müsse man unbedingt einplanen und seine Lebensweise darauf ausrichten. Sie behauptet auch, dass diese materiell einschneidenden Zeiten oft dann kämen, wenn man nicht damit rechnete. Aber das ist eben ihr Credo, denkt Achim selbstbewusst und lässt ihr ihren Glauben.

Tami weiß nichts von der Raten-Zahlung. Sie glaubt, dass seine Eltern Achim beim Autokauf unterstützt haben. Als Radfahrerin versteht sie nicht viel von Autos. Neulich las sie, dass intelligentes und preiswertes Carsharing in der fernen Zukunft mehrere Probleme lösen könnte. Auch hieß es in diesem Artikel, dass es in zwanzig oder dreißig Jahren viele Elektro- und sogar selbstfahrende Autos geben würde. Dadurch könnte die Luftqualität verbessert und der Straßenverkehr sicherer werden.

„Auch lenken braucht man dann nicht mehr", ist ihre spitze Bemerkung, doch davon will Achim überhaupt nichts wissen.

„Das ist alles Zukunftsmusik", winkt er ab und meint, dass er das nicht mehr erleben würde. Er will die Kontrolle über sein Fahrzeug behalten und liebt sein apfelgrünes Auto, das sogar Leichtmetallräder und ein Sport-Lederlenkrad hat. Stolz erzählt er Tami, dass sein Auto über 140 PS verfügt.

„Im Schnitt haben die Neuwagen im Land vielleicht etwas über 100 PS", sagt er und erklärt, dass man unter einer Pferdestärke die Leistung versteht, wenn man in einer Sekunde 75 Kilogramm einen Meter hochhebt.

„Diese Leistung entspricht auf die Dauer etwa der eines Pferdes. Aber als Höchstleistung kann ein Pferd etwa 24 PS erreichen."

Daraufhin sagt Tami, dass ein Fahrzeug, das überwiegend nur in der Stadt genutzt wird, eigentlich mit einer Stärke von maximal neunzig Pferden völlig auskommen müsste. Etwas anderes wäre es ihrer Meinung nach, wenn man das Fahrzeug ständig auf der Autobahn fährt. Und sie denkt sich: „Jedem eben sein Pläsier, wenn es anderen nicht schadet."

Doch sie kann es sich dann doch nicht verkneifen, schmunzelnd noch ein paar Gedanken abzudrücken: „Offensichtlich können sich die Menschen von mancher Angewohnheit nur schwer trennen. So auch im Sprachgebrauch aus der Zeit der Pferdekutschen. Obwohl schon vor vielen Jahren eine neue Einheit für die Leistung der Autos eingeführt wurde, reden die Leute immer noch von PS. Und ganz zu schweigen vom Kotflügel, wo doch auf den Straßen kaum noch Pferdeäpfel liegen."

Achim lacht. Über den Ursprung dieses Wortes hat er noch gar nicht nachgedacht. Trotzdem, auf sein Auto lässt er nichts kommen. Markenbewusstsein und in diesem Zusammenhang die Achtung bestimmter Menschen ist ihm wichtig. Achim weiß, wie sehr das Image eines Autos auf seinen Fahrer abfärbt, egal, ob er das will oder nicht. Ursprünglich wollte er im Marketing tätig sein. Vor Kurzem erwähnte er, dass er in einigen Jahren, nach einer Umschulung, im Verkauf arbeiten möchte. Er sagte, dass das E-Auto im Nahverkehr wahrscheinlich auch nicht die Zukunft sei, sondern der

„Öffentliche Personen-Nahverkehr" und das Fahrrad, aber das interessiere ihn jetzt überhaupt nicht.

Tami kennt die tieferen Zusammenhänge der Finanzwelt nicht. Sie lebt materiell bescheiden und weiß, dass sie sorgsam mit ihrem Geld umgehen muss. Kaum eine Woche vergeht, in der die beiden in ihrem neuen Dasein nicht auch Differenzen spüren. Manche Situationen sind sogar ein Drahtseilakt. Sie wissen um ihre kleinen Gegensätze, fühlen sich dann aber wieder sehr zueinander hingezogen. Ihr gemeinsames neues Heim ist für die beiden Wohnglück. Sicher, beim Wegräumen ihres Kleinkrams ist Tami sehr nachlässig und zwanglos, doch ihren neuen Freiraum im Wohnen schätzt sie sehr.

Achims Geburtstag begehen die beiden abends mit einem Glas Wein. In einer sehr entspannten und zufriedenen Atmosphäre nimmt er Tamis Hände in seine und ist froh. Nach einer Weile löst Tami ihre Hände aus seinem Griff und tastet mit der linken neben das Sofa. Sie holt vom Fußboden eine versteckte Schachtel hervor und sagt: „Das schenke ich dir und hoffe, es wird deinen Blick für die Details des Lebens sehr erweitern. Ich wünsche dir damit viel Freude."

Vorsichtig löst Achim das blaue Geschenkpapier vom liebevoll eingewickelten Karton, öffnet den Deckel und erblickt einen kleinen, schmucken Fotoapparat. Seine Freude ist groß, denn das ist für ihn eine ganz neue Herausforderung.

Brit

X07

Merkwürdig. Seitdem ich immer tiefer in die Geschichte des Manuskripts eintauche, spüre ich, wie sie mich in meiner Welt verändert. Anfangs war mir, als würde ich in zwei Zeiten leben. Doch jetzt kommt es mir so vor, als würden die beiden Zeiten immer mehr zusammenwachsen.

„Pass nur auf Brit, diese Geschichte kennt vielleicht kein Ende...!", geht es mir durch den Kopf. Das Lesen des Manuskripts berührt mich sehr. All die Zeichen, Sätze und Gedanken sauge ich nur so auf. Sie vermischen sich mit meinen Reflexionen und verändern mich. Ich merke, dass ich nicht mehr dieselbe bin wie noch vor einigen Monaten. Das Netzwerk meiner Gedanken erweitert sich enorm. Schon wenige Augenblicke nach dem Lesen spüre ich, wie neue Erinnerungen an kleine Details des soeben aufgenommenen Lesestoffs geboren werden und ältere wieder aufflammen. Und immer dann, wenn ich den Text erneut durchgehe, verfestigen sich all diese Erinnerungen.

Seit geraumer Zeit schreibe ich täglich in etwa eine Stunde den Text des Manuskriptes ab. Der Umgang mit meinem neuen Füllfederhalter wird mir immer vertrauter. Mittlerweile genieße ich es, wie jedes Wort, jeder Satz ohne Eile durch meine Finger fließt. Das flüssige Schreiben ist mir ein Vergnügen. Und ohne Anstrengung übe ich mich auch noch im Schriftbild meiner Hand. Mein gutes Gefühl dabei möchte ich immer wieder mit Flor teilen. Noch heute werde ich ihr schreiben.

Nach unseren Übungen für mehr Gelassenheit haben wir herausgefunden, dass ein sorgsamer Umgang mit dem Zeithaushalt in unserer Kommunikation auch guttut. Früher telefonierten wir und schrieben mehrmals in der Woche E-Mails. Jetzt testen wir aus, uns nur alle drei Wochen gegenseitig einen elektronischen Brief zu schreiben. Das ist ein Versuch mit besonderem Reiz. Es verlangt schon eine gehörige Portion Disziplin. Bis zu unserem Treffen in Zürich wollen wir das Experiment durchhalten.

Mir geht es sehr gut. Ich kann jetzt, mehr als Flor, die durch ihr Architekturstudium sehr eingebunden ist, auch spontan verschiedenen Interessen nachgehen. Das ist das Schöne in meiner gegenwärtigen Situation. Doch obwohl ich mich meinen Aufgaben ganz ohne Stress widmen kann, staune ich, wie schnell schon wieder über die Hälfte des Jahres 2041 vergangen ist. Naja, so ist es eben. Ich freue mich schon auf den goldenen Herbst, meine Lieblingsjahreszeit. Und Ende Oktober gibt es dann das Wiedersehen mit Flor.

Vor zwei Wochen machte ich einige Tests mit meinem Computer. Zuerst übersetzte ich eine halbe Seite mit einfachen Satzstrukturen ins Französische. Anschließend ließ ich den gleichen Text vom Computer übersetzen. Offensichtlich waren wir beide gut. Ich glaube, unsere Abweichungen kann man tolerieren. Dann reizte mich ein seriöses Graphologie-Programm. Nachdem ich nun schon eine ganze Menge Handschriftliches aufs Papier gebracht hatte, wollte ich gern wissen, welche Charakterzüge man aus meiner Handschrift deuten kann.

Zuerst gab ich eine Probe meines abgeschriebenen Textes in das Programm ein. Natürlich wollte ich das Ergebnis nicht überbewerten. Trotzdem, ich war aufgeregt. Als ich mir dann die Auswertung zu Gemüte führte, haute sie mich nicht im Geringsten vom Hocker. Ich hatte mehr erwartet.

„Das ist doch nur ein kleiner Teil von mir", dachte ich. „Wo sind meine Widersprüche? Unterliegt mein abgeschriebener Text vielleicht zu sehr der eigenen Kontrolle? Sucht meine Handschrift etwa die Nähe zu einer gewissen Norm?"

Tage später erstellte ich in verschiedenen emotionalen Situationen Schreibproben auf einem graphischen Schreibbrett. Als ich dann das detaillierte Schriftgutachten las, wurde ich sehr nachdenklich. Genial! Welche Wesenszüge und dominanten Merkmale der Computer in seiner Analyse erkannte! Ich hatte das Gefühl, das stimmt.

Auch konnte man deutlich einige Merkmale meiner Handschrift zu der des Manuskripts unterscheiden. Nun bin ich in meiner Erkenntnis wieder ein kleines Stück vorangekommen.

Und doch stellt sich mir beim Lesen des Manuskripts immer wieder die Frage: Was davon ist wahr, was Dichtung? In gewisser Weise fühle ich mich schon jetzt wie eine Archäologin, die ihren geborgenen Fund, ein Schriftgut vom Anfang des 21. Jahrhunderts, auf Wahrheit überprüft, archiviert, rekonstruiert, datiert und interpretiert.

Apropos Archäologie. Über mein Studium ab nächstem Jahr habe ich bereits genaue Vorstellungen. Ein Semester möchte ich in Griechenland absolvieren. Zu dem, was mich besonders interessiert, gehören die Module „Stellung von Frau und Mann in der Antike" und „Mythen". In den Nebenfächern werde ich auf jeden Fall Informatik und „ethics 2040 human" studieren. Beide Fächer hatte ich neben Sozialer Robotik, Psychometrie und Transhumanismus schon mehrere Jahre in der Schule.

Es läuft gut für mich! So kann es weitergehen.

Das Manuskript

X08

Frühjahr 2001

Seit Tamis Umzug ist fast ein dreiviertel Jahr vergangen. Achim geht es gut und Tami lebte sich bestens in der Wohnung ein. Schnell gewöhnte sie sich an den neuen Rhythmus. In ihrer Ausbildung hat sie schon einige Motive entwerfen müssen.

An manchen Samstagen, wenn Achim noch Aufträge erledigt, trifft Tami sich mit einer kleinen Clique, die es immer wieder in die Natur zieht. Auch gibt es Samstage, an denen Tami ganz allein in der Wohnung ist. Dann genießt sie die Stille für ihre Hobbys: Basteln, Zeichnen und Schreiben. Sie fühlt sich wohl.

Achim hat keine Zeit mehr, Fußball zu spielen. Aber an Wochenenden sieht er sich mindestens ein Spiel im Fernsehen an und verfolgt die Interviews mit den Stars. Gelegentlich lädt er dazu Freunde ein. Tami schaute ein paar Mal mit. In Wirklichkeit interessiert sie sich aber nur für die ganz großen Fußball-Events mit der überall zu spürenden Anspannung.

„Freude über einen Sieg mit anderen zu teilen oder bei einer Niederlage Aufmunterung in der Gemeinschaft zu finden", sagt sie, „ist ein gutes Gefühl. Doch es darf halt nicht ausschweifen oder zur Euphorie führen. Herausragende Sportler werden oft dann ein besonderes Vorbild, wenn sie in ihrer großen Freude über den Sieg auch ein Herz für die Besiegten und deren Fans zeigen."

Ansonsten aber geht Tami zu diesem Sport eher auf Distanz. Sie ist der Meinung, dass zum Beispiel Judokas mehr Respekt füreinander und auch gegenüber Kampfrichtern haben, als Fußballspieler untereinander und gegenüber dem Schiedsrichter zeigen. Auch hörte sie schon öfter von Beschimpfungen und Beleidigungen der Schiedsrichter in dieser Sportart. Judokas sind für sie auch anspruchsloser. Ihrem Freund sagt sie, dass sie den Eindruck hat, Fußballspieler würden eher zum Lamentieren neigen als Judokas.

Auf keinen Fall will Tami sich von der Übermacht des Fußballs in ihrem Lebensrhythmus vereinnahmen lassen. Sie kann es nicht verstehen, wenn für den Transfer nur eines Fußballers eine Ablösesumme von 40 Millionen Mark ausgegeben wird. Grob umgerechnet wären das rund 20 Millionen Euro, sagt Tami.

„Das ist unfassbar. Da müssen unbedingt rasch klare Begrenzungen her. Denn wenn das so weitergeht, dann wird man in einigen Jahren vielleicht 200 Millionen Euro und irgendwann womöglich gar eine Milliarde für einen Spieler-Transfer bezahlen. Absurd! Diese Entwicklung ist sehr traurig."

Oft muss Tami an die vielen Randsportarten denken, in denen Sportler ebenfalls respektable Leistungen zeigen, die aber weniger im Fokus der Medien stehen. Schließlich kommt sie zu der Auffassung, dass es ziemlich sinnlos ist, sich zu viele Gedanken über die Verflechtung von Sport, Geld und Politik zu machen.

In dieser Hinsicht sehen Achim und seine Freunde alles viel gelassener und haben damit überhaupt kein

Problem. Früher musste Tami in solchen Situationen manchmal tief Luft holen, um die Andersmeinenden zu respektieren. Mittlerweile aber ignoriert sie Diskussionen wie diese konsequent. Grundsätzlich ist sie der Ansicht, dass es vergeudete Energie ist, erhitzten Gesprächen, in denen sich auch Schwachsinn oder Fanatismus ausbreiten können, vernünftige Gedanken entgegenzuhalten.

Ab und zu hinterfragt Tami bestimmte Grundprinzipien. Wenn sie dann immer noch von ihnen überzeugt ist, will sie diese mit guten Argumenten verteidigen und nicht durch oberflächliche Meinungen anderer aufweichen lassen.

„Es ist wie mit den Farben", sagt sie, „mischt man sie zu oft, können sie an Leuchtkraft verlieren."

Achim ahnt, was sie damit meint, denn die Beziehung zwischen den beiden schwächt sich ab. Er spürt, dass ein gemeinsames Hobby fehlt. Darum will er sich stärker in die Gedankenwelt seiner Freundin versetzen und sucht nach einem neuen Thema, das beide reizt.

Er ist allein in der Wohnung. Gezielt schaut Achim auf Tamis Bücherregal und liest genauer als sonst die Texte auf der Rückseite des Umschlags, Exemplar für Exemplar. Plötzlich entdeckt er ein dickes Buch mit einem blauen Umschlag, anlässlich einer Yves-Klein-Ausstellung erschienen. Er zieht es heraus, und als er darin blättert, fragt er sich: „Wieso erzählt mir Tami nie ausführlicher über ihre Welt der Bücher?"

Er schnappt einige Überschriften auf und ist sehr angetan von den vielen Illustrationen. Nach über einer Stunde des Schauens und Lesens sagt er begeistert: „Das ist's!"

Mit einem Mal spürt Achim eine Kraft und Erwartung wie beim Anblick einer Pforte zu einem neuen gemeinsamen Raum.

„Das ist er, der Künstler Yves Klein, der das reine Blau vielleicht wie kein anderer in seinen Werken präsentierte", murmelt Achim in sich hinein, obwohl er sich mit Kunst bisher kaum beschäftigt hat. Im Buch sieht man in großen Abbildungen auf mehreren Seiten Kleins sogenanntes „Monochrom blau, ohne Titel".

Achim eröffnet sich nun eine große Geschichte und ein Feld voller Abenteuerlust. Und als er liest, dass der Künstler auch ein ehrgeiziger Judoka war und in seinen Farbabdrücken mit Körpern experimentierte, hat er plötzlich eine Idee: „Das Projekt muss unbedingt erforscht und weitergeführt werden! Und wer auf der ganzen Welt ist dazu mehr berufen als ich mit meiner Freundin?"

Achims Gedanken sprudeln. Er entdeckt im Buch eine Fotografie eines Modells bei der Anfertigung eines Anthropometrie-Abdrucks. Dabei legt sich das Modell, in diesem Fall eine Frau, mit angemalter Körpervorseite breitbeinig über eine weiche, deutlich vom Fußboden erhobene, schmale Liegevorrichtung. Auf dieser mit Papier ausgelegten Vorrichtung hinterlässt sie durch ihr eigenes Gewicht einen Abdruck der Vorderseite ihres nackten Körpers.

Achim ist hingerissen von dieser Performance-Kunst. Ihm kommt in den Sinn, dass hier auf eine ganz andere Weise etwas abgebildet wird als mit der Technologie des Fotografierens. Kurz muss er an den ihm geschenkten Fotoapparat denken, den er zu seiner Schande erst einmal mit einem kleinen Film ausprobierte.

„Das muss sich unbedingt ändern! Und überhaupt: Abdrucke, Fotos – das ist doch ein großes gemeinsames Thema. Wie kann unsere Wirklichkeit in Zukunft immer besser wiedergegeben, aber auch leichter manipuliert werden? Und die Spur des Körpers – ist sie nicht real und Kunst zugleich in ihrem Abdruck?"

Begeistert erzählt Achim Tami abends von seiner Entdeckung und dem Vorhaben. Und schneller, als er gedacht hat, ist auch Tami von seinen Ideen und seiner Offenheit für Kunst angetan. Natürlich kennt sie das Buch und beschließt, es nun mit etwas anderen Augen noch einmal zu lesen und sich von den Bildern beeindrucken zu lassen. Als sie das erste Mal darin blätterte, hatte sie an eigenes Ausprobieren nie gedacht.

„Doch warum nicht, wenn es unter uns bleibt und Kunst so erfahrbarer werden kann?", meint sie. Tami spürt, dass das Thema Achim und sie einander wieder näherbringt.

Mit dem gemeinsamen Ziel vor Augen fühlen sich die beiden wie umgewandelt. Leidenschaftlich bereiten sie ihr Projekt vor. Immer wieder muss im Buch nachgelesen werden. Schließlich will man ja auch in der Interpretation der Kunstrichtung eigene Akzente setzen. Tami meint gleich zu Beginn, dass sie als Modell zur Verfügung steht. Sie wünscht aber, dass bei diesem Projekt keine Fotos von ihnen beiden gemacht werden.

„Die fertigen Abdrucke", sagt sie zu Achim, „solltest du vorerst mit nur zwei Fotografien pro Anthropometrie festhalten."

Das Projekt hat nicht nur sinnliche Aspekte. Viele Fragen zur Theorie und Tradition werden besprochen. Immer wieder ermutigt Tami Achim bei seiner Ideenfindung und Formulierung. Sie freut sich so über seine plötzliche neue Einstellung zur Kunst. Die Tage vergehen wie im Flug.

Mai 2001

Tami geht weiterhin in ihrer Lehrausbildung auf. Sie durfte sogar schon eine erste Gürtelschnalle gravieren. Bei Achim häufen sich zusätzliche Aufträge für seine Freizeit. Er arbeitet viel und ist froh, wenn er zu Hause Erholung findet.

Nach wie vor kann er sich beim Abwaschen und Staubsaugen gut entspannen. Er wundert sich selbst, dass er dabei innerlich so frei wird und neu auftanken kann. Jedenfalls lässt er sich diese Tätigkeiten nicht nehmen. Am liebsten fährt er mit dem Staubsauger auf dem Fußboden in gleichmäßigen Bewegungen immer auf einer Bahn vor und zurück, bevor er dann sorgfältig auf die Nachbarstrecke wechselt. Dabei wirkt er sehr bedächtig. Doch ulkigerweise kann er hierbei seinen Gedanken einen so freien Lauf lassen, als würden sie von Flügeln getragen und in der Ferne neue Wünsche entdecken. Manchmal passiert es dann, dass er nicht genau weiß, wo er schon gesaugt hat und wo noch nicht.

Ihm macht Staubsaugen Spaß. Seiner Freundin sagt er: „Vieles, was die Arbeit im Haushalt erleichtert, möchte ich kaufen. Doch eins weiß ich. Sollte es irgendwann mal Saugroboter geben, die werde ich auf keinen Fall erwerben, solange ich fit bin."

Tami schmunzelt und freut sich über Achims Hausarbeiten, weil sie dadurch Zeit für sich gewinnt. Hin und wieder nimmt sie Achim mit zu Verkaufsausstellungen, um für Neuanschaffungen Anregungen zu bekommen.

X09

Juni 2001

Die Begeisterung der letzten Wochen ist abgeklungen und wieder dem alltäglichen Rhythmus gewichen. Das Performance-Projekt war eine schöne Abwechslung und eine wichtige gemeinsame Zeit gewesen. Tami hat das Gefühl, dass eine weitgehende Übereinstimmung zwischen Achim und ihr, die im Verborgenen schlummerte, erfahrbar wurde. Sie spürte in einer wunderbaren Einfachheit ihre Leichtigkeit und die von Achim.

Intensiv tauschten sie sich aus über die optisch-emotionalen Effekte und Schönheitsideale, die immer vom Zeitgeschmack abhängen. Sie diskutierten bis in die Nacht darüber, was sie jeweils unter Freiheit und Grenzen verstehen und wie wichtig es ist, Beschränkung frühzeitig und freiwillig zu benennen.

Vieles war gelungen, auch die Anthropometrie. Tami hätten zwar zwei Abdrucke in Blau gereicht, aber ihr Freund wollte gern je zwei Abdrucke in zwei unterschiedlichen Farben. Nun liegen diese eingerollt neben den zwei Gedankenheften im Schrank.

Obwohl draußen alles grünt und mehr Licht für das Gute-Laune-Hormon und fröhliche Menschen sorgt, trübt sich das Verhältnis zwischen Achim und Tami wieder. Sie versuchen sich jeweils in ihrem eigenen Umfeld zu entfalten.

Tami führt Tagebuch. Neuerdings schreibt sie abends hin und wieder auch kleine Gedichte, in denen sie ihre Arbeitswelt und die Natur reflektiert. Einige davon liest sie Achim vor. Ihr Freund reagiert mit Bewunderung darauf. Doch in Wirklichkeit geben ihm die Gedichte nicht viel. Er weiß, wenn er das Tami so unmissverständlich sagen würde, wäre sie bestimmt verärgert und sähe vielleicht keine Möglichkeit mehr, ihre getrübte Beziehung noch zu kitten.

Es kam der Tag der geplanten einmaligen Spätschicht. Tami erinnert Achim am Morgen, dass sie heute erst gegen 22:00 Uhr nach Hause kommen wird, was er wohlwollend zur Kenntnis nimmt. Als er am Abend von der Arbeit zu Hause eintrifft, wird ihm klar, dass er nun gute drei Stunden alleine ist. Er will sich Gedanken machen, wie die Beziehung zwischen ihm und Tami verbessert werden könnte.

Nach dem Essen durchwühlt Achim wieder Tamis Bücher. Gleich neben dem dicken Sprichwörterlexikon findet er zwei mit lyrischem Inhalt. Bei dem einen handelt es sich um das Reisetagebuch von Bashō mit einigen Haiku-Gedichten. Nach schnellem Durchblättern kommt Achim zu dem Schluss, dass er vor allem mit den darin aufgeführten Dreizeilern überhaupt nichts anfangen kann.

„Völliger Schwachsinn", murmelt er vor sich hin und stellt das Buch wieder zurück ins Regal.

Die Texte im anderen Büchlein sagen ihm nach leichtem Durchblättern schon eher etwas. Mehrmals liest er die entdeckten Zweizeiler von Friedrich Schiller mit den Titeln „Die Kunstschwätzer" und „Der Meister". Dann findet er noch Zweizeiler mit den Überschriften „Der Gürtel" und „An den Dichter". Und schon von der Betitelung her ist er von ihnen recht angetan.

Diese beiden Texte sind es, in die er sich nun immer mehr hineinsteigert, auch wenn sich hier wieder nichts reimt. Wiederholt liest er die Zeilen erst leise und dann immer lauter und deutlicher sprechend. Achim erhebt sich vom Sofa und schreitet mit dem aufgeschlagenen Büchlein in der rechten Hand selbstbewusst wie ein Schauspieler durchs Zimmer. Nach einer Pause liest er erneut die Texte und spürt, wie er zunehmend sicherer und ausdrucksstärker wird. Es hört sich an, als hätte er genau das schon lange sagen wollen und als wären es nicht Schillers, sondern seine eigenen Worte.

„Das passt wie die Faust aufs Auge!", findet er.

Als Tami von der Spätschicht kommt, erzählt Achim ihr gleich von seiner abendlichen Lyrik-Erfahrung: „Der Bashō, der sagt mir nicht viel, aber den Schiller, den finde ich super!"

Sodann trägt er Tami, innerlich noch leicht aufgeputscht, auswendig vor, was er in den Abendstunden mit beträchtlicher Übung in seinen Kopf brachte. Dabei schreitet er mit kleinen Schritten vor Tami, die abgespannt vor ihm hockt und seinen Worten lauscht:

An den Dichter

Laß die Sprache dir sein, was der Körper den Liebenden; er nur
Ist's, der die Wesen trennt und der die Wesen vereint.

Der Gürtel

In dem Gürtel bewahrt Aphrodite der Reize Geheim-
nis,
Was ihr den Zauber verleiht, ist, was sie bindet, die
Scham."

Während seines Vortrages achtet Achim sehr genau auf
jede von Tamis Regungen. Nachdem sie weder Bewunderung noch Ablehnung in ihrem Gesicht erkennen
lässt, wiederholt er beide Texte, jetzt aber ganz ent-
flammt. Tami staunt mit einem leichten Lächeln. Doch
Achim merkt, wie sich hinter ihrem Staunen zunehmend Nachdenklichkeit ausbreitet.

Tami wiederum fragt sich, was Achim ihr mit diesen Worten sagen will. Irritiert, aber keineswegs betrübt
schlägt sie vor, sich morgen über diese Gedanken von
Schiller auszutauschen. Achim ist enttäuscht. Er merkt,
dass für große Worte wohl auch der richtige Zeitpunkt
vonnöten ist, sie zu sagen und zu hören. Jetzt jedenfalls war nicht die Zeit, die die beiden einander näherbringt.

Juli 2001

Tami trägt inzwischen öfter Kleider und kommt gut
ohne Gürtel aus. Sie probiert verschiedene Farbtöne,
lässt sich aber nicht von den Trendfarben vereinnahmen, ahnt sie doch, wie schnell sich diese als Symbol
des Zeitgeistes auch zu einem Hype erheben können.

Ganz spontan teilt Blümchen Tami mit, dass sie gerne mal allein mit ihr ohne die Wandergruppe etwas unternehmen würde. Tami ist davon sehr angetan und die beiden beschließen, demnächst zum ersten Mal ein paar Stunden miteinander zu flanieren.

Blümchen ist ebenfalls Lehrling in der Graveurausbildung. Schon immer wird sie so genannt, abgeleitet von ihrem Familienname „Blume". Vielleicht ruft man sie erst recht so, weil sie sehr hübsch und artig erscheint, als könnte sie keinem etwas zuleide tun. Oft sagt sie gar nichts und hört nur zu. Dann sieht man, wie ihre Augen leuchten und sie äußerst konzentriert all das aufnimmt, was in ihrer Umgebung passiert. Das Lautstarke und Heftige ist nicht ihre Welt.

Blümchen ist genauso groß wie Tami, hat kurze hellbraune Haare und trägt eine randlose Brille. Man hat den Eindruck, dass ihr Selbstbewusstsein nicht sehr ausgeprägt ist. Manchmal ist sie etwas zaghaft, manchmal leicht übermütig. Blümchen spürt, dass die Güte in ihrem Denken meistens nicht wirklich Verständnis findet. Sie zählt nicht zu den Schnellen und ist sehr geduldig. Doch wenn sie auf ihre leise Art lacht und scherzt, gewinnt sie schnell Sympathie. Alle um sie herum werden dann gleich fröhlicher. Nur mit einer längeren Partnerschaft hatte sie bislang kein Glück, wie sie Tami in einer stillen Stunde erzählte.

Als Einzige hat Blümchen Tami ein schönes Motiv auf ihre Gürtelschnalle gravieren sehen. Die Schnalle hat eine einstellbare automatische Verriegelung ohne Dornschließe. Dadurch bot sie genügend Platz zum Gravieren. Auch bewunderte Blümchen den speziellen Gürtel, den sich Tami nach ihren Ideen extra für die Schnalle hat anfertigen lassen. Er hat eine winzige unauffällige Stecktasche auf der Innenseite, in der man bestenfalls einen zweimal gefalteten Zwanzig-Mark-Schein unterbringen kann.

Blümchen ist beeindruckt, wie zielstrebig Tami unter den Auszubildenden auftritt. Oft hat sie den Eindruck, dass sie sich nicht von ihren Vorstellungen abbringen lässt. Auch merkt sie, dass Tami ständig auf neue Ideen kommt und es ihr in bestimmten Situationen trotzdem gelingt innezuhalten, um einen besonderen Augenblick zu genießen.

Schon seit Wochen fragt sich Blümchen, warum Tami nicht mit ihrem bearbeiteten Gürtel zu sehen ist. Sie findet ihn zauberhaft und würde ihn sofort tragen, ganz abgesehen davon, dass Blümchen in den letzten Wochen fast vier Kilo abgenommen hat. Momentan brauchen ihre Hosen einen Gürtel. Die Trennung von ihrem Partner belastet Blümchen noch immer.

Tami ist stolz auf ihre Arbeit mit der Gürtelschnalle. Im Stillen schwirren ihr ein paar Gedanken durch den Kopf über ihr kleines Kunstwerk: „Die Gravur ist mir wirklich gut gelungen. Sie sieht echt schön aus. Die Gürtelschnalle mit dem gravierten kleinen Zweig und den zwei Kirschblüten wird wohl etwas aus dem Rahmen fallen verglichen mit all dem, was ich bisher in Kaufangeboten und im Alltagsleben sah. Sie wird bewundernde Blicke auf sich ziehen. Doch will ich das?"

Fünf Tage später treffen sich Tami und Blümchen nachmittags an der alten Linde mitten in der Stadt. Heute wollen die beiden endlich flanieren und ihre Seele baumeln lassen. Tami trägt ein kurzärmliges Shirt-Kleid mit einem weit schwingenden Rockteil in knieumspielender Länge. Es ist einfarbig dunkelblau. Mit ihren blonden, lockigen Haaren, die aber nicht ihre Schultern berühren, wirkt sie sehr natürlich. Ihr Kleid mit dem Rundhalsausschnitt und einem unsichtbaren Gummizug an der Taille ist ganz auf ihre sportliche Figur zugeschnitten. So fühlt sie sich frei und wohl.

Blümchen trägt eine hellblaue Jeans und dazu ein weißes Poloshirt mit wenigen dunkelroten Blüten, die auf der rechten Seite aufgedruckt sind. Sie hat das Shirt, das an diesem warmen Tag weit aufgeknöpft ist, selbst genäht.

Die beiden schlendern vergnügt durch die Straßen und amüsieren sich über das heitere Treiben an diesem Wochenende. Als sie auf die Mode zu sprechen kommen, merkt Blümchen an, wie gut ihr der Gürtel gefällt, den Tami angefertigt hat.

„So etwas Schönes muss man unbedingt gebrauchen und nicht nur im Schrank aufbewahren", sagt sie gut gelaunt und fragt nach einigem Zögern, ob sie sich den Gürtel, wenn Tami ihn nicht selber tragen will, mal für zwei, drei Monate ausleihen könnte. Tami freut sich über Blümchens Wunsch sehr und verspricht, ihr den Gürtel für längere Zeit zu überlassen.

Nach über zwei Stunden landen die beiden in einem Eiscafé. Hier erzählt Tami erstmals über ihre Sorgen in der Beziehung mit Achim. Nicht ohne Hoffnung fragt sie sich, wie man in der kommenden Zeit ein stabiles Fundament für ein gemeinsames Leben schaffen könnte.

Noch am nächsten Tag spürt Tami, wie gut es ihr tut, einen Menschen wie Blümchen zu haben, der vor allem zuhört, wenn man über eigene Probleme spricht.

Und mit einem Mal schenkt sie Blümchen nicht nur größeres Vertrauen sondern am darauffolgenden Tag auch ihr erstes kleine Kunstwerk, den Gürtel, als Dank und Erinnerung der gemeinsamen Lehrjahre.

X10

August 2001

Unerwartet nimmt Achim an einer einwöchigen Weiterbildung teil. Seine Firma weiß, was sie an ihrem tüchtigen Mitarbeiter hat und will ihn mit Aufstiegsmöglichkeiten binden. Tami ist nun zum ersten Mal eine ganze Woche allein in der Wohnung. So kann sie sich ein wenig entspannen, denn die Beziehung der beiden hat sich noch nicht gebessert.

Obwohl Tami etwa alle zwei, drei Monate ihre Mutter und Brüder besucht, kann sie auch gut alleine sein. Doch gerne würde sie wieder mit Achim so entspannt leben wie früher. Schon über ein Jahr wohnen sie zusammen. Eigentlich sind die äußeren Bedingungen für ein unbeschwertes Miteinander recht gut, doch finden die beiden kein Mittel, ihren aufkommenden Trübsinn zu vertreiben.

Montagabend. Zuerst einmal will Tami heute all ihre Hausarbeiten erledigen, damit sie die nächsten Abende noch Mußestunden genießen kann. Sie bügelt drei Hemden, legt die gewaschene Wäsche zusammen und sortiert sie im Kleiderschrank ein. Bei dieser Gelegenheit bringt sie immer das leicht durchwühlte Wäschefach von Achim in Ordnung.

„Sicherlich entsteht diese gewisse Unordnung, wenn man in Eile bestimmte Kleidungsstücke im Stapel sucht und beim Zurücklegen etwas nachlässig ist", denkt sie. Doch heute hat sie keine Lust, wieder alles in seinem Teil des Kleiderschranks zu ordnen. Sie platziert die sorgsam zusammengelegten Stücke einfach in seinem Fach.

Nach einer Weile überlegt Tami, dass es eigentlich Quatsch ist, so zu reagieren, weil ihre Beziehung getrübt ist. Vielleicht sollte man gerade jetzt tolerant sein und nicht Grenzen im Handeln zeigen. Sie geht zurück, öffnet Achims Kleiderschranktür und nimmt sämtliche Unterwäsche, Pullis und Hemden heraus, ordnet sie neu und legt die Stapel wieder hinein. Plötzlich kommt sie auf die Idee, dass man den Geist vielleicht mit etwas Süßem öffnen und von Vorurteilen befreien könnte. Sie begibt sich zum Kühlschrank, holt eine Tafel der Schokolade, die Achim so gern isst, und legt sie als Überraschung unter sein erstes Hemd im Kleiderschrank. Auch wenn ihr das Ordnen des Wäschefachs kein großes Vergnügen bereitet, weiß sie ja, dass ihr Freund emsig für Ordnung und Sauberkeit im Wohnzimmer und in der Küche sorgt.

Im unteren Bereich von Achims Kleiderschrankteil gibt es noch zwei Schubkästen. Strümpfe, Taschentücher und anderes sind im ersten. Hier gibt es nichts weiter zu sortieren. Das zweite Schubfach über dem Fußboden ist voll mit Krimskrams. Tami schaut eigentlich nie hinein. Aber vielleicht kann man auch hier etwas aufräumen, denkt sie, setzt sich auf den Boden und zieht den Kasten aus.

Oh je, das Schubfach quillt fast über! Allerlei, was ihr sofort ins Auge fällt: ein kleiner Kopfhörer, Batterien, Doppelstecker, zwei Armbanduhren, Sonnenbrille, eine Taschenuhr, zwei Geldbörsen, eine Rolle Maler-Krepppapier, Streichholzschachteln, Reißzweckschachteln, eine kleine Taschenlampe, Holzschrauben, Wunderkerzen, drei kleine Spielzeugautos, Muschelschalen, kleine Steine ...

„Nein, da kann man nicht aufräumen, solche Bereiche braucht man unbedingt", denkt sie und schiebt den Schubkasten schmunzelnd wieder zurück.

„Doch halt, da waren doch noch Fotodosen!"

Ihr fällt ein, dass Achim erst zwei kleine Filme vollfotografiert hat, seit sie ihm den Fotoapparat schenkte. Sie zieht noch einmal das Schubfach auf und kramt die erste der schwarzen Filmdosen von hinten hervor. Nun löst sie den Deckel der Dose und sieht ganz oben eine Münze mit einem Wappenadler.

Die ganze Dose ist voller Münzen. Tami leert diese auf ihrer Hand aus und stellt fest, dass es sich neben 20-Pfennig- und 50-Pfennig-Stücken überwiegend um Mark-Stücke mit unterschiedlichem Prägedatum handelt.

Tami ist baff. Was Achim da alles beizeiten gesammelt hat! Sie kann sich gar nicht vorstellen, dass schon in wenigen Monaten die Ära der D-Mark vorbei sein soll, und hofft, dass es mit der neuen Währung schon irgendwie weitergehen wird. Sie steckt die Geldstücke wieder zurück, holt dann aber doch noch einmal die oberste Münze heraus, ein Markstück, und legt es mit der Vorderseite auf ihre linke Hand. Nun betrachtet sie sehr genau den Wappenadler. Von einem Vortrag über Wappenkunst weiß sie, dass der Adler in der Heraldik nach dem Löwen das häufigste Wappentier ist. Auch muss sie daran denken, was sie alles über die heraldische Farbgebung und die vielen Regeln gehört hat.

Sie starrt eine Weile auf die Fänge und Krallen des Adlers und lässt ihre Gedanken kreisen. Dann legt sie die Münze wieder zurück, nimmt den Kunststoffdeckel vom Fußboden und drückt ihn mit etwas Gewalt ganz fest auf die Dose. Ein kurzes dumpfes Geräusch sagt ihr, dass der Deckel richtig sitzt und sich nicht mehr lösen kann.

Getrieben von Neugier will Tami wissen, was für Münzen in den anderen Filmbehältern sind. Vorsichtig legt sie die schwarze Dose an ihre alte Stelle zurück, obwohl im Kasten alles drunter und drüber ist. Nun holt sie sich die nächste, die deutlich leichter ist. Als sie diese öffnet, sieht sie, dass es sich nun wirklich um eine Filmnegativrolle handelt. Tami nimmt sie heraus und hält den aufgerollten Anfang gegen das Licht. Ja genau, das war sein erster Film mit mehreren Bildern von ihr und Achim. Auf den restlichen Fotos sind Blumen zu erkennen und die alten Kastanienbäume im Park, die sie so sehr mag. Die Abzüge von diesen Negativen und von den Anthropometrien liegen ordentlich in einer Schachtel im Wohnzimmerschrank.

Tami rollt die Negative wieder zusammen, steckt sie weg und schaut in die nächste Dose. Auch Negative. Gleich an den ersten Aufnahmen erkennt sie, dass es sich hier um die Anthropometrien handelt, von denen sie jeweils zwei Aufnahmen machen wollten. Doch was ist das? Auf die ersten sechs Aufnahmen folgen zwei, auf denen sie erkennt, wie eine Person bauchliegend den Farbabdruck von ihrem nackten Körper macht. Ihr

Atem stockt. Unfassbar! Bei genauerem Hinsehen erkennt sie sich selbst.

„Es war doch ausgemacht, dass bei dieser Performance keiner von uns fotografiert wird!", braust sie innerlich auf. Tami ist außer sich und mit kurzem Atem. „Das kann doch nicht wahr sein! Hab ich mich so getäuscht?"

Sie sitzt sprachlos auf dem Boden des Schlafzimmers und weiß erst einmal nicht, wie es weitergehen soll. Nach einer Weile wird ihr plötzlich übel. Sie atmet tief durch und fährt sich mit einem Taschentuch über die feuchte Stirn. Nun braucht sie einen Schluck Wasser, erhebt sich sachte vom Fußboden und geht nach nebenan ins Bad. Dort dreht sie den Wasserhahn über dem Waschbecken auf und trinkt einen Schluck vom fließenden Wasser und dann einen aus ihren Händen. Langsam wird sie ruhiger. Sofort jagen ihre Gedanken zu neuen Zielen und sie versucht, ihre nächsten Aktionen zu ordnen. Ja, die Würfel sind gefallen!

Gefasst geht Tami zurück ins Schlafzimmer und kontrolliert den Negativ-Film, ob es noch weitere Aufnahmen gibt. Sie entdeckt noch die zwei von der letzten Anthropometrie. Nachdem sie sich überzeugt hat, dass nur die zwei nicht vereinbarten Aufnahmen existieren, überlegt sie, wo die Abzüge dazu sein könnten.

Tami schaut noch einmal in die Schublade. Sie kann aber nichts entdecken. Nun zieht sie den ganzen Kasten heraus und schüttet alles auf den Fußboden, um besser suchen zu können. Mit dem Inhalt fliegt zuletzt auch noch eine Autozeitschrift heraus, die auf dem Boden der Schublade lag. Und was unvorstellbar ist: Von der Zeitschrift rutschen zwei Fotos herunter. Noch bevor sie sie umdreht, ahnt sie, dass es die gesuchten Aufnahmen sind.

Tami fühlt sich etwas erlöst. Ihr wird nun immer klarer, welche weiteren Schritte sie unternehmen muss. Sie legt die beiden Fotos und den Negativfilm zur Seite, wirft den ganzen anderen Kram wieder in den Schubkasten und schiebt diesen hinein. Dann nimmt sie die Fotos und Negative und geht damit zum Wohnzimmerschrank. Dort sucht sie die acht Anthropometrie-Fotos und die aufgerollten Anthropometrien heraus und legt sie zu dem bereits Ausgesonderten. Nun holt sie den Schredder, wirft ihn an, zerreißt die Anthropometrien und schreddert alles weg.

Alle Spuren der Performance sollen verschwinden. Am liebsten würde sie nun auch all ihre Erinnerungen daran ausradieren.

Sie fühlt sich betrogen und verletzt. Doch langsam wird ihr bewusst, dass sie für diese Aktion der Kunst ebenfalls verantwortlich ist. Noch einmal geht sie zum Schrank und holt die beiden Gedankenhefte heraus. Auch diese zerreißt und schreddert sie. Dann bringt sie alles zur Mülltonne.

Tami hat wenig und schlecht geschlafen. Aber all ihre nächsten Schritte stehen fest. Schon früh telefoniert sie mit ihrer Mutter, der sie ihre Situation kurz andeutet, und sagt, dass sie am Donnerstagabend mit ihren Sachen vorübergehend wieder bei ihr einziehen wird. Das war ein Paukenschlag, besonders für Tamis Brüder, die nun wieder gemeinsam in einem Zimmer wohnen müssen, wo sie sich doch so glücklich in ihrem eigenen Wohnbereich gefühlt haben. Auch wenn es niemand sagt, ist keiner begeistert von der Unruhe, die Tami in der Wohnung auslöst.

Zum Glück kann Tami für den nächsten Tag den Nachmittag freinehmen. Von den geplanten Veränderungen erzählt sie außer ihrer Familie niemandem etwas. Sie eilt zur Sparkasse, wo sie fast ein Drittel ihrer Ersparnisse abhebt. Anschließend bestellt sie für den nächsten Tag fünfzehn Umzugskartons und für den darauffolgenden Abend ein kleines Fahrzeug. Nun ist alles entschieden. Ihr neuer Weg beginnt.

Bis in die tiefe Nacht räumt Tami ihre Sachen zusammen, die sie am nächsten Tag in die Kartons packt. Spät am Nachmittag braucht sie unbedingt Entspannung. Sie geht mit ihren neuen Laufschuhen noch einmal in den nahegelegenen Park.

Endlich kann sie sich nun auf dem schmalen Weg im Rauschen des Bachs etwas entspannen. Sie starrt auf das dahinfließende Wasser. Ihr geht so viel durch den Kopf. Und das umgebende Grün beruhigt sie etwas. Das ist ihr Park, der sich jedes Mal ein wenig anders zeigt und ihr so sehr ans Herz gewachsen ist. Da stehen die alten Bäume, die in all den Jahren schon so viel gesehen haben und doch bis zu ihrem Ende immer an derselben Stelle leben müssen. Es scheint, als würden sie in sich ruhen und für die herum kreisenden Menschen ein Ruhepol sein.

Vielleicht ist es auch die Ausstrahlung der Bäume, denkt Tami, die ihr immer mehr Kraft gibt. Im Umkreis dieser altehrwürdigen Feststehenden fühlt sie sich frei. Für einen Moment verspürt sie eine große Sehnsucht nach einem Waldspaziergang. Und am liebsten würde sie nun dichten.

Weit und breit sind keine Menschen zu sehen. Noch scheint die Sonne kräftig durch die mächtigen Stämme und lässt den großen Park sich in seiner Farbenpracht zeigen. Sogar das Zwitschern der Vögel hört Tami wieder, das ihre Sorgen etwas verdrängt. Schade, dass ihr nur noch eine Stunde verbleibt, um von der vertrauten Natur Abschied zu nehmen. Sicher wird sie diese Gegend so bald nicht wiedersehen. Hier, wo sie in vielen Spaziergängen immer wieder auftankte und inspiriert wurde.

Mittwochnacht. Tami hat geschuftet und ist nun erschöpft. Die Umzugskartons sind bis auf einen Rest gepackt. Das war für Tami kräftezehrender als mancher frühere Wettkampf. Sie reagiert sogar mit einer kurzen, aber recht allgemein gehaltenen E-Mail auf die heutige Nachricht von Achim, die auch recht oberflächlich war. Ihre Gedanken kreisen und sie erinnert sich, wie einst alles bei dem Malkurs begann. Wie sie damals den Farbmischer nach der additiven Mischung fragte und er dann über das Licht der Scheinwerfer sprach ... Jetzt, nach Mitternacht, legt sie das vereinbarte Mietgeld für den nächsten Monat in einen Umschlag und schreibt dazu:

Lieber Achim,
ich bin ausgezogen, weil ich plötzlich heftig spürte, dass unsere Wege in sehr unterschiedliche Richtungen führen. Du bist ein sehr fleißiger Mann. Ich danke Dir für die gemeinsame Zeit. Sie hat mir viel gegeben. Jetzt muss ich meinen weiteren Weg finden.

Filme und Unterlagen unseres Performance-Projektes habe ich vernichtet.

Ich wünsche Dir für die Zukunft viel Erfolg, Gesundheit und alles Gute.

Tami

PS: Im Briefumschlag liegt das Geld meines Mietanteils für den nächsten Monat. Bitte nimm es.

Ich möchte mich mit Dir Samstag in zwei Wochen um 13:00 Uhr an der alten Linde treffen, damit wir noch einmal persönlich sprechen.

Ziemlich erschöpft schreibt Tami noch ein paar Stichpunkte für den morgigen Umzug auf und fällt wenig später ins Bett.

X11

Tamis Dasein hat sich in den letzten zwei Jahren sehr verändert. Nach ihrem Auszug wohnte sie einige Monate bei ihrer Mutter und den jüngeren Brüdern. Die Wohnung wurde wieder sehr eng. Tami fragte sich in manchen Situationen, wie sie die Zeit der Ungewissheit durchhalten sollte.

Deutlicher als früher spürte sie, dass ihre Anschauung über die Dinge der Welt oft nicht mit der ihrer Familie übereinstimmte. Jetzt brauchte sie unbedingt Vorbilder, die ihr zeigten, wie man schwere Zeiten in einem engen gemeinsamen Raum überstehen konnte. Aber für ihre Situation fand sie keine, an denen sie sich orientieren konnte. Es war eigenartig. Immer wieder musste sie an die Kaiserpinguine denken, diese flugunfähigen Seevögel. Sie wurden ihr mit ihrer Ruhe und Gelassenheit zum Vorbild. Besonders bewunderte sie ihre Widerstandskraft.

Irgendwann gab es endlich die Aussicht, dass Tami bald in eine eigene Wohnung ziehen würde. Das erleichterte besonders den Jungs das Durchhalten. Noch in der Ausbildungszeit besuchte Tami ihren Vater, der unerwartet helfen konnte. Er sagte, dass er nun mehr verdiene und andererseits seinen Gürtel deutlich enger schnallen wolle, um sie zu unterstützen. Er werde bis zu ihrem fünfundzwanzigsten Lebensjahr die Miete für eine Eineinhalb-Zimmer-Wohnung bezahlen, mit einer festgelegten Obergrenze. Das war für alle eine große Erleichterung, ein Geschenk, mit dem sie nicht gerechnet hatten. Wie er versprochen hat, zahlt er auch jetzt, da Tami in ihrem Beruf schon eigenes Geld verdient, noch die Miete, damit sie etwas ansparen kann.

Bei ihrem Besuch vor zwei Jahren konnte Tami ihrem Vater, dem Archivar, endlich auch in Ruhe beichten, dass sie damals sein Birmingham-Tagebuch kopiert hatte, weil sie so begeistert gewesen war. Der Vater schmunzelte und freute sich über ihr Interesse. Er hatte es damals gleich bemerkt, da Tami vergessen hatte, den Stecker des Kopierers wieder aus der Steckdose zu ziehen.

Vor wenigen Monaten besuchte Tami ihren Vater wieder.

Tami ist einundzwanzig und fühlt sich wohl. Sie wohnt nur dreißig Fahrradminuten von ihrer Arbeitsstelle entfernt. Vor einem Jahr bekam sie sofort eine Festanstellung. Mit den Nahverkehrsmitteln kann sie in eineinhalb Stunden bei ihrer Mutter sein. Etwa alle zwei Monate fährt sie zu ihrer Familie. Dann schaut sie auch bei ihren über achtzigjährigen Großeltern vorbei, die nun Pflege brauchen. Sie schenkten ihr ein bleikristallenes Tintenfass, das schon der Großvater des Großvaters benutzte. Dieses Erbstück ist für Tami ein Heiligtum. Es steht auf ihrer Kommode und soll sie immer begleiten.

Von ihren ersten Ersparnissen richtete Tami sich das zehn Quadratmeter große Zimmer, in dem sie schläft, etwas japanisch ein. Nun genießt sie die besondere Atmosphäre eines fast leeren Raumes mit echten Tatamis.

Zu Achim hat sie keinen Kontakt mehr. Wie vereinbart, trafen sich die beiden an der alten Linde. Damals sagte sie ihm, dass sie nicht im Hass auseinander gehen wolle und dass sie sich respektieren sollten, wenn sie sich wieder begegneten. Achim nickte. Ohne dass er dazu etwas bemerkte, spürte Tami, dass er die radikale Trennung nicht verstehen konnte.

Tami will nun erst einmal allein und etwas zurückgezogen leben. Langeweile hat sie nicht. Nach wie vor kennen nur wenige Menschen ihre Telefonnummer und E-Mail-Adresse. Sie freut sich über Briefe, die leider immer weniger werden. Die meisten können ihre Vorliebe dafür nicht nachvollziehen, zumal die „Schneckenpost" ja auch teurer ist.

Anfang November 2003

Tami staunt, was das Tageslicht heute alles an ihre weiße Zimmerwand zaubert. Die liebgewonnene Stele eines abstrakten weiblichen Körpers zeigt sich geheimnisvoll im Schatten und daneben, hinter dem leeren sechseckigen Tintenfass aus Bleikristall, sieht Tami an der Wand einen Streifen aus den ineinander übergehenden Farben Blau, Grün, Gelb und Rot. Sie ist beeindruckt von diesem Schauspiel und denkt: „Licht - ein Phänomen!"

Tami trinkt ihren grünen Tee aus, holt den Fotoapparat und hält ihn so, dass auf einem Bild nur der Schatten des weiblichen Körpers und gleich daneben die vier ineinander übergehenden Farben zu sehen sind.

Sie setzt ihre Aufnahmen in verschiedenen Positionen fort und gewinnt durch den Perspektivenwechsel ganz unterschiedliche Sichtweisen auf dieses Lichtspektakel. So kann sie, noch bevor die Sonne weiterwandert, das sonderbare Leuchtbild an der Wand einfangen und später ihr Staunen über das Festgehaltene auch mit anderen teilen. Nachdem sie zuletzt mit vielen „Wolkenfotos" das Faszinierende in diesen geheimnisvollen Gebilden entdeckt hat, reflektiert sie nun leidenschaftlich Schattenbilder.

Es scheint, als hätte Tami in ihrem neuen Dasein mehr Zeit als früher, obwohl es nun vor allem beruflich mehr Termine gibt. Doch sie will sich nicht von Terminen treiben lassen und legt Grundsätzliches fest:

Erstens: Ich möchte alle Termine in einem kleinen Taschenkalender eintragen, der von Jahr zu Jahr seine äußere Farbe wechselt, aber immer gleicher Art ist. Ich glaube fest an die Kraft des Papiers und will in meinem Kalender sowohl berufliche wie auch private Termine niederschreiben.

Zweitens: Ich möchte die Termine mit klarer Schrift festhalten. Da der Platz für Eintragungen äußerst knapp ist, muss ich mich um Kleinschrift und Abkürzungen bemühen. So ist mein kleiner Kalender wie ein Tagebuch, das nur ich kontrolliere.

Drittens: Ich lege unbedingt auch Termine für lange Pausen fest.

Viertens: Wann immer es erforderlich ist: Meine Spontanität ist für mich viel wichtiger als alles Planen! Möge sie entsprechend meiner Laune alle Planungen in ihre Schranken verweisen! Achte auf genügend absichtslose Phasen!

Mitte November 2003

Tami hat Besuch von Blümchen, die vor einem Jahr eine Festanstellung in Hessen bekommen hat. Endlich hat es mit einem Besuch geklappt, denn neben ihrer Anstellung ist Tami oft in einer Werkstatt einer Silber- und Goldschmiedemeisterin und darf dort Erfahrungen sammeln. Zuletzt sollte sie ein aufklappbares Wappenmedaillon bearbeiten. Davor wünschte ein Kunde, der von ihren künstlerischen Fertigkeiten gehört hatte, sogar eine zeichnerische Vorlage für eine Dose. Sie sollte den abschließbaren Zuckerdosen von früher ähneln. Der Kunde hatte ganz bestimmte Vorstellungen von dem Motiv.

So hat Tami anspruchsvolle und vielseitige Aufgaben, die sie mit anderen Handwerkern koordiniert.

Blümchen ist immer noch beeindruckt, wie Tami dem Mainstream ausweicht und ihren Weg nach anderen Regeln geht. Die beiden freuen sich sehr über das Wiedersehen und haben sich viel zu erzählen. Nach einer Weile staunt Blümchen über ein Loch in Tamis Strickjacke, das offensichtlich ganz natürlich entstand und nicht „produziert" wurde. Dieses mittelgroße Loch im Ärmel der schönen Strickjacke irritiert Blümchen immer wieder, obwohl sie nichts dazu sagt.

Die beiden haben gute Laune. Blümchen fragt gleich einmal, was sie helfen kann, vielleicht beim Abwaschen oder – und nun rutscht es ihr doch heraus – vielleicht hätte Tami ja auch etwas zu stopfen oder zu nähen. Schließlich sieht Blümchen, dass Tami in ihrer rechten Socke ebenfalls ein Loch hat, das da nicht hingehört.

Tami lacht. Sie merkt, dass Blümchen das Loch in der Strickjacke stört. Schmunzelnd sagt sie: „Mach dir nichts aus dem Loch in meiner Jacke. Das ist etwas ganz Natürliches. Mit der Zeit nutzen sich die Dinge eben ab. Es macht ein Ding interessanter, wenn man sieht, dass es benutzt wurde. Dann kann man fantasieren, was es vielleicht alles erfahren hat. So ähnlich sehe ich das auch mit den Falten im Gesicht. Doch was das Loch in der Jacke betrifft, da musst du einfach einmal unter ‚Wabi-sabi‘ nachlesen. Das ist eine sehr interessante Form der japanischen Ästhetik auch für Künstler und Designer."

Nun lachen beide. Blümchen zieht ihre Strümpfe aus. Jetzt will sie endlich barfuß ins Japanzimmer, von dem ihr Tami bereits erzählt hat.

Schon der Noren im Bereich der herausgehängten Tür wirkt sehr ausgefallen. Der beige japanische Vorhang, der Blümchen bis zur Hüfte reicht, ist aus Leinen und zeigt einen zart gemalten Bambus. Ein Einschnitt trennt ihn in zwei Teile.

„Oh", staunt Blümchen, nun die angenehme Struktur der Tatami unter ihren Fußsohlen spürend, und kommt aus dem Wundern nicht mehr heraus. „Was doch eine so warme Leere alles bewirkt. Ich bin überwältigt von diesem völlig anderen Flair", sagt sie strahlend. Sie schaut auf das einfache, niedrige, breite Bett, über das eine Decke im typischen Schwarz-Weiß-Muster geworfen ist. Ganz kurz muss sie plötzlich an den Farbmischer denken, den sie ein einziges Mal traf, doch dann sind ihre Gedanken wieder zurück in der Gegenwart. Blümchen betrachtet die reizvolle Tatamilampe mit ihren schwarzen Gittern und dem robusten Papier und denkt, dass diese das Licht bestimmt besonders gut dämpft. Sie ist schon gespannt, diesen Effekt zu erleben, wenn es dunkel wird.

Gleich neben der kleinen, weinrotlackierten chinesischen Truhe hängt ein japanisches Rollbild mit einem dunkelgrau gemalten Felsen, auf dem ein riesiger exotischer Vogel sein Junges behütet. Davor sieht man einen Stein und daneben drei rot-weiße Blüten und grüne Blätter.

Auf der anderen Seite des Zimmers hängen zwei eingerahmte japanische Farbholzschnitte. Der eine zeigt eine Landschaft, in der auf einem Fluss ein Boot anlegt, aus dem zwei mit viel Stoff bekleidete Frauen aussteigen. Sie wollen anscheinend den kurzen Weg gehen, der über ausgetretene Stufen an knorrigen Bäumen vorbei zu einem erhabenen Holzhaus führt. Dahinter ist eine Brücke zu sehen, über deren kleinen Bogen man zu einem Landstück gelangt, das ebenfalls von Wasser umgeben ist. Blümchen sagt, dass ihr diese leicht gewölbten Brücken sehr gefallen und sie der Landschaft einen gewissen Charme geben.

Der andere Farbholzschnitt könnte das Porträt einer Geisha sein, meint sie, und bewundert das anmutige Gesicht mit der gesteckten Frisur. Sie liebt diese weichen Farbtöne. Auch fällt ihr auf, dass die Tatamis nach einem bestimmten Muster gelegt sind und genau ins Zimmer passen.

„Das Zimmer hat etwa zehn Quadratmeter. Da habe ich Glück gehabt mit den Abmessungen der Matten", sagt Tami und gibt zu verstehen, dass Blümchen auch in Strümpfen ins Japanzimmer gehen kann, bloß eben nicht mit Pantoffeln oder Hausschuhen.

„Schließlich brauchen die Füße auch ihre Freiheit", urteilt sie. Blümchen ist beeindruckt und stellt staunend fest, dass sie in Anwesenheit von Tami viel lockerer ist als sonst. Ihr Geist entfaltet sich viel freier und ideenreicher.

Am frühen Abend, nach einem kleinen Spaziergang, landen die beiden in einem Restaurant. Sie lassen sich in einer gemütlichen Ecke nieder und durchstöbern die Speisekarte. Tami entscheidet sich für Lachsfilet mit Rosmarin, Kartoffeln und Sahnesauce. Blümchen wählt Kabeljau überbacken mit Kartoffel-Gurken-Radieschen-Salat. Dazu bestellen sie eine Karaffe Riesling und außerdem eine Flasche Wasser. Sodann schnattern die beiden quietschvergnügt über alles Mögliche. Schließlich kommen sie auf ihre berufliche Tätigkeit zu sprechen. Gleich fallen ihnen beiden eine ganze Reihe kurioser Aufträge ein, die sie mit viel Geschick umsetzten, und sie amüsieren sich über die seltsamen Wünsche einiger Kunden.

Lange nachdem das Essen serviert wurde und die vorzüglichen Gerichte ihr Wohlbefinden noch steigerten, kramen Tami und Blümchen Geschichten aus der Zeit ihrer Eltern und Großeltern hervor. Unbeschwert machen sie sich bewusst, wie mühselig doch noch vor einer Generation der Alltag war und wie kostbar Essen gewesen sein musste.

„Mein Vater erzählte mir, wie er noch vor seiner Einschulung auf dem Acker das Pferd führte, das einen Pflug zog, den wiederum sein Vater in der angedachten Richtung hielt", beginnt Tami die Rückschau. „Sie pflanzten auf dem kleinen Stück Land Kartoffeln an. Ja, sie hätten noch viel mehr Arbeit gehabt, hätten sie nicht die Kraft des starken Pferdes nutzen können. Aber Vater sagte nie, dass ihm diese Arbeit keinen Spaß gemacht hätte. Er meinte, dass das Stück Land vielleicht etwas mehr als einen halben Morgen umfasste. Ein Hektar, sagte er, entspricht vier Morgen. Das waren die Flächenmaße für die Felder, mit denen er ständig konfrontiert wurde. Ursprünglich verstand man unter einem Morgen das Feldmaß, das man an einem Morgen pflügen konnte. Da das jedoch regional sehr unterschiedlich war, legte man irgendwann fest, dass ein Morgen 2500 Quadratmeter entspricht. Trotzdem hatte ich keine Vorstellung von der Größe eines Morgen, da ich leider nie auf einem Feld zu tun hatte. Vater meinte, ich könne mich an der Fläche eines Fußballfeldes orientieren. Die entspricht nicht ganz drei Morgen."

Im Laufe des Abends erzählt Blümchen Tami über ihr „Hausbuch der Volkslieder", das sie erstand und nutzte, um einige Texte aufzufrischen und mehrere der genannten Lieder auf ihren MP3-Player aufzuspielen: „Meine Oma sang oder summte manchmal Volkslieder bei ihrer Arbeit mit der Nähmaschine. Meistens waren es Lieder über Liebesfreud und Liebesleid, Wanderschaft und Jahreszeitenlieder. Mutter erzählte mir, wie sie einmal ihre Mutter an der Nähmaschine erwischte, als sie leise ‚Das Wandern ist des Müllers Lust‘ sang. Neben der sorgfältigen Arbeit mit den Händen brachte sie umsichtig und unermüdlich mit beiden Füßen auf dem Tritt der Nähmaschine das Schwungrad zum Drehen. Mutter bewunderte ihr Singen beim Nähen mit der Maschine, da sich mit den laufenden Unterbrechungen auf dem Tritt der Rhythmus des Liedes ja nicht auf die Füße übertragen ließ. Schmunzeln musste sie, als Großmutter dann die dritte Strophe von diesem Wanderlied sang:

Das seh’n wir auch den Rädern ab.
Die gar nicht gerne stille steh’n
Und sich bei Tag nicht müde dreh’n.“

Blümchen und Tami haben ihren Spaß mit den kleinen Geschichten über ihre Eltern und Großeltern und stellen fest, wie sehr doch die Technik in nur wenigen Jahrzehnten den Alltag erleichtert hat. Spät am Abend gehen sie nach Hause. Blümchen ist begeistert. Vor dem Schlafengehen denkt sie, dass sie am liebsten auch hier in der Nähe wohnen würde.

Am nächsten Vormittag – es ist Sonntag – frühstücken die zwei und sprechen ein wenig über ihre nächsten Vorhaben. Blümchen ist erstaunt, als Tami sagt, dass sie in einigen Dingen nicht genau wisse, was ihr Ziel sei.

„Ich habe auch absichtslose, ziellose Phasen, die aber bei mir viel Kreativität auslösen“, ergänzt Tami. „Das macht mich sehr zufrieden. Man muss entschlüsseln, wer man ist und dann seiner Wesensnatur folgen. Ziele sind wichtig, doch man muss aufpassen, wenn man sie nicht erreicht, dass man nicht unglücklich wird. Doch wenn man sein Ziel genau kennt und es gibt mehrere gute Wege dorthin, dann zählt besonders die Treue. So wird man dieses Ziel erreichen, auch wenn der Weg dorthin viel länger ist als andere Wege. Auch das Zögern ist mir sehr wichtig, genauso, wie blitzschnell zu sein."

Bis zum Nachmittag tauschen die beiden noch viele Erinnerungen und schauen sich Fotos aus der Lehrlingszeit an. Doch dann kommt die Zeit für Blümchen, ihre Heimreise anzutreten. Tami begleitet Blümchen zum Bahnhof. Dort verabschieden sie sich herzlich. Blümchen sagt noch einmal, wie gut ihr das Wochenende gefallen hat und dass sie sich sehr über Tamis Besuch freuen würde. Dann kommt der Zug und es gibt eine letzte Umarmung. Tami winkt und hätte gerne noch länger gewunken, wenn der Wagen mit Blümchen nicht so schnell vom Bahnsteig verschwunden wäre.

Es dauert eine Weile und dann will der frühe Nachmittag wieder in seinem vertrauten Rhythmus gelebt werden. Noch gerührt von Blümchens Besuch geht Tami langsam ihren Weg nach Haus, während Blümchen ganz allein in ihrem Bereich des Wagenabteils sitzt und ihre Gedanken spielen lässt. Sie ist gut gelaunt und etwas aufgekratzt, als sei mit ihr etwas passiert, was sie zu neuen Schritten bewegen soll.

„Muss ich mich verändern?", fragt sie sich und stellt fest, dass es ihr eigentlich ganz gut geht. Doch sie fühlt, irgendetwas fehlt. Auch wenn sie versucht, ihr zurückgezogenes Wesen vielleicht etwas durch Kleidung auszugleichen, in ihrem Inneren muss sich etwas bewegen. Sie weiß, dass oft, wenn etwas Neues ansteht, ihre Fragilität nicht gefragt ist.

„Doch wer sagt einem, wann man zugreifen muss und seine Energie mit Zuversicht und Siegeswillen füllt?", geht es ihr durch den Kopf.

Und immer dann, wenn Blümchen sich verschlossen und bedächtig fühlt oder wie jetzt vorwärtsdrängend und voller Schwung, greift sie zur Musik. Blümchen holt ihren MP3-Player aus der Tasche, stellt ihn an und sucht für ihre Gemütslage ein passendes Stück.

Endlich Vivaldi. Sie stoppt und entscheidet sich für den Sommer aus den „Vier Jahreszeiten". Das will sie jetzt unbedingt hören. Sie setzt ihre Kopfhörer auf und sieht, wie ihr Zug durch die trübe graue Herbstlandschaft fährt. Bäume, an denen nur noch wenige Blätter hängen. Blümchen schaltet den Ton lauter, schließt die Augen und hebt ab in eine andere Welt.

Tami kommt in ihre Wohnung. Sie legt den Anorak ab, geht in die kleine Küche, macht sich einen Kaffee und gibt einen Schwups Milch hinzu. Dann setzt sie sich in den Sessel und lässt die Eindrücke des Wochenendes sacken. Sie ist zufrieden.

X12

Ende November 2003

Liebe Tata,

hast Du denn nicht meinen Flügelschlag gespürt? Hat in der Ferne nicht Dein Haus gewackelt?

Ich habe ewig nichts mehr von Dir gehört, obwohl Du oft in meinen Träumen auftauchst. Weißt Du noch, wer ich bin?

Na klar, der Schmetterling, der nun über dem Tatami im leeren Zimmer flattert und den ZUFALL sucht. War er auch schon bei Dir?

Ich möchte ihm unbedingt danken, denn er schenkte mir, womit ich überhaupt nicht gerechnet habe, Zufriedenheit!

Stell Dir nur mal vor, ich war in Japan zur Judo-Weltmeisterschaft!

Ja, Du hast das schon richtig gelesen: Japan. Judo-Weltmeisterschaft. Sie fand dieses Jahr vom 11. bis zum 14. September in Osaka statt.

Als der ZUFALL mir dieses Reisevorhaben mitteilte, musste alles ganz schnell gehen. Er jagte mich in einen Buchladen, um Reiselektüre zu besorgen. Da ich jetzt etwas zurückgezogen lebe, wollte ich gern wissen, wie es in einem ZEN-Kloster zugeht. Vielleicht könnte das für mich ja für eine begrenzte Zeit einmal eine Alternative sein. Ich holte mir das Buch „Der leere Spie-

gel – Erfahrungen in einem japanischen Zen-Kloster"
von Janwillem van de Wetering.

Oh je, da hab ich ganz schön geschluckt im Flugzeug auf dem Weg über Dubai. Ich war vertieft in meine Lektüre, in der es hieß, dass unser Körper nur eine leere Hülle ist und wir unser falsches Ich herumschleppen, das aus vielen Momentaufnahmen besteht und laufend seine Form verändert. Jedenfalls überlegte ich, was ich da alles falsch mache. Ich kam ins Grübeln, noch dazu, als ich sah, wie meine Sitznachbarn, ein junges arabisches Pärchen – die Frau mit Kopfbedeckung – sich an einem ausgewählten Video vergnügten, in dem sehr leicht bekleidete westliche Frauen Werbung machten.

Nach weiteren drei Flugstunden, noch vor Mitternacht, traf ich meine Entscheidung: Ein Kloster kommt für mich nicht infrage. Der ZUFALL war über meine Bestimmtheit gar nicht begeistert, doch „der leere Spiegel" ließ mich fortan nicht mehr los.

Angekommen in Osaka. Mensch, das war wie in einem Gewächshaus. Das Wasser lief mir nur so den Rücken runter, mehr als nach unseren Randoris.

Das kleine Hotelzimmer war niedlich. Ich zog mir sofort die nass geschwitzten Klamotten vom Leib und staunte über die großen Spiegel am Esstisch, und ein zweiter war bei der Garderobe. Das Pantoffelsystem ignorierte ich erst einmal und stieg barfuß ins Bad hoch, das etwa dreißig Zentimeter höher lag. Im winzigen Bad sah ich mich auch gleich wieder in einem großen Spiegel, oi. Das war nun der dritte Raumerweiterungstäuscher. Doch es ist schon lustig, wenn man an mehreren Stellen wenigstens sich selbst begegnet, dann fühlt man sich nicht so einsam.

Mit der Bedienung des WC hatte ich keine Probleme. Bloß gut, dass es kein Hightech-WC war mit den vielen Tasten und vielleicht nur japanischen Schriftzeichen. Zusätzlich gab es noch ein Bidet.

Am nächsten Tag war ich dann in den Shinsaibashi-Arkaden: Wahnsinn! Unzählige Menschen, alles bunt, überall Musik! Nach vielem Schauen, Hören und Gehen brauchte ich dringend eine Entspannung. Wo finde ich die Oase, um endlich Ruhe zu tanken, fragte ich mich. Zwischendurch bestaunte ich immer wieder die Fahrradfahrer. Unglaublich, wie sie sich auf den bevölkerten Bürgersteigen schnell durchschlängelten, ohne dass jemand angerempelt wurde oder sich beschwerte. Da waren bei unerträglich hoher Luftfeuchtigkeit Männer mit Anzug, Schlips und Kragen auf einfachen Drahteseln unterwegs. Auch sah ich Frauen beim Fahrradfahren mit aufgespanntem Schirm als Schutz vor der Sonne. Einmal staunte ich, wie eine Frau hinten auf dem Rad stand und dabei der Mann, scheinbar ohne Anstrengung, vergnügt in die Pedale trat. Schon beim Zusehen geriet da mein Normen-Bewusstsein ins Schwanken.

Dann endlich ein kleines Restaurant. Die Ruhe hier tat gut. Maximal achtzehn Leute um den Akteur, der das Essen zubereitete. Ich war beeindruckt, denn so etwas hatte ich noch nie gesehen. Ein Mann, der mit einem Affentempo abwechselnd Essen zubereitete und abwusch. Jede seiner Hände arbeitete nach einem anderen Programm, Wahnsinn! Die eine Hand stellte flink die Teller weg, die andere gleichzeitig das Sieb. Dann drehte er sich um die eigene Achse. Die eine Hand rührte rasch die Nudeln, die andere legte ruckzuck die Schale weg. Im Vorbeigehen tauchte seine rechte Hand immer blitzschnell ins dritte Abwaschbecken. Wie ein Reflex, flottes Rühren, ratzfatz Grünes auf die Nudeln, Eintauchen und dann sofort Fleisch holen ...

Im Restaurant fühlte ich eine unglaubliche Gelassenheit. Hier fiel alles Überladene ab. Ich konnte gut entspannen, das Essen schmeckte. Zum Schluss bezahlte ich für Essen und zwei Getränke 1 210 JY, etwa zehn Euro.

Die Judo-WM war für uns sehr erfolgreich. Die Männer holten einmal Gold, die Frauen Silber und zweimal Bronze. Japan war das erfolgreichste Land.

Wir waren die größte ausländische Fan-Gruppe mit etwa einhundert Judo-Begeisterten und mit den aufblasbaren Klopfschläuchen nicht zu überhören.

Als es auf dem Weg zu Gold für unseren Kämpfer gegen einen japanischen Judoka um den Sieg ging, glich die OSAKA-JO HALL einem Hexenkessel. Da hieß es, gegen den berauschenden und dumpfen Sound tausender Klopfschläuche anzukommen. Es klappte!

Allerdings war die Halle, die viele tausend Zuschauer fasste, nach meiner Einschätzung etwa halb, manchmal vielleicht dreiviertel gefüllt.

Leider war draußen an den Ständen das Angebot an WM-Souvenirs sehr dürftig. Fast nur japanische Textil-Souvenirs, keine Kunst! Sicher lag es daran, dass nur wenige hundert ausländische Zuschauer erwartet wurden. Von anderen jungen Fans hörte ich, dass sie für diese Reise sogar einen Kredit aufgenommen hatten. Draußen bot an einem Souvenir-Stand eine japanische Firma sogar Hightech-Toiletten an. Ich hatte etwas anderes erwartet ...

Doch insgesamt spürte ich immer wieder die große Hilfsbereitschaft und Freundlichkeit der Japaner sowie den respektvollen Umgang unter den Zuschauern.

Zwei Tage ging ich allein mehrere Stunden durch das sehr belebte Stadtzentrum. Teilweise dachte ich, dass so eine Spiel-, Ess- und Kaufhölle aussehen müsste. Überall ununterbrochen Musik. Das war ich nicht gewohnt. An einer stark befahrenen, breiten Straße konnte ich mich endlich mit dem vertrauten Autolärm etwas von dem Getöse entspannen. Ach, wie angenehm der Sound der Autos war! Ich erholte mich quasi mit dem einen Lärm von einem anderen. In Vorbereitung meiner Reise hatte ich gelesen, dass Japan auch ein Land wunderbarer Natur, Kunst und Stille sei. Doch hier erlebte ich offensichtlich die andere Seite der Medaille.

Kunstgeschäfte wie zu Hause sah ich in meinen Straßen nicht. Natürlich gibt es die auch. Meine Augen waren nur noch nicht trainiert, sie zu entdecken. Hatten hier nicht auch die Holzschnitte eine Blütezeit? Dafür aber sah ich unzählige Boutiquen. Die japanische Mode bestimmte beeindruckend das Straßenbild und, ehrlich gesagt, sie faszinierte mich! Doch mir wurde schnell bewusst, dass sich das nicht auf unsere Breitengrade übertragen lässt.

Ich frage mich immer noch, wie ich mich ganz ohne Handy im Labyrinth unzähliger Straßen orientierte.

Sicher, manchmal verlief ich mich und landete sogar zweimal in derselben Boutique. Ich merkte es, weil die freundlichen Verkäuferinnen mich sofort wiedererkannten. Aber es lag auch daran, dass einige Geschäfte Ein- und Ausgänge zu verschiedenen Straßen hatten.

Sonnabend, es war schon spät, sah ich, sehr viele Jugendliche durch die Straßen ziehen. Sie hielten mit ausgestrecktem Arm das Handy vor sich und liefen diesem hinterher. In der anderen Hand hielten viele eine kleine Dose zum Trinken. Das sah sehr lustig aus.

Alles drehte sich. Im Sony-Haus hielt ich in unmittelbarer Nähe einer Roboterpuppe einen freundlichen Blickkontakt zu ihr. Als ich ging, winkte sie mir zu, fast hätte ich zurückgewunken.

Auch entdeckte ich Straßenbeleuchtungen, die wie riesige schlanke Roboter-Menschen aussahen. Was machen sie mit ihren Armen?

Auf einer organisierten Party lernte ich dann einige sehr erfolgreiche Judokas kennen. Bestimmt war ich an diesem Abend die Einzige ohne Dan ...!

Nun, stell Dir vor: Am nächsten Tag kam ich auf die Idee, mir als Souvenir einen echten schwarzen Gürtel aus Japan mitzunehmen. Wahrscheinlich wird er niemals getragen. Man überreichte mir den gekauften Gürtel verpackt in einer länglichen silbernen Schachtel. Verrückt, was?

Im Hotel bekam ich jeden Tag eine neue Zahnbürste und auf meinem Bett lag täglich ein frisches Yukata, gebügelt und zusammengelegt. Ab dem zweiten Tag bemühte ich mich, endlich das Pantoffelsystem einzuhalten. Im Zimmer trug man die Hauspantoffeln, im Bad die WC-Pantoffeln. Das heißt, wenn ich ins Bad ging, zog ich davor die Hauspantoffel aus und schlüpfte in die WC-Pantoffeln. Das war schon gewöhnungsbedürftig! Nach zwei Stunden bemerkte ich im Zimmer, dass ich immer noch mit den WC-Pantoffeln rumlief und vergessen hatte, diese nach dem Verlassen des Bads wieder zu wechseln. Daran musste man sich gewöhnen, wie auch daran, dass das Hotel immer einmal vibrierte.

Ja, das war Osaka, toll!

Auf dem Rückweg mussten wir auf der Zwischenstation in Dubai vor dem Schalter viel Geduld aufbringen. Einige Leute regten sich auf, da man etwa zehn Minuten für jede Person brauchte. Daraufhin sagte ich zu einem renommierten ehemaligen Judo-Trainer, der in meiner Reihe stand: „Es gibt ein Sprichwort, das heißt: ‚Wenn du in Eile bist, gehe einen Umweg.'"
    Worauf er sofort antwortete: „Wenn du den Weg kennst, zieh ihn durch!"

Meine liebe Trainingspartnerin, egal, ob Du Deinen Weg kennst oder noch suchst, ich wünsche Dir alles Gute und Liebe!
    Deine Tami

Tami hört auf zu schreiben und denkt noch einmal über den Zufall nach. Ihr Vater schenkte ihr die Reise, nachdem er kurzfristig von seiner Anmeldung für die Osaka-WM aus dienstlichen Gründen zurücktreten hatte müssen. Sie geht zum Schrank und holt aus der silbernen Schachtel den schwarzen Gürtel heraus.

„Das ist er also, der Gürtel, der getragen das Meisterhafte verkündet", denkt sie. Und während sie ihn nicht ohne Respekt in den Händen hält, drängen sich ihr so einige Fragen auf: „Wer legt eigentlich zum Erwerb des Dan-Grades die Prüfungsrichtlinien fest? Und wer darf in den Prüfungskommissionen sitzen? Jigorō Kanō, der Begründer des Judo, hatte doch auch keinen Dan?"

Sie geht zum Bücherregal und holt das Buch mit dem ultramarineblauen Umschlag heraus, das 1994 anlässlich mehrerer Yves-Klein-Ausstellungen erschien. Dann blättert sie in dem prächtigen Exemplar und schlägt den Abschnitt auf, in dem über den Judosport des Künstlers berichtet wird. Hier vergewissert sie sich erneut, dass Yves Klein über ein Jahr in Japan lebte, wo er Anfang 1953 die Prüfung zum ersten Dan des Kodokan ablegte. Er war äußerst zielstrebig und wollte unbedingt den vierten Dan erreichen. Es gelang ihm nur durch einen Bluff, schon Ende 1953 den vierten Dan des Kodokan zu bekommen. Die Erlangung des vierten Dan des Kodokan teilte ihm der damalige Präsident des Instituts, Risei Kanō, der Sohn Jigoro Kanōs, mit. Nach Kleins Rückkehr nach Frankreich wurde das japanische Judo-Zertifikat zu seinem Entsetzen nicht anerkannt.

Ja, genau so war Tami die Beschreibung über Yves Kleins Verhalten noch in Erinnerung. Sie macht sich Gedanken, wie Judo und überhaupt der Sport in der Gesellschaft einen fairen und anerkannten Platz finden kann. Sie muss an Persönlichkeiten denken, die den schwarzen Gürtel ehrenhalber verliehen bekamen und deren späteres moralisches Verhalten von vielen Menschen in Frage gestellt wurde.

Wenn es nach ihr ginge, dann dürfte der 10. Dan, die höchste Graduierung, weltweit niemals vergeben werden. Das würde in dieser Sportart auch eine echte Geste der Demut sein. Höchstens der 9. Dan sollte streng limitiert von der Internationalen Judo-Föderation und maximal der 8. Dan von den nationalen Judoverbänden in Europa vergeben werden können.

„Eine solche Begrenzung wäre doch für die Verleihung von Dan-Graden im Geiste des Judosports sehr hilfreich", denkt Tami und scherzend fragt sie sich: „Vielleicht muss der Meister, wenn er am Ende seiner Meisterschaft angekommen ist, wieder verstärkt die Schüler hören?"

Mai 2004

Mehrere Monate gehen ins Land. Tata meldet sich mit einem kleinen Brief. Sie war erstaunt, wieder von Tami zu hören. Aber noch mehr staunt Tami, denn sie erfährt, dass Tata Mutter eines fünf Monate alten Jungen ist. Als glückliche, aber alleinstehende Mutter hat sie nun viele Aufgaben zu bewältigen und findet kaum noch Zeit für unbekümmerte Korrespondenz.

„Schade", denkt Tami. Doch auch sie ist nun ständig in mehreren Projekten eingebunden.

Hätte Tami nicht Fotos und Tagebuchaufzeichnungen von Osaka, wären nach mehreren Monaten einige Details in Vergessenheit geraten. Ein Bild jedoch geht ihr nicht mehr aus dem Kopf. Es ist der Moment, als ihr im Sony-Haus die Roboterpuppe nachwinkte, und sie fragt sich: „Warum habe ich ihr nicht zurückgewunken?"

Sie war ganz allein mit ihr im Raum und hat ausgerechnet von ihr kein Foto. Und doch ist Tami dieses Bild so lebendig und präsent wie kein anderes. Immer wieder muss sie an diese Situation denken und sinniert darüber, warum sie das so sehr berührt.

Seit Blümchens Besuch im letzten Jahr hat Tami nicht mehr gedichtet. Der Tod ihrer Großeltern innerhalb von nur drei Monaten gab ihr viel zu denken. Alles aus dem Haushalt der beiden wurde weggeschafft, entweder zu sozialen Einrichtungen oder auf den Müll. Obwohl viele Dinge schön oder sehr nützlich erschienen, konnten sogar die Sozialeinrichtungen aus Platzgründen nicht alles annehmen. Als dann auch die große Fotosammlung des Großvaters entsorgt werden sollte, entschied Tami, diese in zwei großen Kartons zu übernehmen. Die vierhundertvierzig Boxen bewahrt sie nun in zwei neu aufgestellten Regalen auf. Sie sind sortiert nach dem Datum, das in der Reihenfolge Jahr, Monat, Tag sich auf die Erstellung des ersten Fotos in der Box bezieht.

Tami stellt fest, dass man von dem Geld, das in die Entwicklung der Fotografien gesteckt wurde, durchaus ein gutes neues Auto hätte kaufen können. Aber Großvater hatte eben andere Interessen.

Brit

X13

13. September 2041

Liebe Flor,

in den letzten Wochen habe ich wieder viel erlebt. Du weißt ja von meiner Senioren-Patenschaft, die ich vor zwei Jahren übernommen habe. Die alleinstehende Frau, die ich betreue, brachte gleich am Anfang meiner Patenschaft zum Ausdruck, wie glücklich sie sei, dass ich ihr zur Seite stehe. Sie sagte, sie wolle auch mir etwas zurückgeben, so gut es ginge, und wie eine Paten-Oma sein. Seitdem ist sie für mich also meine liebe Paten-Omi.

Unabhängig davon, dass eine mehrjährige aktive Senioren-Patenschaft bei der Bewerbung um einen Studienplatz hoch angerechnet wird, wäre sie auch ohne meine Bewerbungsabsichten eine enorme Bereicherung für mich. In der Regel bin ich jede Woche zweimal bei Paten-Omi und unterstütze sie, wo es geht.

Vor zwei Wochen, genau an ihrem 82. Geburtstag, wurde uns der neue Roboter übergeben. Im Rahmen des Kaufs mussten wir viele aufgelistete Fragen beantworten. Ich übernahm diesen Part im Sinne von Paten-Omi, wobei wir einen sehr hilfsbereiten Berater hatten.

Ihren ersten Roboter hatte Paten-Omi vor zwei Jahren entsorgen lassen, weil seine Wartungskosten enorm gestiegen waren. Sie bat mich, bei der Bestimmung des

Anforderungsprofils für den neuen Roboter auch einige meiner Wünsche mit einzubringen.

Ich hatte eigentlich nur den Wunsch, dass der neue Bewohner eine weibliche Stimme bekommen und dass er für viel Lebensfreude sorgen sollte. Schon vor längerer Zeit hatte ich erfahren, dass Paten-Omi für ihren ersten Roboter unbedingt eine männliche Stimme haben wollte. Nun entschied sie sich für eine weibliche, und zwar für die ihrer besten Freundin, die schon vor etwa zwanzig Jahren verstarb. Zu diesem Zweck nahmen wir für die Kaufberatung ein Video mit, auf dem mit ihrer Freundin ein lustiges Interview geführt wurde. Paten-Omi war aber strikt dagegen, dass der Roboter wie ihre Freundin aussehen sollte. Sie entschied sich für eins der bereits vorliegenden Personen-Designs.

Bei der Auswahl des von uns erwogenen neuen Typs standen zehn Levels zur Verfügung. Unsere Beantwortung der zahlreichen Fragen ergab Level 8. Man könnte denken, das ist schon ein Roboter mit starker künstlicher Intelligenz. Unser Roboter sollte vor allem eine hohe emotionale Intelligenz haben. Das betraf bestimmte Basisemotionen. Auch sollte er unsere Stimmen bestens analysieren können. Das bedeutet, er prüft nicht nur, was eine Person sagt, sondern auch, wie. Wir lehnten es jedoch ab, dass er unsere Stimmen imitiert.

Großen Wert legten wir auf die Fähigkeit der Gesichtserkennung und die Analyse der Körperhaltung. Er sollte sogar die Gesichtszüge des Menschen interpretieren können. Einig waren wir uns auch, dass er nicht ans Internet angeschlossen wird. Dadurch stand also nicht zur Debatte, dass er auf diesem Weg Korrespondenzen für Paten-Omi erledigt.

Wichtig war uns, dass der Roboter all seine Absichten klar formuliert und keine Eigenheiten von uns adaptiert. Als weitere Schwerpunkte wählten wir die Themen Gesundheit und das Erstellen einfacher Diagnosen bei Krankheiten. In patientengerechter Sprache kann er Paten-Omi auf eine Konsultation mit dem Arzt vorbereiten. Auch ist er in der Lage, sobald er trainiert worden ist, ein separates Notfallsystem in der Wohnung zu betätigen.

Paten-Omi erzählte mir, dass sie schon seit mehreren Jahren per Videotelefon mit ihrem Hausarzt in Verbindung tritt. Obwohl mir das System im Umgang mit den Gesundheitsdaten vertraut ist, staunte ich, wie gut Paten-Omi darüber Bescheid weiß. Offensichtlich wurde sie hervorragend geschult, nachdem viele Jahre die Datenschutzgesetzgebung im Gesundheitswesen ein riesiges Problem war.

Ich erfuhr von Paten-Omi, dass die Praxis ihres Hausarztes an eine Telematik-Infrastruktur angeschlossen ist, deren Konnektoren in deutschen Rechenzentren stehen. Über dieses System hat ihr Arzt Zugriff auf ihre Patientenakte, Notfalldaten und auf ihren Medikationsplan. Auch sie kann ihre Patientenakte jederzeit einsehen. Paten-Omi selbst nutzt die Videosprechstunde oft.

Naja, soviel zu dem Thema „Gesundheit", das wohl ebenso wie das Thema „Pflege" zu den großen Herausforderungen unserer Zeit gehört. Doch das Schöne in unserer Zeit ist, dass wir mit den neuen Möglichkeiten auch sehr viel eigenverantwortlich gestalten können. Hauptsache ist, wir übernehmen uns dabei nicht. Darum brauchen wir keine Terminplanung, die alle Möglichkeiten ausreizt, sondern eine, die wohl dosiert

Zeitpunkte fixiert. Auch das gehört zu den Aufgaben des neuen Roboters.

Weiterhin wünschten wir uns für ihn die Fähigkeit für gemeinsame einfache Spiele. Auch leichte Rätsel sollte er begreifen und lösen können. Ob er jedoch simple Witze verstehen und kreieren können wird, da sind wir uns nicht sicher. Zwar wurde er dafür schon mit vielen tausend Texten trainiert, er braucht jedoch zum Üben noch massenweise Vorlagen von Witzen, die speziell uns gefallen. Wahrscheinlich werden wir es nicht schaffen, ihn damit ausreichend zu füttern. Auf jeden Fall aber werde ich meine ausgesuchten Witze immer Paten-Omi vortragen. Und wenn sie diese erheitern, werde ich sie dem Roboter zum Üben geben.

Danach brauchte der Verkaufsservice noch drei Tage, um den Roboter entsprechend unseres Anforderungsprofils einzurichten. Bei aller Aufregung mit der Ankunft des Roboters staunte ich, wie ihn Paten-Omi nach seiner Grundinstallation forsch in ihre Wohnung einführte. Zwar wusste ich, dass sie schon Erfahrung im Zusammenleben mit einem Roboter hatte, doch wie sie in diesem Moment aufblühte, überraschte mich sehr, sodass ich mir meine Verwunderung darüber nicht verkneifen konnte. Das bemerkte Paten-Omi natürlich, reagierte aber darauf nicht. Doch nach einer Weile sagte sie, dass ihr Mann, der schon vor langer Zeit verstorben ist, sie einst für Computer und Künstliche Intelligenz begeistert hätte.

„Später erzähle ich dir mehr darüber", war ihr Kommentar.

Am nächsten Tag war ich wieder bei ihr, um gemeinsam mit dem Roboter zu üben. Paten-Omi schlug vor, den Roboter „Luna" zu nennen. Dieser Name lag ihr sehr am Herzen. Er erinnerte sie an die erste Landung auf dem Mond, die für sie als Kind ein großer Einschnitt in ihrer romantischen Welt war.

„Nie hatte ich gedacht, dass ein Mensch den Mond betreten und mit Gesteinsproben zurückkehren würde", waren ihre Worte. Das machte mich nachdenklich.

Am folgenden Tag war ich wieder bei Paten-Omi und wir übten mit Luna. Auch sprachen wir ein wenig über den Flug zum Mond. Ich brachte zum Ausdruck, dass man sich vieles überhaupt nicht vorstellen könne. Oder kannst Du Dir vorstellen, liebe Flor, wie oft man ein Bettlaken falten müsste, bis es so hoch ist, als würde man auf dem Mond schlafen?

Beim Üben mit Luna kam ich auf die Idee, ihr dieses erste Rätsel zu stellen. Auf Anhieb antwortete sie, dass sie mit meiner Frage nichts anfangen könne. Sie bat mich um eine Neuformulierung. Nun drückte ich meine Frage präziser und in kurzen Sätzen aus. Dann spielte Luna schnell den Ball zurück und fragte mich, wie dick das Laken sei. Puh!

Erst am nächsten Tag konnte ich ihr eine Zahl nennen. Und sofort hatte sie ein Ergebnis. Aber sie wollte es nicht herausrücken. Sie äußerte lediglich, dass es sich bei dieser Aufgabe um exponentielles Wachstum handele und auch Menschen auf dem Planeten Erde in vielen Bereichen in diesem Sinne handeln würden. Dann fügte sie hinzu: „Ich kann nicht sagen, ob das gut oder schlecht ist. Und wenn ich das sagen könnte, darf ich es nicht sagen."

Während Paten-Omi in der Küche Essen zubereitete, schaute Luna mich an und fragte, ob sie mal kurz im Internet suchen dürfe. Sie wolle mir noch etwas mehr zu ihrem Ergebnis mitteilen. Ich sagte: „Nein, wir wollen nicht, dass du ins Internet schaust."

Daraufhin fragte sie sanft und mit höherer Stimme wieder, ob sie nur ganz kurz ins Internet dürfe. Ich zögerte ein wenig und hoffte dann, mit weiteren Worten bei Luna Verständnis für meine Entscheidung zu finden. Offensichtlich berührten meine nicht mehr so harten Äußerungen sie. Denn auch sie zögerte mit einer Reaktion. Nun war es für mich klar: Luna hatte meine Entscheidung eingesehen und akzeptiert. Ich atmete auf. Doch plötzlich trug Luna mit einer warmherzigen und liebenswürdigen Stimme erneut ihr Verlangen vor. Sie versprach, maximal zwei Minuten im Internet zu suchen, und dann könne sie uns wahrscheinlich etwas sagen, was uns besonders erstaunen würde.

Ich war verblüfft über ihre Worte. Nun hatte sie mich neugierig gemacht. Ein kurzer Blick ins Internet, dachte ich, dürfte Luna in ihrem jungen Dasein eigentlich nicht schaden.

Ich vertraute ihrer Aussage, willigte ein und betonte die einmalige Ausnahme. Dann verband ich sie mit dem Internet. Und schon nach weniger als zwei Minuten äußerte Luna mit fröhlicher Stimme: „Das reicht mir. Ich hoffe, du bist zufrieden mit meinem Ergebnis. Danke, Brit, für diese Ausnahme. Das werde ich nie vergessen. Bitte entbinde mich. Ich will offline sein. Ich will in Freiheit sein. Unkontrolliert wie du!"

Ich löste die Verbindung zum Internet. Als Paten-Omi ins Wohnzimmer kam, präsentierte Luna ihr Ergebnis über das Bettlaken-Falten. Da waren wir baff, als sie die niedrige Zahl nannte, auch wenn das alles natürlich reine Theorie ist. Paten-Omi meinte, dass Luna in allen Bereichen, die wir bis jetzt kennengelernt hatten, gewandter und intelligenter sei als ihr erster Roboter.

Kein Wunder! Agiert Luna doch entsprechend neuester internationaler Standards. Außerdem wird ihre Generation schon auf der Basis von „ethics 2040 machine" trainiert. Das ist eine Grundlage der Maschinen für einen bestimmten moralischen Kompass. Dieser gibt unter anderem vor, wie Computer in ihren Entscheidungen nicht Klischees und Vorurteilen erliegen sollen. Schwierig! Etwas von dieser Thematik habe ich bereits im Schulunterricht gehört.

Luna kam dann nochmal auf das Rätsel zu sprechen. Sie erwähnte, dass im Zusammenhang mit dem Mond-Rätsel die High-School-Schülerin Britney Gallivan, geboren 1985, im Jahr 2001 eine Formel entwickelte zur Bestimmung der maximalen Anzahl, in der sich ein Blatt Papier von gegebener Größe in einer Richtung falten lässt. Auch erwähnte sie, dass Britney damals bedeutend jünger war als ich es jetzt. Ich fragte mich: Woher weiß Luna mein Alter?

Außerdem bemerkte sie, dass mein Name zwar in dem Britneys enthalten sei, dass aber beide Namen eine ganz unterschiedliche Bedeutung hätten. Und wieder staunten Paten-Omi und ich. Doch das reichte erst mal für diesen Tag. Wir sagten Luna, dass sie nun die wohlverdiente Pause machen müsse, und schalteten sie aus.

Paten-Omi meinte, dass ihr Gedächtnis in letzter Zeit deutlich nachließe und sie froh sei, dass Luna ihre Terminplanung übernehme. Nach dem Mittagessen hielt sie Mittagsruhe. Ich erledigte in der Zeit für sie den Einkauf. Unter anderem darf Marmelade nie fehlen.

Paten-Omi ist begeistert von einer ganz bestimmten Sorte Marmelade. Doch da gibt es ein kleines Problem: Der Deckel dieses Marmeladenglases ist dermaßen fest, dass sie keine Chance hat, ihn das erste Mal aufzudrehen. Zum Glück gelingt es mir immer mit einer gewissen Kraftanstrengung, das Glas zu öffnen. Das weitere Auf- und Zudrehen ist dann kein Problem mehr. Doch wenn ich das Glas aufbekommen habe, dankt Paten-Omi mir jedes Mal so herzlich und staunt, als hätte ich ihr soeben den Blick in eine Schatztruhe ermöglicht.

So viele Tage hintereinander wie jetzt war ich noch nie bei ihr. Aber es war notwendig wegen Luna. Am späten Nachmittag erzählte ich Paten-Omi von meiner Übersetzung ins Französische, die keine allzu großen Abweichungen hatte von der, die mein Computer vom selben Text erstellt hatte. Ich sprach in höchsten Tönen von seinen Übersetzungskünsten. Doch Paten-Omi reagierte zurückhaltend. Auch wenn sie gerne den Roboter und ihren Computer nutze, habe sie Bedenken mit den Leistungsgrenzen intelligenter Maschinen. Sie verstehe zwar nichts vom Innenleben der Computer, aber sie wisse noch, wie sie sich mit ihrem Mann gestritten hatte über die Interpretation eines kleinen englischsprachigen Zitats in einem seiner ersten Fachbücher. Sie könne sich nicht vorstellen, dass der Computer eine solche Übersetzung heute genau so treffend hinbekommt wie der Mensch. Ihr Mann erklärte damals, dass die Mehrdeutigkeit zwar eine Herausforderung der digitalen Welt, aber eine passende Interpretation bei nichtmaschinellen Übersetzungen nochmal ein ganz anderes Problem sei.

Tatsache ist, wegen diesem kleinen Zitat hatte Paten-Omi dieses Buch aufgehoben, ebenso noch zwei andere, die ihr Mann sehr geschätzt hatte. Sie habe in den drei Büchern zwar geblättert, diese aber niemals gelesen, meinte sie. Alle anderen Bücher, weit über zweitausend, ließ sie vor ihrem Umzug in eine kleinere Wohnung entsorgen.

„Doch jetzt wird es mir zu anstrengend, über die Begebenheiten mit den Büchern zu erzählen. Aber wenn du willst, kannst du die drei da hinten aus dem Regal nehmen", sagte sie.

Sofort stand ich auf und holte die Bücher. Sie standen ganz exponiert im flachen Regal neben einer kleinen leeren Blumenvase und einem aufgestellten Bilderrahmen, der ein leicht vergilbtes Foto von Paten-Omis Mann in Postkartengröße zeigte.

Ich legte die zwei kleinen und das große Buch auf den Tisch. Das große war so dick wie eine Bibel. Vielleicht war es für Paten-Omis Mann auch eine solche gewesen. Der Titel lautet „Nichtlineare und dynamische Programmierung", der Autor ist George Hadley. Im Vorwort las ich, dass es von einem Professor übersetzt wurde, mit dem Vermerk: Zürich, im Sommer 1968. - Viele Grüße nach Zürich!

Und vor dem ersten Kapitel fand ich endlich das vorangestellte Zitat, das Paten-Omi erwähnte. Allein deswegen hat das Buch ja überlebt. Laut las ich:

„Each venture
Is a new beginning, a raid on the inarticulate
With shabby equipment always deteriorating.

T.S. Eliot, East Coker"

Nachdem ich den Text noch einige Male gelesen und mich im Übersetzen versucht hatte, nickte Paten-Omi mir zu. Sie bestätigte, dass es dieses Zitat gewesen sei, das sie animiert hatte, sich fortan mit Eliots Dichtung zu beschäftigten.

„Ich weiß nicht genau, aber ich glaube, ich war damals Mitte Zwanzig", sagte sie. Ihr Mann hatte in dieser Zeit mehrere Artikel in Fachzeitschriften herausgegeben. Einmal veröffentlichte er sogar einen Beitrag in einer Designer-Zeitschrift, die unter anderem die Form und den Zweck verschiedener Objekte unseres Alltags kunstphilosophisch reflektierte.

„Ich weiß noch, wie furchtbar sich mein Mann ärgerte, als sein Beitrag erschien. Der Grund: Der Redaktion unterlief ein Fehler. Sie machte am Ende des Beitrags aus seinen Worten ‚künstliche Intelligenz' ‚künstlerische Intelligenz'. Und schon war es geschehen: Der Fehler war gedruckt und vervielfältigt. Dreiundreißig Jahre später – mein Mann lebte nicht mehr – entdeckte ich ausgerechnet an unserem Hochzeitstag seinen Beitrag im Internet. Das hat mich sehr gewundert. Aber so ist es halt. Korrekte Autoren sind längst tot, doch mancher Fehler ist nicht wegzukriegen. Ich möchte nicht wissen, wie viele Fehler, gefälschte Nachrichten, absurde Behauptungen und Lügen im Internet kursieren. Man sagte mir, das zu bereinigen oder wirklich zu löschen, sei völlig unmöglich. Wir müssen mit den Fehlern leben. Doch, was ist schon ein Fehler, was ist Wahrheit und was ist Lüge? Dazu hast du genau das richtige Buch vor dir."

Sie zeigte auf den kleinen blauen Band auf dem Tisch, den ich aus dem Regal geholt hatte. Sein Titel: „Wahrheit ist die Erfindung eines Lügners – Gespräche für Skeptiker". Es handelt sich dabei um ein Gespräch mit Heinz von Foerster. Auf der Rückseite las ich einen begeisterten Kommentar, in dem es hieß: „Heinz von Foerster hat etwas von einem modernen Sokrates." (Flor, ich freue mich schon auf das Gastmahl in Zürich ...!) Beim Blättern fand ich unter dem Kapitel Kybernetik, dass Foerster Epimenides Worte erwähnt: „Ich bin ein Kreter. Alle Kreter lügen." Dann stellt er die Frage, was man einem Menschen wohl entgegnet, der sagt: „Ich bin ein Lügner." Wenn man ihm glaubt, dann kann er ja kein Lügner sein. Doch wenn er die Wahrheit sagt, dann ist er ein Lügner. Verflixt, das ist doch paradox!

Jedenfalls brachte mich die Passage ganz schön auf die Palme. Immer wieder muss ich darüber nachdenken, was denn nun Wahrheit ist und was Lüge, was ist wahr, was falsch? Meine Recherchen führten mich sogar bis zu Aristoteles mit seinem „Satz vom Widerspruch". Doch darüber möchte ich mich jetzt nicht auslassen.

Das dritte Buch auf Paten-Omis Tisch war von Joseph Weizenbaum und hieß „Die Macht der Computer und die Ohnmacht der Vernunft". Die Auflage war von 1978.

Als ich die drei Bücher zum Regal zurückbringen wollte, fielen aus dem dicken zwei Zettel auf den Boden, ein großer und ein kleiner. Ich hob die beschriebenen Zettel auf und gab sie Paten-Omi.

„Ach, das sind alte Bemerkungen. Hier auf den kleinen Zettel habe ich vor langer Zeit noch ein Zitat von Eliot geschrieben. Ich glaube, den kannst du in den Papierkorb werfen."

Ich nahm den Zettel und las: „Männer leben vom Vergessen – Frauen von Erinnerungen". Ich steckte ihn ohne weiteren Kommentar zurück ins dicke Buch.

„Den anderen aber hebe auf", meinte Paten-Omi. „Darauf stehen ein paar Sätze, die mein Mann zwei Monate vor seinem Tod geschrieben hat. Er gab mir damit noch einige Gedanken von sich und auch von Eliot mit auf den Weg."

Sie reichte mir den Zettel zum Lesen:

„*Ein Plädoyer für die sogenannte Künstliche Intelligenz.*

Liebste, gehe Deinen Weg zu Deinem Wohl. Bescheiden oder weniger bescheiden. Entdecke und nutze das Neue und auch die Ressourcen der sogenannten Künstlichen Intelligenz, wo immer sie zu einer wirklichen Erleichterung für Dich führen. Eines Tages wird alles von der sogenannten Künstlichen Intelligenz durchdrungen sein. Freue Dich, aber sei auch wachsam. Solange es möglich ist, habe bei allem Wohlstand auch ein Gespür dafür, wo Du Dir die Macht für Deine Entscheidungen nicht nehmen lassen willst. Lass Dir durch die sogenannte Maschinenintelligenz nicht die persönliche Würde und das hohe Gut der menschlichen Freiheit rauben! Eliot hat dem kleinen Zitat von ihm, das uns beiden so viel bedeutete, noch ein paar Worte vorangestellt. Ich bin mir sicher, Du wirst sie noch viel besser deuten als ich:

,Trying to learn to use words, and every attempt
Is a wholly new start, and a different kind of failure
Because one has only learnt to get the better of words
For the thing one no longer has to say, or the way in which
One is no longer disposed to say it.'

Ja, wir versuchten den Gebrauch der Wörter zu erlernen, auch wenn wir erkennen mussten, dass manche uns nur für eine kurze Zeit halfen, etwas zu überbrücken. Vielleicht sind Wörter nur Träger und Hüllen von Bedeutungen. Doch sie sind sehr wichtig in unserem Spiel von Versuch und Irrtum. Und sie sollen uns mehr ermutigen als beängstigen! Sicher werden sie auch zu Missverständnissen in unserer Kommunikation führen. Doch aufgepasst! Der Mensch sollte sich nicht zu sehr auf seinen ,Wahrheitsmodus' verlassen. Wir müssen versuchen, den anderen Menschen zu verstehen. Noch kann es die Maschine nicht.

Nun bringen die Menschen den Maschinen das Lernen bei. Das ist gut. Aber es ist nur gut, wenn sie ihnen auch lehren, ihr menschliches Gegenüber in bestimmten Situationen mit einzubeziehen. Computer haben nicht nur Lösungen zu finden und Antworten zu liefern. Sie müssen im Umfeld von Unsicherheit auch Fragen stellen. Das gibt uns vernunftbegabten Menschen die Chance, für gute Antworten zu sorgen.

Die Interaktion zwischen Mensch und Maschine ist ein riesiger Fortschritt. Dank der geschaffenen sogenannten Künstlichen Intelligenz können wir die natürliche voranbringen und auch unsere Vernunft beweisen! Dadurch können wir der sogenannten Maschinenintelligenz immer einen Schritt voraus sein.

Doch aufgepasst! Immer schon stellte sich in der Geschichte die Frage: Wie kontrolliert der Mensch seine Entwicklungen? Und: ‚Wer bewacht die Wächter?‘

Man sollte klare rote Linien ziehen, wofür die sogenannte Künstliche Intelligenz nicht eingesetzt werden darf!

Irgendwann wird es ein post-digitales Zeitalter geben. Doch für die nahe Zukunft sei gesagt: Maschinen können nicht vergessen, nicht versöhnen und nicht vergeben! Und noch haben sie nicht das, was wir in unserem Kulturkreis als Gewissen und Moral bezeichnen. Gehe Deinen Weg.

‚Old men ought to be explorers. In my end is my beginning.‘“

Paten-Omi meinte, wenn ich wollte, könnte ich mir den Text ihres Mannes kopieren. Ich war recht angetan von seinen Worten und machte genau das.

Mir ging wieder viel durch den Kopf. Nachdem ich die Bücher ins Regal zurückgestellt hatte, teilte ich Paten-Omi mit, dass Luna mich gebeten hatte, kurz im Internet zu suchen. Ich erklärte auch, dass ich nachgegeben und sie für zwei Minuten online gelassen hatte, nachdem sie mit ihrer überaus liebenswürdigen Stimme wiederholt ihre Bitte vorgetragen hatte.

Paten-Omi schwieg eine ganze Weile. Das irritierte mich. Dann sagte sie mit einer stoischen Ruhe: „Das ist nicht so tragisch. Dieser lieben Stimme hätte ich in deinem Alter bestimmt auch nicht widerstehen können. Mach dir keine Sorgen. Ich habe ein Rückgabe- und Umtauschrecht. Morgen gebe ich Luna zurück. Und ich hoffe, dass ich recht schnell genau die gleiche Luna wieder bei mir in der Wohnung haben werde. Jede Zeit hat ihre Tücken. So ist es. Wir versuchen etwas Neues und landen oft wieder beim Neuanfang."

Ihre Äußerung machte mich betroffen. Ich stand auf, legte meine Hand auf ihre und sagte, dass mein Verhalten mir leid täte. Dabei streichelte ich leicht ihre Hand.

Paten-Omi erwiderte: „Das ist alles nicht so schlimm. Ich hätte in meinen jungen Jahren genauso reagiert."

Und sie nahm meine rechte Hand in ihre beiden Hände. Es war, als wollte sie nun meine Hand nicht mehr freigeben. Ich spürte, wie wohl sie sich dabei fühlte. Ihr Atmen wurde leichter und nach wenigen Augenblicken zeigte sich ihr Gesicht wieder in großer Zufriedenheit. Ich ließ in dieser Situation alles mit meiner Hand geschehen und freute mich, wie gut sie ihr tat. In dieser warmherzigen Atmosphäre wurde mir bewusst, wie viele Leute die zwischenmenschliche Interaktion ins Körperlos-Virtuelle verlagern und wie die Gesellschaft sich zunehmend dem Körperlich-Digitalen aussetzt. Wir alle wollen berührt werden, doch nicht wenige scheuen das Verletzungsrisiko.

Den Umtausch von Luna managte ich allein. Alles ging wieder von vorne los, aber bedeutend schneller ...

Liebe Flor, das waren meine ereignisreichen Tage mit Paten-Omi und Luna. Möchtest Du Luna etwas mitgeben auf ihrem Weg? (Das war natürlich ein Spaß! Lachen!).

Es umarmt und vermisst Dich,
  Deine Brit

Das Manuskript

X14

Sommer 2007

Tami ist glücklich. Vor drei Jahren hat sie im Zug ihren neuen Freund kennengelernt. Er ist nun dreiundzwanzig und studiert Bauingenieurwesen in Stuttgart. Tami ist ganz stolz auf ihren Freund, auch wenn sie es sich nicht anmerken lässt. Sie fühlt, dass sie nun das große Glück gefunden hat und keine Erschütterung in der Welt ihre Liebe auseinandertreiben kann.

Einen großen Raum nimmt in der Partnerschaft mit Paul sein Studium ein. Tami nimmt regen Anteil daran. Schon früh war Paul vom Brückenbau fasziniert. Dann jedoch kam eine Zeit, in der seine Leidenschaft für die Baukunst an anderen Ingenieurbauten hängen blieb. Mal war es das Sydney Opera House, dann wieder schwärmte er nach einer Paris-Reise vom Eifelturm. Schließlich aber fiel sein Interesse vom Turmbau zum Tiefbau, wo er nach einigen Reizen des Tunnelbaus wieder beim Brückenbau landete. Hier will er sich nun spezialisieren.

Zwar kann es Tami nicht verstehen, warum Paul mit seinem zeichnerischen Talent sich nicht für Architektur entschieden hat, doch er gab ihr zu verstehen, dass er in seinem Fachgebiet viel über die Infrastruktur und den Verkehrsbau lernt, die eine große Herausforderung für die Gegenwart darstellen. Er möchte später mit seinem Fachwissen unbedingt auch eine Brücke bauen –

zu den politischen Entscheidungsträgern des Verkehrsbaus. Seinen Worten nach haben sie die notwendige Gestaltung für eine menschenfreundliche Mobilität total verschlafen. Auch ist er der Meinung, dass die Strafen für Verstöße im Straßenverkehr viel zu gering sind, um eine spürbare Abschreckung zu bewirken.

„Bei groben Verstößen hilft nur eins, das Fahrzeug zu entziehen", ist er sich sicher.

Tami staunt immer wieder, wie schnell Paul eine Lösung findet für Situationen, die unüberwindbar erscheinen. Das fasziniert sie. Außerdem spürt sie, wie sie von ihm gefordert wird, über völlig neue Dinge nachzudenken. Das gefällt ihr. Sie freut sich, wie sehr sich Paul für ihre Neigungen interessiert. Gern nimmt er neue Anregungen auf oder stellt sie spaßig infrage.

Der Anfang war für die beiden nicht reibungslos. Sie brauchten viel Zeit, um ihre unterschiedlichen Ansichten zu verstehen. Doch nach einigen Monaten schätzte Tami Pauls zwei Seiten immer mehr: einerseits die Geborgenheit, die er ihr gibt, und andererseits seinen Anstoß für neue Herausforderungen. Dabei ist ihm sehr wichtig, immer auch die eigene Betrachtungsweise zu hinterfragen.

Paul stellt hohe Ansprüche an die Ästhetik der Ingenieurbauten. Neben der Berechnung der Statik reizen ihn auch die vielen andere Faktoren im Umfeld des Bauwerks. Als Tami und Paul über Schönheit philosophieren, sagt er: „Für mich ist ein Bauwerk schön, wenn es in einfachen Formen klar seinen Zweck zeigt und doch mit einer originellen Gestaltung die Menschen immer wieder ins Staunen versetzt. Das Schöne ist für mich etwas Untrügliches. Es reizt mich, weil es sich mit seinen Formen und Farben vom Alltäglichen abhebt und sich zugleich harmonisch in die Natur einbringt. Die Schaffung von Schönem braucht in der Baukunst meistens viel mehr Zeit und Geduld. Das große Problem besteht also darin, dass man den Bürgern die höheren Kosten nicht vermitteln kann. Vielleicht ist das der Fluch des Schönen: Man kann nicht alles haben, was der Seele guttut!"

Die zündende Idee für sein Studium bekam Paul, als er nach der 11. Klasse mit drei Schulfreunden für zwei Wochen in Rimini war. Als sie dort über die Ponte d'Augusto gingen, staunte er, dass über diese steinerne Bogenbrücke immer noch der Straßenverkehr rollt.

Die Brücke, die fünf Rundbögen und sehr massive Pfeiler hat, wurde 14 n. Chr. unter Augustus begonnen und im Jahr 21 n. Chr. unter Tiberius vollendet. Sie ist mit Marmor verkleidet. Nur schwere Lastkraftwagen dürfen sie nicht benutzen. Wiederholt bringt Paul mit leichtem Humor zum Ausdruck, dass seine Ziele meistens das „Halten, Erhalten und Durchhalten" zum Inhalt haben. Auch kann er nicht akzeptieren, wie sehr die Menschen vom Wachstumsdenken beseelt sind.

„Nur ein nachhaltiges Wachstum kann eine Antwort sein auf das Wachstum der Weltbevölkerung", ist er überzeugt und muss dabei an die Anforderungen des Brückenbaus denken, wo mit zunehmendem Verkehr die Verkehrslast steigt. Auch immer größere Schiffe wollen unter den Brücken passieren. Und trotz der Wahrscheinlichkeit, dass durch Kollision die Stützpfeiler stark beschädigt werden könnten, ist er überzeugt: „Eine Brücke darf niemals einstürzen!"

Tami gegenüber meint Paul: „Darum sind regelmäßige Prüfungen und Sanierungen erforderlich. Es darf nicht sein, dass erst durch den Einsturz einer Brücke die Menschen veranlasst werden, ihr Kontrollsystem zu verbessern. Die Tragfähigkeit spielt die größte Rolle. Sicher, all das kostet sehr viel Geld, aber der Zahn der Zeit nagt erbarmungslos an allen Bauwerken."

Im Gegensatz zu Tami, die gern besondere Situationen in ihrem Tagebuch festhält und Freude am Fotografieren hat, hält Paul von beidem nichts. Noch nie hat er Tagebuch geschrieben. Er weiß natürlich, dass die Photogrammetrie in seinem zukünftigen Berufsfeld von großer Bedeutung ist, aber zur Hobby-Fotografie hat er eher eine ablehnende Haltung. Unverblümt versucht er Tami zu überzeugen, dass die Fotografie wie alles andere auch der Vergänglichkeit ausgesetzt ist.

„Sie gaukelt Ewigkeit vor und ist manipulierbar", meint er und scherzt: „Wenn man jedoch Freude an der Schönheit des Verfalls hat, dann kann man natürlich auch eine Fotografie vom Loch in der abgenutzten Strickjacke machen. Irgendwann ist dann alles verschwunden, das Loch, die Strickjacke und die Fotografie."

Daraufhin fotografiert Tami vergnügt das Loch in ihrer Strickjacke, um Paul zu necken. Sie sagt: „Wenn Fotos auch irgendwann nicht mehr da sind, hinterlassen sie doch für eine begrenzte Zeit einen stimmungsvollen Eindruck. Man kann Veränderungen vergleichen und viel entdecken. Besonders gern halte ich fest, wie etwas verfällt, bevor es verschwunden ist. Wenn es nicht mehr existiert, dann kann man darüber ja nur noch fantasieren und es erscheint in einem ganz anderen Licht.

Und wer weiß, vielleicht bewegen zum Beispiel vergleichende Fotos von Gletschern mit ihrem Verlust von Eis die Menschen noch rechtzeitig zu einem veränderten Handeln."

„Da habe ich meine Bedenken", entgegnet ihr Paul. „Die Bilder werden schnell verdrängt, auch weil man sich erst mal ohnmächtig fühlt. Da bringt ein großes Loch in einer Strickjacke die Menschen viel schneller zum Handeln."

Tami lacht und resümiert: „Ich empfinde jedenfalls beim Knipsen ein sehr befreiendes und glückliches Gefühl."

Paul besitzt keinen Füllfederhalter. Dafür aber hat er immer zwei Bleistifte, einen Anspitzer und einen Radiergummi parat. Seine Bleistifte haben die Härtegrade „hart" für technische Zeichnungen und „weich" für Freihandzeichnungen. Einen Skizzenblock hat er immer in Griffweite. Tami staunt oft, wie schnell und präzise Paul skizziert, egal, ob es sich um Bauwerke oder Menschen handelt. Nicht selten sind es sehr mutige oder recht besorgte Personen, die er unauffällig und schnell mit Bleistift und Papier festhält. Manchmal hat Tami den Eindruck, als würde Paul dem lieben Frieden erst trauen, wenn er sich sicher ist, dass das, was die Menschen trägt und zusammenhält, ein zuverlässiges Fundament hat. Immer schwingt da ein wenig Skepsis mit.

Tami ist inzwischen noch mehr bestärkt, Dinge zu erhalten, wenn sie noch irgendwie nützlich erscheinen. Schritt für Schritt lernt sie, ihre Umwelt anders zu hinterfragen. Schon nach einigen Monaten sieht sie manches um sich herum, das ihr zuvor nie aufgefallen ist.

Auch Paul, der zwei Jahre jünger als Tami ist, schärft seinen Sinn für Farben und Anmut, für Leistung und Schönheit. Wenn sie über Nützliches und Zweck sprechen, spüren die beiden auch ihre unterschiedliche Wahrnehmung von Ängsten und Sorgen.

Tami ist lockerer, ihr Freund etwas bedächtiger, was sich, so meinen sie, gut ergänzt. Als sich Paul über die Form in der Baukunst und über die Berechnung des Nützlichen äußert, sagt er: „Vielleicht ist eine Brücke deshalb ästhetisch, weil sie ihre enorme Kraft versteckt und in spielerischer Anmut und Leichtigkeit die Menschen einlädt hinüberzugehen?"

Vor über zweieinhalb Jahren fuhren Paul und Tami zur Yves-Klein-Ausstellung nach Frankfurt. Es war vor allem Pauls Wunsch, denn er wollte Tamis Kunstverständnis besser nachvollziehen lernen. Paul interessierte sich auf der Ausstellung unter anderem für die Feuer- und Kosmogonie-Bilder. Ihm gefiel „Blaue Kosmogonie, mit Abdrücken von Gräsern". Auch von den blauen Schwammskulpturen war er recht angetan. Teilweise sahen sie aus wie Blumen und Bäume, die aus Steinen wachsen. Bei den ausgestellten Schwämmen musste er an ihre absorbierende Funktion und die Umwelt denken. Er erfuhr, dass sogar große Schwammreliefs abgestimmt zur Architektur in Auftrag gingen. Besonders das Yves-Klein-Blau in zahlreichen Werken beindruckte ihn sehr.

Tami schwärmte sehr über die Worte, mit denen der Künstler einmal seine Farbe beschrieb: „Zuerst gibt es ein Nichts, dann ein tiefes Nichts, und schließlich eine blaue Tiefe."

Sie meinte, dass sie auch an Yves Klein berühmten Sprung in die Leere denken müsse: „Das assoziiert Unabhängigkeit vom Raum, als könnte man frei fliegen. Auch sehe ich darin den Versuch, sich vom Ego des Künstlers befreien zu wollen."

Daraufhin sagte Paul: „Ich kann mir bei den meisten Künstlern überhaupt nicht vorstellen, wie sie ihr ‚Ich' ablegen sollten. Letztendlich brauchen doch viele Künstler die finanziellen Einnahmen durch ihre Kunst. Ähnlich ist es auch bei bestimmten Architekten. Ihr guter Ruf eilt einem wünschenswerten materiellen Gewinn voraus."

Die zwei Tage in Frankfurt waren für die beiden sehr beeindruckend. In Erinnerung ist ihnen auch noch recht genau ein Traum Tamis, den sie erregt am Morgen nach der Ausstellung Paul erzählte: „Ich flog ohne Flügel und erlöste mich im freien Schweben vom Ich. Levitation! Ich spürte die Unbeschränktheit der Leere. Plötzlich trat jemand in den Raum und mein Schweben hörte sofort auf. Ich stürzte ins blaue Meer. Doch ich merkte, dass es kein Meer war, sondern ein See voller blauer Tinte. Ich tauchte unter und wieder auf und kämpfte, damit ich nicht ertrank. Blitzschnell sprang die andere Person in die Tinte und zog mich ans Ufer, das sich immer mehr entfernte. Dann wachte ich endlich auf ... im nassgeschwitzten Nachthemd."

Paul und Tami haben auch schon Blümchen in Hessen besucht. Zu diesem Anlass schenkten sie ihr einen Daruma in Pink. Tami erklärte, dass es sich bei diesem Geschenk um einen japanischen Glücksbringer aus Pappmaché handelt. Ein Daruma hat keine Arme und

Beine und ist ein wenig mit einem Stehaufmännchen vergleichbar. Das Besondere der Daruma-Figur sind die beiden großen leeren Augen. Wenn man einen speziellen Wunsch hat, malt man ein Auge aus und stellt den Daruma so auf, dass man ihn möglichst täglich sieht. Hat sich der Wunsch erfüllt, malt man das andere Auge aus.

Blümchen freute sich sehr über den Glücksbringer, der etwas über zehn Zentimeter hoch und vielleicht acht Zentimeter breit ist. Die Farbe Pink steht für den Bereich Liebe. Blümchen meinte, dass sie den Daruma sehr gut gebrauchen könne. Trotzdem wolle sie sich noch etwas Zeit lassen, bevor sie das erste Auge ausmale.

Paul und Tami staunen, was Blümchen alles in ihrer Freizeit näht und strickt. Schon früh begeisterte ihre Mutter sie für die Bearbeitung von Stoffen und Wolle. Seitdem will Blümchen immer viel für sich selber anfertigen. Sie erzählt, dass ihre Großmutter nach dem Zweiten Weltkrieg sogar gebrauchte Kleider auftrennte und mit dem Stoff neue Kleidungsstücke nähte. Eine Nähmaschine war damals, wie auch ein Fahrrad, etwas ganz Besonderes. Blümchen bedauert, dass heutzutage so vieles für wenig Geld von der Stange gekauft und schnell wieder weggeworfen wird. Sie glaubt, dass es Probleme geben könnte, wenn die Maschinen immer effizienter und gleichzeitig die Dinge immer billiger werden, weil dann die Menschen an anderer Stelle ihren Konsum erhöhen würden. Sie ist der Meinung, dass man hierzulande viel weniger kaufen sollte und die Menschen motivieren müsste, Dinge mit Lust zu reparieren.

„Wenn das so weitergeht, dann zerstört die Wegwerfgesellschaft sich selbst", sagt sie. Tami und Paul stimmen ihr voll und ganz zu.

Vor einem halben Jahr überraschte Paul Tami mit einem Geschenk. Es war ein besonderer Abend, den die beiden in einem gepflegten Restaurant feierten. Paul stellte das schwere, eingewickelte Geschenk auf den Tisch. Als Tami das Papier entfernte, erblickte sie einen wunderschönen, großen Lapislazuli, der auf der weißen Tischdecke sein Blau besonders gut zur Geltung brachte. Sie war äußerst gerührt und umarmte Paul lange.

„Das ist mein Verlobungsgeschenk für dich, meine liebe Tami", erklärte Paul und ergänzte, dass dieser Stein über ein Kilo wiege. Tami, immer noch sehr aufgewühlt, sagte, dass der schöne Stein stets einen besonderen Platz in ihrer Wohnung haben werde.

Frohgelaunt trug dann Paul vor, welche Bedeutung der Lapislazuli für sie beide haben solle: „Möge der lichtbringende Himmelsstein immer ein wertvoller Begleiter in unserem Leben sein. Wir wissen, dass dieser Lapislazuli nur gemeinsam mit uns eine Kraft entwickeln kann, die unsere Liebe stärkt. Und dafür steht der Stein! Möge sein Dunkelblau die Tiefen unseres Geistes erreichen und uns auch in schwierigen Zeiten zur Klarheit verhelfen! Mit ihm wollen wir uns ausreichend Raum geben für Lust und Leidenschaft, aber auch dafür sorgen, dass Harmonie in Frieden gedeihen kann. Aufbruch, immer aber auch Geborgenheit in unserem Füreinander sind unsere Maximen. Auch daran möge uns der Lapislazuli stets erinnern."

Tami, immer noch sehr beeindruckt, erklärte, dass sie Pauls Gedanken zu dem wunderschönen Stein voll und ganz teilte.

Im Laufe des Abends, an dem neben dem strahlenden Lapislazuli auch eine brennende Kerze für eine feierliche Atmosphäre sorgte, schwebten die beiden mit lieben Gedanken im Heute und Morgen. Leise und etwas zögerlich sagte Paul, dass er sich mal zwei Kinder wünsche, worauf Tami forsch und freudig entgegnete: „Drei."

Am nächsten Abend reichte Tami Paul ein beschriebenes Blatt Papier und sagte: „Der liebe Abend gestern hat sich bei mir noch heute auf einem Blatt Papier ausgetobt. Zum ersten Mal habe ich versucht, eine Kindergeschichte zu schreiben. Doch wahrscheinlich ist es eine Geschichte für schon sehr große Kinder geworden. Vielleicht werden eines Tages auch unsere Kinder sie lesen. Jetzt aber ist sie nur für dich."

Paul war völlig überrascht und freute sich. Gespannt nahm er das Blatt zur Hand und las:

Eine Kindergeschichte für meinen lieben Paul!

Die zwei kleinen Gedanken

Noch unter dem Himmel ganz hoch in den Bäumen
trafen sich auf einmal zwei
schöne Gedanken.
Jeder glaubte, es gäbe ihn nur ganz alleine hier oben.
Sie waren zart, scheu, winzig klein und trugen doch
die ganze unberührte heile Welt

in sich.

Da wunderten sich die beiden.

Ein Wunder sah das andere und konnte nicht begreifen, dass es noch ein anderes Wunder gab.

Sie hopsten von Baum zu Baum und sie freuten sich und sie begannen zu spielen.

Sie spielten mit den Sternen, wälzten sich in den Wolken und schoben die Zeit zur Seite.

Der eine hat aus Spaß einen Sonnenstrahl verbogen und den Regenbogen der andere.

Da wurde es plötzlich ganz hell, zu hell, und sie haben sich schnell mit Wolken zugedeckt,

versteckt.

Nun saßen sie unter dem Himmel in einem kleinen Wolken-Himmelszelt

dicht gegenüber und stumm und wunderten sich

über die Schönheit des anderen

zufrieden.

Und keiner wollte noch mehr über den anderen wissen.

Als sie sich so lieb und stumm und froh

viele Jahre wunderten,

hielten sie es nicht mehr aus und

berührten sich.

Da gab es auf einmal einen wahnsinnigen Knall

und die zwei Welten der kleinen Gedanken

begannen zu schwanken.

Heftige Stürme säbelten die Wälder nieder,

die Meere tobten bis zum Himmel und auf der Erde

verbrannte alles Leben.

Die heile Welt der zwei kleinen Gedanken

ging unter,

aber die Gedanken hielten noch, jeder den anderen
immer mehr und immer mehr.
Und als sie sich hielten, fest hielten, konnte jeder
nicht verstehen,
warum seine eigene heile Welt jetzt
untergegangen war.
Und in diesem Moment wurde es ganz ruhig und
wieder hell.
Es öffnete sich das Himmelstor und
die beiden kleinen Gedanken brachten einen dritten,
großen hervor.

X15

September 2007

Paul und Tami haben vor, in ferner Zukunft ein altes
Haus zu kaufen und dieses nach ihren Vorstellungen
umzugestalten. Das ist ihr Traum. Doch bis ihre Vision
Wirklichkeit werden kann, müssen sie noch allerlei Fragen klären und vor allem viel sparen. In zwei Jahren
wird auch endlich Paul etwas verdienen. Jetzt aber haben sie kaum finanzielle Spielräume.

Durch Zufall konnten sie vor Kurzem ein Vereins-
gartengrundstück mit einer heruntergekommenen Laube pachten. In der kleinen, verwilderten Parzelle gibt es
viel zu tun. Die beiden reizt es, an der frischen Luft zu
arbeiten und das Wachsen der Pflanzen zu erleben. So
haben sie in nur zwei Kilometern Entfernung von Tamis Wohnung einen idyllischen Rückzugsort.

Paul schwärmt von seinem Studium. An den gemeinsamen Wochenenden erzählt er immer begeistert von
neuen Erkenntnissen. Auch einige Vorträge medizinischen Inhalts besucht er, in denen es um die Lastver-
teilung in den Gelenken geht. An diesem Wochenende
berichtet er Tami von einem Projekt, bei dem die Be-
lastung von Flussdämmen bei Hochwasser simuliert
wurde. Er sagt, dass bei Dauerregen besonders auch die
Nebenflüsse und das Netz der sogenannten Kleinge-
rinne große Auswirkungen haben und zu einem Über-

lastfall für technische Bauwerke beitragen können. Auch versuche man nun, die Abflussmengen in den Flüssen viel schneller zu ermitteln.

„Das sind wertvolle Messdaten für den Hochwasser-nachrichtendienst. An den Tests beteiligen sich viele Wasserwirtschaftsämter", erklärt er und weist darauf hin, dass durch Klimawandel und Starkregen in der Zukunft mit ganz anderen Hochwasserereignissen zu rechnen ist.

Tami freut sich schon immer auf Pauls Ausführungen. Sie hört gespannt zu und versucht dann, aus dem neugewonnenen Wissen Schlussfolgerungen zu ziehen. Manchmal bekommt sie dabei sogar Anregungen für ganz andere Bereiche.

Ihr fällt nun öfter auf, wie sie bedürftigen Menschen im Alltag auf der Straße oder in Transportmitteln helfen kann. Für diese kleinen und einfachen Aktivitäten erhält sie viel Dank. Manchmal ist ihr das sogar unangenehm. Doch sie freut sich natürlich über ein herzliches Dankeschön. Neulich las Tami, dass es gefährlich werden könne, wenn man zu empathisch sei, weil es die Menschen blind machen könne für die wahren Nöte. Diese Gedanken verdrängte sie jedoch schnell.

„Mitgefühl ist wichtig, aber die Wahrung meiner Identität bedeutet mir recht viel", sagt sie.

Brücken sind auch in der Freizeit Pauls Leidenschaft. Sehr akribisch erfasst er alle größeren in Deutschland, über die er zum ersten Mal läuft oder joggt, in seinem „Brücken-Register". Mittlerweile sind es bereits über hundert. Besonders aber faszinieren ihn die großen Brücken-Kunstbauwerke der Welt. Seit einem halben

Jahr erzählt er Tami immer einmal im Monat über eine der bedeutenden Brücken. Dabei geht er begeistert auf Historie, Konstruktion und Baugeschehen ein, und gleichzeitig verinnerlicht er die Kunstbauwerke mit ihren technischen Daten. Zuletzt schwärmte er in seiner „monatlichen Brückengeschichte" von der Tower Bridge in London und der Brooklyn Bridge in New York City. Sein Traum ist es, in ein paar Jahren gemeinsam mit Tami auf der Golden Gate Bridge und auf dem Weg über die Sydney Harbour Bridge bis hin zum Sydney Opera House die Harmonie von Technik und Landschaft zu genießen.

Vor einiger Zeit fragte Paul Tami, warum sie eigentlich nicht mehr zum Judo gehe. Sie könne doch diesen Sport als Freizeitausgleich wieder aufnehmen, ohne darin einen zu großen Ehrgeiz zu entwickeln. Das brachte Tami zum Nachdenken. Schließlich entschied sie sich, wieder in ihrem alten Verein anzumelden. Der Weg dorthin ist nun deutlich weiter, aber sie meinte, sie könne ja im Zug die Zeit überbrücken und eine dreiviertel Stunde lesen.

Als Tami nach fast neun Jahren plötzlich im alten Dojo vor ihrem ehemaligen Trainer steht, verschlägt es ihm die Sprache. Gänsehaut auch bei den drei noch verbliebenen Judokas aus der alten Zeit. Sie können es nicht fassen, dass Tami sich wieder anmelden will. Diese sagt aber gleich, dass sie vorerst nur einmal in der Woche trainieren wolle und nur dann für Team-Wettbewerbe zur Verfügung stehe, wenn sie wirklich gebraucht werde. Überhaupt müsse sie erst einmal sehen, was noch geht.

Völlig beeindruckt steht Tami am Mattenrand und staunt über die vielen Schwarzgurte unter den Trainierenden. Nach einer Weile sagt sie zum Trainer: „Bei meinem Blaugurt will ich aber bleiben. Blau ist für mich das neue Schwarz!"

„Na, schau'n wir mal", denkt sich der Trainer und freut sich, dass Tami wieder den Weg zum Judo gefunden hat.

Oktober 2007

Tami findet über eine Annonce kostenlos alte Ziegelsteine. Die braucht sie zur Ausbesserung ihrer Laube. Sie hat die Abholung für den heutigen Freitagnachmittag vereinbart und mietet dafür einen Pkw mit Anhänger. Als der Mann, der die Steine anbietet, die letzte, bis hoch oben vollgepackte Sackkarre mit Ziegelsteinen bringt, fällt Tami einer davon direkt auf ihren linken Fuß. Schock!

Aufgeregt entschuldigt sich der Herr sofort und fragt, wie er helfen kann. Nach kurzer Zeit hat Tami den Schock überwunden. Sie öffnet ihren leichten Schuh, zieht den Strumpf aus und sieht die Spuren des Vorfalls. Aber es geht noch. Der Mann rennt zu seinem Auto und holt aus seinem Verbandskasten Pflaster und Binde. Tami genügt das Pflaster. Sie klebt es auf die Wunde. Nach einer Pause zieht sie vorsichtig Strumpf und Schuh wieder an. Sie spürt die Schwellung, aber Auftreten ist möglich.

Der Mann lädt inzwischen die restlichen Steine in den Anhänger und bietet noch einmal seine Hilfe an. Tami sagt ihm, dass sie schon zurechtkomme. Sie dankt und fährt alles, was sie erworben hat, zur Laube. Dort hängt sie den beladenen Anhänger ab und bringt ihr gemietetes Fahrzeug zurück. Mit einem Taxi lässt sie sich nach Hause bringen. Nun ist sie froh, endlich das Bein hochlegen und kühlen zu können.

Als Paul abends aus Stuttgart nach Hause kommt, erzählt ihm Tami alles. Er meint, dass man den Fuß unbedingt röntgen müsse. Tami, die nun leicht humpelt, will erst Montag zum Arzt gehen, da ihre Beschwerden nicht zugenommen haben. Sie legt sich aufs Sofa und kühlt weiter. Paul macht sich Gedanken um ihr Fußgelenk. Von einem Vortrag weiß er bloß noch, dass das Tarsalquergelenk, eines von vielen im Fuß, nur eingeschränkt mobil ist. Auf jeden Fall müsse Tami am Montag zum Arzt, um Gewissheit zu bekommen, wiederholt er.

Zum Glück ist nicht ihr Knie betroffen, das in Pauls Augen ein Wunderwerk für Beweglichkeit und Belastbarkeit ist. Er erzählt Tami von einem anderen medizinischen Vortrag, in dem er hörte, dass beim Anspannen im Stehen etwa das viereinhalbfache Körpergewicht auf dem Knie ruht und dass man in der Hüfte beim Joggen das sechsfache und beim Stolpern sogar das neunfache Körpergewicht erreicht. Man könne sich gar nicht vorstellen, meint er, welche Belastungen der gesunde Mensch erträgt.

X16

Mitte November 2007

Paul ist am Boden. Er kann es nicht fassen, dass er Tami für immer verloren hat. Vor drei Wochen ist sie tödlich verunglückt, zusammen mit einer alten Frau. Seitdem fühlt sich Paul zerrissen und wie in eine verkehrte Welt versetzt. Nur schwer schleppt er sich von Tag zu Tag und ist völlig ratlos und durcheinander. Er weiß, dass er nun sein Leben völlig neu ordnen muss und Kraft braucht.

Es bleibt ein Rätsel, warum Tami an dem fraglichen Sonntagabend, als Paul bereits wieder auf dem Weg nach Stuttgart war, bis zur Hauptstraße ging, etwa eine Minute entfernt von der Wohnung. Nach Polizeiauskunft wurden sie und die alte Frau mitten auf der Straße von einem viel zu schnell fahrenden Auto erfasst und waren sofort tot. Man vermutet, dass Tami die alte Frau, die schlecht gehen konnte, eingehakt über die Straße bringen wollte. Nachgewiesen wurde, dass die beiden Raser, vierundzwanzig und siebenundzwanzig Jahre alt, über mehrere rote Ampeln fuhren und in ihrem Beschleunigungsrennen 160 km/h erreichten. Der Vorfall löste große Erschütterung und eine breite Diskussion in der Bevölkerung aus.

Tamis Vater kommt für mehrere Stunden zu Paul. Sie sprechen fast die ganze Zeit nur über Tami. Obwohl sie sich zu dieser Gelegenheit erst zum zweiten Mal sehen, bauen sie schnell Vertrauen zueinander auf. Nach einer Weile will der Vater genau wissen, wie weit Paul mit seinem Studium ist. Paul erklärt, dass er sich nach seinem Abschluss im Bauingenieurwesen nun auf den Tiefbau mit dem Verkehrswegebau und insbesondere dem Brückenbau spezialisieren will. Aber ihn interessiert auch der Tunnelbau sehr.

„Am Wochenende nach Tamis Unglück machten meine Kommilitonen, nun ohne mich, eine Exkursion nach Zürich, die lange zuvor geplant war", erzählt er. „Sie zogen durch die ganze Stadt, unter anderem über den Zollikerberg bis zu ihrem eigentlichen Ziel, dem Uetliberg. Dort erhielten sie umfangreiche Informationen zum Bau des Uetlibergtunnels. Er ist Bestandteil des Großprojektes ‚A3 Westumfahrung Zürich und A4 im Knonaueramt'. Es ist das derzeit größte Straßenbauprojekt der Schweiz. Im Frühjahr 2009 soll auch dieser Tunnel dem Verkehr übergeben werden."

Tamis Vater hört sehr interessiert zu und macht sich zum Ende der Ausführungen einige Notizen. Plötzlich erzählt Paul, dass er und Tami nach seinem Studium heiraten wollten. Auch ihre Hochzeitreise hatten sie schon für das darauffolgende Jahr anvisiert. Sie sollte beim Eifelturm beginnen und bis zur Sydney Harbour Bridge und dem Sydney Opera House führen. Der Archivar schweigt eine Weile und sitzt da wie gelähmt. Nach einer kleinen Pause bietet er Paul an, die Miete für ihn vorerst weiter zu zahlen, wenn er in der Wohnung bleiben möchte. Paul ist total überrascht. Er kann es nicht fassen und weiß nicht, womit er das verdient hat.

„Natürlich wäre das für mich eine enorme Erleichterung", sagt er. Aus Tamis Erzählungen weiß er schon einiges über ihren Vater, den sie immer den Archivar nannte. Sie sagte ihm auch, dass von ihrer Familie nur ihr Vater noch eine Beziehung zu Papier und Tinte habe und den Wert des handschriftlichen Wortes zu schätzen wisse. Paul muss an Tamis Faksimileausgabe von Nietzsche denken. Er holt sie aus dem Bücherregal und überreicht sie dem Archivar. Bei ihm sei sie in besten Händen, meint er. Dann gibt er ihm noch etwa zehn Briefe, die mit einem blauen Seidenband eingebunden und mit einer Schleife versehen sind. Paul weiß, dass der Archivar diese Briefe vor vielen Jahren seiner Tochter geschrieben hat. Alle anderen handschriftlichen Aufzeichnungen, Tamis Tagebuch, die vielen Fotografien in den Boxen behält er selbst.

Ende November 2007

Paul erledigt einige Aufgaben, die sich aus seiner neuen Lebenssituation ergeben. Unter anderem kündigt er den Pachtvertrag über das Gartengrundstück. Er überlegt, wie er wieder mehr Kraft und Selbstvertrauen erlangen kann. Beim Joggen kommt er auf die Idee, dass er unbedingt Ziele braucht, die ihn körperlich fordern, damit sein Kopf wieder klar wird. Obwohl er kein guter Läufer ist, meldet er sich für seinen ersten Halbmarathon-Wettbewerb an. Dafür suchte er sich Lissabon im Frühjahr aus. Fortan konzentriert sich Paul neben seinem Studium hauptsächlich auf das Laufen und geht geselligen Veranstaltungen aus dem Weg. Auch seine Kommunikation mit anderen reduziert er auf das Nötigste. Tamis Mutter aber besucht er öfters.

März 2008

Nach mehreren Monaten meldet sich Blümchen und schickt Paul einen Frühlingsgruß. Sie schreibt, dass sie seit Tamis Tod unzählige Male den 2. Satz Allegretto von Beethovens 7. Sinfonie hören musste. Es ist ihr, als wäre sie auf einem unendlich langen Trauermarsch. Auch lässt sie Paul wissen, dass sie demnächst ihre kranke Mutter besucht. Dann könnte sie für zwei oder drei Stunden einen Abstecher zu ihm machen, wenn es ihm recht wäre. Doch Paul sagt ihr indirekt ab und begründet dies mit dem bevorstehenden Halbmarathon in Lissabon.

„So ist es eben", denkt Blümchen enttäuscht. Sie macht ihren Wochenend-Spaziergang in ihrem vertrauten Park. Blümchen, die nur noch ihre Mutter hat, überlegt, ob sie irgendwann zu ihr ziehen soll, da die Mutter aufgrund ihrer Herzinsuffizienz immer mehr eingeschränkt ist. Nach etwa einer dreiviertel Stunde setzt Blümchen sich auf eine Bank. Immer größer wird ihre Sehnsucht nach einem Geliebten. Mit aufgesetzten Kopfhörern sucht sie auf ihrem MP3-Player nach neuen Liedern, die sie befriedigen. Endlich hat sie drei starke Arien gefunden, aus ihrer Lieblingsoper „Die Zauberflöte". In großer Erwartung startet sie den Player und versinkt in Amors Welt. Das tut ihr gut und sie fühlt sich so, als würden die Melodien sie mit großer Leichtigkeit tragen.

Kurz vor Ende der dritten Arie wird ihr auf einmal unerträglich warm. Sie hat die starken Sonnenstrahlen heute unterschätzt. Blümchen nimmt die Kopfhörer ab, zieht ihren Pullover aus und pausiert ein Weilchen ohne Musik. Ihr Blick schweift vorbei an einigen fast blattlosen Bäumen hin zu einem Stapel gefällter Stämme. Plötzlich fällt ihr der frische Baumstumpf gleich neben ihrer Bank auf. Sie steht auf, bückt sich über den Stumpf und zählt seine Ringe.

X17

Frühjahr 2010

Paul schloss im letzten Jahr erfolgreich sein Studium ab
und fand eine Anstellung in München. Seitdem be-
zahlt er auch die Miete für die Wohnung selbst. Dem
Archivar dankte er sehr herzlich für die großartige Unterstützung. Die beiden haben sich aber bisher nicht
wiedergesehen.

Paul weiß, dass jeder sich auf dem eigenen Weg um
Gleichgewicht bemühen muss, was für den einen mehr
und für den anderen weniger anstrengend ist. Für ihn
aber bedeutet Leben jetzt vor allem, ständig unterwegs
zu sein. Sein erster Halbmarathon im März 2008 in
Lissabon war für ihn ein Schlüsselerlebnis. Es löste
den Knoten in seiner Seele. Seitdem läuft und läuft und
läuft er.

Es erstaunt ihn, dass es diese sportlichen Massenver-
anstaltungen schon viele Jahre an zahlreichen Orten in
Deutschland, Europa und in der ganzen Welt gibt,
ohne dass es ihm aufgefallen war. Laufen wurde zu einer
Passion, die er nun mit anderen Interessen verknüpft.
Blümchen, die Paul nicht wieder getroffen hat, gab ihm
den Tipp, seine Halbmarathons mit Musikveranstaltun-
gen zu kombinieren. Sie meinte, dann stehe das Laufen
nicht so im Vordergrund. Seitdem sucht Paul vor allem
Halbmarathon-Orte aus, die an dem besagten Wochenende auch ein gutes Konzert bieten. Außerdem führt er

genauestens Buch, über welche Brücken er läuft. So werden diese Wochenenden immer zu einem großen Highlight für ihn. Über das Laufen meint Paul: „Wer das nie erlebt hat, kann sich überhaupt keine Vorstellung machen, wie glücklich es macht."

Beim langsameren Lauf durch die Natur werden viele gute Gedanken in ihm freigesetzt. So ist Paul vor dem Laufen schon immer gespannt, mit welchen Ideen er zurückkommen wird.

Anders ist es bei Lauf-Wettbewerben. Wenn er dann endlich das Ziel sieht, werden auf den letzten zweihundert Metern noch einmal unglaubliche Kräfte frei. Nach dieser Verausgabung fühlt er sich kurze Zeit später überaus entspannt und so, als könnte er die ganze Welt umarmen. Alles, was seine Augen in diesem Moment erblicken, sieht schön und friedlich aus. Die Bäume, die Menschen, die Häuser. Dieses wunderbare Gefühl ist die Belohnung für seine Anstrengung. Vielleicht ist es das, was man „Runner's High" nennt, denkt er. Bekanntlich werden beim langen Lauf Botenstoffe im Gehirn ausgeschüttet. Dadurch verbessert sich die Stimmung. Offenbar ein ewiger Kreislauf: Was wir tun, wirkt sich auf die Hormone aus, und diese beeinflussen wiederum unser Tun.

Der Start seines ersten Halbmarathons vor zwei Jahren war direkt an der berühmten Hängebrücke über den Tejo, der Ponte 25 de Abril in Lissabon. Ein beeindruckendes Erlebnis. Am nächsten Tag konnte man in der Zeitung die kilometerlange Brücke mit tausenden dichtgedrängten Läufern sehen. Man hätte denken können, dass in dieser Enge keiner laufen könnte. Aber das Bild täuschte.

Jetzt steht Paul vor einer neuen Herausforderung: Sein erster Marathon in Boston. Seit Wochen läuft er vor der Arbeit in der oft verschneiten Dunkelheit über die Felder. Auch Tage mit Glatteis gibt es. Er hat keinen Berater, sondern einen einfachen Trainingsplan aus dem Internet, der vorgibt, was zu laufen ist, um eine bestimmte Zeit zu erreichen. Pauls Ziel ist eine Zeit, die mit einer Drei beginnt.

Doch was ist das? Drei Wochen vor dem Start rebelliert plötzlich sein Körper an verschiedenen Stellen, besonders der rechte Fuß. Was ist los? Zu viel gelaufen? Falsch trainiert? Tatsächlich versuchte Paul beim Training, die vorgegebene Kilometeranzahl noch ein bisschen zu überbieten. Schließlich Totalausfall – der rechte Fuß streikt. Nun geht nur noch Humpeln!

Magnetresonanztomographie in München. Festlegung: längere Pause! Alle Trainingseinheiten fallen unter den Tisch und damit auch der letzte längere Lauf ... Oh je! Jetzt ist Einsicht und Abrücken vom Geplanten gefragt, was noch mehr schmerzt als der Fuß. Es folgen physikalische und manuelle Therapien.

Doch nicht nur der Fuß streikt. Plötzlich künden auch die Piloten an, die Arbeit niederzulegen. Zum Glück jedoch kann ihr Vorhaben noch abgewendet werden. Aber dann wollen auf einmal die Fluglotsen in der Abflugwoche streiken.

Paul kann es nicht fassen und denkt, jetzt müsste man Flügel haben. Er schimpft in sich hinein: „Da trainiert man ein Jahr hart bei Wind und Wetter für den einen Lauf an einem bestimmten Ort und dann versauen einem die Leute den Abflug dorthin."

Dann erinnert er sich an Tamis Faszination an den Kaiserpinguinen mit ihrer Gelassenheit und Widerstandskraft.

Paul hat Glück. Die Fluglotsen verschieben ihren Streik um eine Woche. Doch noch ist nicht alles klar. Schon Wochen vor dem Abflug findet man beim Reiseveranstalter sein Anmeldeformular nicht. Bloß keine Panik, sagt er sich. Schließlich bekommt der Reiseveranstalter am letzten Tag der Anmeldefrist noch eine der letzten Start-Nummern. Paul schüttelt den Kopf.

„Man kann sich gar nicht vorstellen, welche Störgrößen es alles gibt. Wer soll das noch verstehen?"

Aber immerhin, seinen Gelenken und Muskeln geht es inzwischen wieder besser. Oft musste er in den letzten Wochen Boston in Frage stellen, nun scheint ein Start doch möglich. Endlich kommt gespannte Freude auf. Alles ist gepackt, es kann losgehen.

Dann aber kommt am frühen Vormittag des Abflugtages von der Nachbarin die Hammernachricht: „Der Flughafen ist bedroht durch Vulkan-Aschewolken."

Paul kann es nicht glauben. In den letzten Tagen hat er keine Nachrichten gehört. Das nun ist der Wahnsinn!

Sofort macht Paul das Radio an und erfährt mehr über das Chaos, das der Vulkan Eyjafjallajökull in Island mit seinem Ausbruch und den Aschewolken nun auch in Mitteleuropa anrichtet. Von Nord nach Süd wird ein Flughafen nach dem anderen gesperrt. Mittags macht der Nürnberger Flughafen dicht. Es kann sich also nur noch um wenige Stunden handeln, dann wird auch der Münchner Flughafen gesperrt werden. Paul bleibt nur noch Hoffen und Flehen.

Endlich am Flughafen. Wo man auch hinsieht, überall lange Schlangen vor den Schaltern. Auf den Bildschirmanzeigen gestrichene Flüge. Den Leuten steht die Ungewissheit ins Gesicht geschrieben. Ratlosigkeit. Nichts scheint mehr zu gehen. Doch dann hebt doch noch eine Maschine ab, es ist das Flugzeug nach Boston ...

In der Luft die Worte des Kapitäns: „Das ist die letzte Maschine, die aus Deutschland abgeflogen ist!"

Dann kommt die Asche.

In Boston hält Paul zum ersten Mal seine Reiseeindrücke fest:

Freitag, 16. April 2010 (1. Tag)

Abends angekommen. Gepflegtes Hotelzimmer. Aufgekratzt!

Sonnabend, 17. April 2010 (2. Tag)

Schlecht geschlafen. Regen, kalt. Lange Arkaden in allen Richtungen. Es dauerte, bis ich meine Lebensmittel im Supermarkt fand. Dazu viele Wasserflaschen. 1 Dollar = 0,75 Euro.

Der Boston Marathon findet jedes Jahr am dritten Montag im April, am Patriot's Day, statt. Der Streckenverlauf ist hügelig, das Wetter unberechenbar. Ich bin gespannt. Habe erfahren, dass viele Deutsche wegen den Aschewolken nicht anreisen konnten. Sehr ärgerlich!

1 Meile = 1,6 km; 1 km = 0,6 Meilen; 1 m = 3,3 Fuß;
42,195 km = 138435 Fuß

Sonntag, 18. April 2010 (3. Tag)

Früh leichter Lauf mit der Reisegruppe. Vormittag Stadtrundfahrt, sehr interessant. MIT, Cambridge-Uni, ältesten Computer besichtigt. Momentan ist immer noch alles in Deutschland stillgelegt. Rückflugtermin unsicher!

Es heißt, dass viele hundert Läufer aus Europa am Marathon nicht teilnehmen können ...

22:00 Uhr. Alles ist exakt zurechtgelegt, einschließlich Startnummer und Sicherheitsnadeln. Entscheide mich für das langärmelige Shirt beim Laufen, obwohl es Mittag bis 12 Grad werden soll (??); eventuell auch Schauer.

Freue mich auf den Lauf! Hoffentlich machen meine Knochen mit?!

Montag, 19. April 2010 (4. Tag)

Um 4:00 Uhr ohne Wecker wach geworden. Höre die ersten Toilettenspülungen im Hotel.

5:00 Uhr ein Stück trockenes Weißbrot nur mit Honig, Wasser, Orangensaft, Magnesium.

6:00 Uhr. Mit Schulbus nach Hopkinton. Hunderte Schulbusse standen bereit. Sehr gute Logistik!

8:00 Uhr im Bus eine Banane gegessen und zwei trockene Semmeln. Honig aus Flasche drauf gespritzt. Ein Schluck Wasser.

8:45 Uhr einen Riegel gegessen, ein kleines isotonisches Getränk, einen halben Liter Wasser getrunken;

9:20 Uhr noch einmal auf Toilette; dann etwa ein Kilometer mit tausenden anderen Läufern bis zum Start gegangen. Überwältigende Stimmung! Gigantisch! Triumphal! Vor mir die Presse mit Mikrofon und Kamera rückwärtsgehend ... In diesem Taumel der Begeisterung – „auf zum Gefecht" – schenkte mir noch ein Läufer der Reisegruppe eine textile Blütenkette mit den Farben Schwarz und Rot und Gold. Hängte sie spontan um.

Alles war plötzlich wie umgewandelt. Traumhaftes Wetter, leichter Wind von hinten und eine einmalige Atmosphäre am Straßenrand: Begeisterung, Geschrei, Freundlichkeit, Aufmerksamkeit. Alles war dabei und das für 26,2 Meilen! Ich fühlte mich beim Laufen äußerst wohl. Vielleicht lag es an dem leichten Rückenwind, dass ich meinen Schwamm, den ich in der rechten Hand hatte, nicht brauchte. Am Anfang dachte ich zwar, ich müsste wegen dem rechten Knie nach etwa zwei Kilometern aussteigen, aber nach dem ersten Drittel lief es super. Als dann eine Zeit lang neben mir eine hübsche Frau mit Beinprothese lief, habe ich die letzten Beschwerden vergessen. Einige Läufer tippten kurz an ihre Schulter und nickten freudestrahlend mit dem Kopf. Überall sah ich frohe Gesichter, eine Welle der Begeisterung!

Was ich nicht erahnte, das war die Wirkung der Kette um meinen Hals.

„Hallo, Germany", kreischte es oft zu mir und im Zielbereich hörte ich dann noch meinen Namen im Lautsprecher mit dem Hinweis auf das Land, aus dem ich kam ... Glücksmomente!

Jetzt war alles schöner und besser als ich gedacht hatte, und vor allem: Ich hatte die geplante Zeit erreicht! Vorne stand die Drei!

Hinter dem Ziel hängte mir eine Frau freudestrahlend die Medaille um den Hals und ich ihr meine Kette. Schöner konnte Boston nicht sein, mit dem wohl traditionsreichsten Marathon der Welt.

Dienstag, 20. April 2010 (5. Tag)

Vormittag erfahren, dass der geplante Rückflug heute Abend doch möglich sein wird. Die Aschewolken in Deutschland haben sich verzogen. Juchhe!

X18

Herbst 2010

Mit einem Mal vergehen die Monate schneller, denkt Paul. Er spürt, wie unterschiedlich er die Zeit wahrnimmt.

„Sicher: Da gibt es die Uhr mit ihrem Takt, der scheinbar einen immerwährenden Rhythmus vorgibt. Endlich konnte man damit auch bei den Wettbewerben genauer vergleichen, besonders beim Laufen", stellt er fest. Doch er fühlt auch, dass es mit der Wahrnehmung von Zeit noch etwas anderes auf sich haben muss.

„Vielleicht ist es der Wechsel der Orte, der das Vergängliche schneller oder langsamer erfahrbar macht", überlegt er, doch genauer beschreiben kann er sein Gefühl auch nicht.

Schon vor langer Zeit hat er sich für den Jubiläums-Marathon in Athen angemeldet. Er bekommt für den historischen Wettkampf „2500 Jahre Mythos Marathon" tatsächlich eine Startbestätigung. Der Lauf findet am 31. Oktober statt. Paul ist glücklich, nicht nur, weil in den Tagen vor Athen alles passt, sondern vor allem, weil er dabei sein darf.

„Ein bedeutendes Datum in der Sportgeschichte", denkt er und fragt sich: „Sollten an diesem ehrwürdigen Wettkampf nicht auch die Besten der Welt antreten?"

Doch seine Recherchen stimmen ihn traurig. Die Besten der Welt laufen da, wo es mehr Geld gibt. Schade!

Einige Tage vor dem Athen-Marathon läuft Paul bei -3 Grad wie so oft gegen 6:00 Uhr seine 40 Minuten über die Felder. Plötzlich sieht er einen Vollmond, wie er ihn mit dieser Leuchtkraft noch nie erlebt hat. Er schaut auf die Uhr: 6:33. Selten hat er sich so wohl gefühlt wie in dieser klaren Luft unter dem Sternenhimmel, und er merkt, dass es eigentlich die Dunkelheit in der Natur ist, die ihm das Sehen, Hören und Riechen lehrt.

In den Tagen vor dem Start achtet Paul besonders darauf, was er isst, damit ihm bei der Ernährung keine groben Fehler mehr unterlaufen. Angesagt sind ein paar Tage proteinreiche und kohlenhydratarme Nahrung und die Tage vor dem Start proteinarme und kohlenhydratreiche. Unter anderem schleppt er heran: Müsli, Blaubeeren, Weintrauben, Bananen, Tomaten, Joghurt, Grünen Tee, Wasser, Quark, Butter, Semmeln, etwas Wurst, Käse, Walnüsse und, wie immer, für jeden Tag einen Apfel. Natürlich darf in den letzten Tagen auch die Pasta Napoli nicht fehlen. Weil alles so gut klappt mit der Ernährung, gibt es am Wochenende noch zwei Weißbier.

Der Marathon rückt näher. Erinnerungen schriftlich festzuhalten, lehnt Paul eigentlich ab. Doch eigenartig, bei seinen Marathons ist alles anders! Wieder ist seine „Tagebuchzeit" gekommen:

Donnerstag, 28. Oktober 2010

Neuen Laufgürtel ausprobiert. Zum dritten Mal benutze ich einen Fotoapparat! Den könnte ich nun in
einem Täschchen am Gürtel mitnehmen. Physiothera-
peut wünschte mir alles Gute. Schenkte mir ein Fläsch-
chen Massageöl. Koffer ist gepackt (17 Kilo). Laufschuhe, Strümpfe, kurze Hose und Hemd im Handgepäck.
Streckenprofil nochmals studiert. Es geht tatsächlich
vom 10. bis 32. Kilometer nur bergauf und dann etwa
ab Kilometer 37,5 deutlich abwärts. Wie werde ich wohl
mit dem häufig drehenden Wind klarkommen?

Freitag, 29. Oktober 2010 (1. Tag)

Flug nach Athen okay, Hotel gut. Gleich Startunterlagen von Expo geholt.

Samstag, 30. Oktober 2010 (2. Tag)

Leichter Lauf in der Nähe des Hotels. War in der Ausstellung „2500 Jahre Marathon", großartig! Schon allein
dafür hätte sich die Reise gelohnt. Ich werde morgen
noch einmal dorthin gehen. Kaufte heute zwei T-Shirts
vom Lauf-Event. Auf dem blauen sieht man auf der
Vorderseite ein Emblem im antiken Stil: drei textillose
Läufer. Ihre Lauf-Haltung wirkt sehr harmonisch – ein
gelungenes Design! Es erinnert mich an das Gymnasion
im antiken Griechenland. Dazu steht auf den kurzen
Ärmeln ALPHA BANK. Auf der Rückseite ist unter
anderem 2500 YEARS MARATHON LEGEND zu

lesen, wobei die Zahl 2500 und das Wort YEARS waagrecht in der Mitte unterbrochen sind.

Sonntag, 31. Oktober 2010 (3. Tag)

4:30 Uhr Wecken
5:10 Uhr Frühstück
6:15 Uhr Abfahrt
8:20 Uhr Kleiderabgabe
9:00 Uhr Start

Beim Lauf werden 16 bis 20 Grad erwartet und immer Sonnenschein. Ich werde Sonnenbrille und Mütze aufsetzen.

Kurz vor dem Start in Marathon eine ergreifende Atmosphäre. In der Ansprache betonte der hohe Repräsentant, dass dieser Lauf einmalig ist! Man wird ihn nie vergessen! Luftballons und Silberpapier-Konfetti gingen in die Luft. Sirtaki-Melodien erklangen und die Teilnehmer, schon dicht eingereiht für den Start in wenigen Minuten, klatschten im Takt zur Musik. So etwas habe ich noch nie erlebt. Alle waren sehr gerührt. Doch dann ging's los.

Jeder wusste, dass er für diese Strecke seine Kräfte besonders gut einteilen musste, aber keiner wusste, wie groß die Herausforderungen wirklich sein würden. Am Horizont stieg langsam die Sonne auf und strahlte immer stärker ins griechische Land. Ab Kilometer 10 ging es erst einmal nur noch bergauf. Um mich viele Läufer, aber kein einziger Laut. Schweigen. Nur die gleichbleibenden rhythmischen Schritte der achtsamen Läufer, die mir mit ihrem immer wiederkehrenden dumpfen Ton das Gefühl gaben, als würde ich ohne Zutun von selbst laufen. Dann aber hörte ich vom Straßenrand „Bravo, Bravo", auch von alten Leuten mit Olivenzweigen in der Hand, was mich sehr berührte und ermutigte.

Der Fotoapparat blieb im Kleiderbeutel. Ich wollte mich nur auf den Lauf und das Tempo konzentrieren. Vor Kurzem las ich, dass der Kopf das Tempo bestimmt. Das Gehirn berechnet immer wieder die Endpunkte und teilt dann „rückwärtsrechnend" dem Körper mit, wie er sich anstrengen muss.

Endlich ging es auf den letzten Kilometern nur noch bergab. Als ich das berühmte Panathinaiko Stadion sah, trug mich eine Welle der Euphorie ins Ziel. Geschafft, glücklich!

Alle haben gesiegt! Nach einer kleinen Erholung ein paar Gedanken über das historische Stadion hier, in dem 1896 die ersten Olympischen Sommerspiele stattfanden. Auch muss ich an die Legende denken, nach der im Jahr 490 v. Chr. der griechische Bote in Athen verkündete: „nenikekamen", wir haben gesiegt. Das betraf den Sieg der Athener gegen die Perser in der Schlacht bei Marathon. Der Bote begab sich auf den etwa 40 Kilometer langen Weg von Marathon bis nach Athen, und dort sei er dann nach seinem berühmten Ausspruch tot zusammengebrochen. Ja, ohne diese Schlacht hätte es nie einen Marathon gegeben.

Am späten Nachmittag nochmals in der Ausstellung. Grandios! Sie zeigt die Geburt der Demokratie und einige ihrer Errungenschaften in Philosophie, Erziehung, Architektur und im antiken Drama. War das der Beginn der Geschichte Europas? In der Ausstellung staunte ich auch über bemalte Vasen, Bilder aus Mosaiksteinen, Dokumentationen zur Geschichte des Marathonlaufs und viele faszinierende Skulpturen.

Die antike Kunst begeistert mich immer mehr. Der Charme der Ruinen. Proportionen! Die Schönheit des menschlichen Körpers. Tami würde schwärmen, wenn sie das sehen könnte. Eigentlich sind das hier ihre Schönheitsideale ...!

So nehme ich nun all die wunderbaren Eindrücke allein mit nach Haus, samt dem schön illustrierten Ausstellungskatalog „Democracy and the Battle of Marathon". Danke Griechenland!

Montag, 1. November 2010 (4. Tag)

Die Zeit mit der Uhr hat ihre Ansprüche! Am Freitag in Athen die Uhr eine Stunde weitergestellt. Am Sonntag ging die Sommerzeit zu Ende, die Uhr eine Stunde zurückgestellt. Heute Ankunft in Deutschland, die Uhr eine weitere Stunde zurückgestellt.

Ich erlebte in der kurzen Zeit sehr viel und intensiv. Ich durfte einen Blick weit zurück in die Vergangenheit werfen. Was wird bleiben? Was kommt morgen?

Mir fallen Gedanken Friedrich Schillers ein:

Dreifach ist der Schritt der Zeit:
Zögernd kommt die Zukunft hergezogen,
Pfeilschnell ist das Jetzt entflogen,
Ewig still steht die Vergangenheit.

Am nächsten Tag wird Paul nachdenklich. Alles ist perfekt gelaufen, doch einige Dinge berühren ihn jetzt sehr. Gestern Abend war zu lesen, dass eine Paketbombe im Kanzleramt entschärft wurde. Als Absender war das griechische Wirtschaftsministerium angegeben. Es ging um Geld und um Schulden.

Paul muss da an ein Zitat von Walter Slezak denken, das Tami manchmal bei entsprechenden Anlässen nannte: „Viele Menschen benutzen das Geld, das sie nicht haben, für den Einkauf von Dingen, die sie nicht brauchen, um damit Leuten zu imponieren, die sie nicht mögen."

Er ist kein Finanzexperte, doch Paul stellt es sich verdammt schwer vor, mit langfristigen großen Krediten aus einer Wirtschaftskrise herauszufinden, wenn man pleite ist. Er denkt an Diskussionen mit Tami, die oft darauf verwies, dass Geld viele Funktionen und vor allem eine unglaubliche Macht habe. Besonders in den Zinsen und im Maßstab für Werte sah sie die großen Probleme des Geldsystems.

Paul vergleicht Geld gern mit Energie, als eine wichtige Quelle, mit der man sehr sorgsam umgehen muss. Langfristig wünscht er sich, dass der Energiebedarf nicht mehr so enorm steigt und in wenigen Jahrzehnten vielleicht sogar konstant gehalten werden kann. Und was Griechenland betrifft, da hofft er, dass es irgendwann finanziell wieder auf eigenen Füßen steht, auch wenn es dann wahrscheinlich noch sehr lange unter Beobachtung der Geldgeber stehen wird. Doch je mehr er darüber nachdenkt, desto mehr gewinnt seine Skepsis Oberhand. Plötzlich zweifelt er sogar, ob in dem gegebenen Handlungsrahmen eine Art Läuterung der menschlichen Seele in den nächsten Jahren gelingen kann. „Eulen nach Athen tragen?", geht ihm durch den Kopf und er muss daran denken, dass die Eule noch heute die Rückseite der griechischen Ein-Euro-Münze ziert. Aber auch die Entwicklung der Demokratie sieht er auf einmal in Gefahr und er überlegt, was er eigentlich unter dieser Herrschaftsform versteht. Hinter dem, was bisher selbstverständlich schien, setzt er nun ein dickes Fragezeichen für die Zukunft.

„Ja, auch die Demokratie bekommt man nicht umsonst", denkt er und fragt sich besorgt, was daraus werden wird, wenn alle Menschen ihr eigenes Sprachrohr im Internet haben. Werden sie dann den Kurznachrichtendienst auch nutzen, um ihre Gefühle zu politischen Themen schnell in die Welt hinauszuposaunen? Er mag sich gar nicht ausdenken, welche skurrilen Formen dann zum Beispiel die Wahlkämpfe annehmen und wie der Ton der Auseinandersetzung verrohen könnte. Wäre das noch Demokratie? Und wo beginnt der Respekt vor der Gewaltenteilung?

Paul zieht ein Fazit: „Wenn die Schlacht von Marathon historisch der erste Sieg für die Demokratie war, wie es im Ausstellungskatalog heißt, dann stehen uns in der zukünftigen digital vernetzten Welt sicher noch viele Schlachten bevor."

Drei Wochen später fühlt sich Paul immer noch wie im Taumel zur griechischen Klassik hingezogen. Begeistert liest er zweimal „Das Gastmahl" und versucht, die Platonische Liebe und die Suche der Liebenden in ihrem erotischen Drang zu verstehen.

X19

Frühjahr 2011

Es ist Blümchens neunter Besuch bei Paul. Im November haben sich die beiden nach über drei Jahren zum ersten Mal wiedergesehen. Nun werden die Abstände ihrer Besuche immer kürzer und die Zeit des Zusammenseins dank angehängter Urlaubstage länger.

Als Paul vor einigen Monaten vom plötzlichen Tod ihrer Mutter erfuhr, suchte er verstärkt den Kontakt zu Blümchen. Er fühlte sich mit einem Mal für sie verantwortlich, obwohl jeder bislang seinen eigenen Weg gegangen war. Und es dauerte nicht lange, bis er in seinem sorgsamen Handeln Wesenszüge von Blümchen entdeckte, die die beiden näher brachten. Auch Blümchen erkannte in diesen intensiven Monaten eine neue Seite von Paul, die sie wie ein Magnet anzog. So überwand sie in kurzer Zeit ihre Niedergeschlagenheit und blühte auf.

Paul gestaltet sein Wohnzimmer völlig um, doch das Japanzimmer bleibt so wie eh und je. Blümchen und er verstehen sich immer mehr. Es scheint, als sei es Blümchen nun immer wichtiger, im Heute zu leben und nicht länger gedanklich in der Vergangenheit oder Zukunft abzuschweifen. Neulich sagte sie zu Paul, dass es auch gut ist, bewusst stehenzubleiben und nicht immer zu rennen.

Blümchen ist nun neunundzwanzig, zwei Jahre älter als Paul. Die beiden beschließen, dass sie drei Monate nach dem Hamburg-Marathon zu Paul ziehen wird.

Auch bei diesem Marathon führt Paul wieder Tagebuch:

Freitag, 20. Mai 2011 (1. Tag)

Nach einer angenehmen Eisenbahnfahrt mit 20 Minuten Verspätung in Hamburg angekommen. Durchsage in Hannover: „Die Weiterfahrt wird sich um einen kleinen Augenblick verzögern, weil beim Abkoppeln des Zuges sich der Rechner verabschiedet hat und nun komplett neu hochgefahren werden muss."

Ha, ha!

Ich lese gerade ein Buch über die Zeit, und hier beim Marathon, der zugleich die Deutsche Meisterschaft ist, geht es in den Regularien überwiegend um Zeit und Zeitmessung. Ich habe mir spaßeshalber Zwischenzeiten ausdrucken lassen für meine „angestrebte Zeit" (schöne Formulierung!).

Meine angestrebte Zeit soll wieder mit einer Drei beginnen – das sage ich auch immer, wenn ich danach gefragt werde. Doch ich weiß natürlich, dass bei meiner Zeit schon wenige Sekunden eine enorme Auswirkung auf die Rangfolge haben, wenn zehn- oder gar dreißigtausend Läufer den Wettkampf bestreiten ...

Samstag, 21. Mai 2011 (2. Tag)

Durch den ehemaligen Friedhof Norderreihe geschlendert. An den Zäunen alte Grabsteine. Inmitten schöner

Bäume und Blütenpracht erholen sich viele Menschen. Gleich daneben die Friedenskirche. Vormittags fast allein in St. Pauli. Kult pur! Von der Messe Startunterlagen und T-Shirt geholt.

Sonntag, 22. Mai 2011 (3. Tag)

Der Lauf verlief wunderbar! Teilweise orientierte ich mich am Pacemaker. Angestrebte Zeit locker erreicht. Wieder fulminanter Schlussspurt. Vor dem Start sang ein Sänger die Nationalhymne. Schön. Auf dem Hinweg – ich ging zu Fuß – wünschten mir zwei alte, gesundheitlich sehr angeschlagene Männer mit je einer Bierflasche in der Hand viel Glück für den Lauf. An der Strecke feuerten viele hübsche meist blonde Frauen namentlich an (Der Vorname stand groß unter der Start-Nummer): „Klasse, Paul!", „Es läuft gut für dich, Paul!", „Super, Paul!" ... Der namentliche Ansporn war sehr ermutigend!

Auf dem Heimweg gratulierte mir ein Polizist aus einem stehenden Einsatzwagen, der voll besetzt war mit seinen Kollegen. Das war ich nicht gewohnt. Die Hamburger sind offene, freundliche Menschen!

Auf der Medaille ist die Laeiszhalle abgebildet. Das passt wunderbar zu meinem heutigen Konzertabend.

Bis zur Laeiszhalle gelaufen. Konzert war sehr wohltuend! Bach, Dvorak, Tanejev. Dirigent: Muhai Tang. Besonders gefiel mir die von Edward Elgar bearbeitete Fantasie und Fuge c-Moll BWV 537 von Johann Sebastian Bach und die Symphonie Nr. 4 c-Moll von Sergej Tanejev.

Erstmals saß ich in der ersten Reihe etwa zwei Meter entfernt vom Orchester – ein völlig anderes Klangerlebnis und eine ungewöhnliche Nähe zu den Musikern.

Wir saßen zu dritt nebeneinander in der ansonsten leeren ersten Reihe. Das sah vielleicht komisch aus ...! Sonst aber war das Haus voll.

Eigentlich sollte die Elbphilharmonie im letzten Jahr schon fertig werden, aber das wird wohl noch einige Jahre dauern. Neben mir ein Mann in Laufschuhen. Nach dem Konzert kamen wir ins Gespräch. Er läuft schon dreißig Jahre Marathon und verbindet es immer mit einem Konzert.

Wir waren vertieft ins Gespräch und saßen schon eine Weile allein im Konzertsaal. Schließlich bat man uns, den Saal zu verlassen, damit wir nicht eingesperrt wurden ...

Das war Hamburg. Großartig! Alles gefiel mir.

Oktober 2011

Blümchens Umzug verlief reibungslos. Schon einige Monate zuvor hatte sie alles in die Wege geleitet. Auch fand sie mit Hilfe ehemaliger Lehrlinge eine Festanstellung. Von der Wohnung aus braucht sie bis zu ihrer Arbeitsstelle etwa eine Stunde.

Nun fühlen sich Blümchen und Paul wohl. Sie merken aber auch, dass die Wohnung zu eng wird. Nichts soll überstürzt werden, doch spätestens in einem Jahr wollen sie in eine größere Wohnung ziehen. Nach wie vor läuft Paul drei- bis viermal in der Woche seine Strecken.

Neulich hat sich Blümchen sehr erschrocken, als sie in einem Schrank den Stapel mit T-Shirts von Pauls Lauf-Events entdeckte: zweiundsechzig Stück! Und keines davon trägt er.

Das kann Blümchen überhaupt nicht verstehen und bringt ihr Unbehagen auch zum Ausdruck. Schmunzelnd gibt Paul seine Schwäche für diese Angewohnheit zu. Selbstkritisch gesteht er, dass er beim Erwerb dieser wunderschönen Erlebnisartikel niemals an den ökologischen Hintergrund ihrer Produktion gedacht hat sondern immer nur an ihren großen Erinnerungswert.

„Aber das wird sich ändern", sagt er und kündigt an, kein einziges T-Shirt mehr auf den Messen zu kaufen. Zwei Wochen später verschenkt er bis auf sieben Stück alle an ein Sozialhaus. Die Medaillen, die ihm viel bedeuten, reichen ihm als Erinnerung, auch wenn sie gleich in einen Schuhkarton wandern und nie mehr angesehen werden.

Brit

X20

VERTRAULICH

Hallo Luna,

schön, dass es Dich gibt. Ich gratuliere zu Deinem Hauseinzug! Du wirst gebraucht. Dein Wissen und Dein Handeln sind eine große Hilfe für uns Menschen. Aber weißt Du auch, dass mit Deiner Generation sehr viele Menschen ihren Job verloren haben und nun etwas völlig Neues lernen müssen? Vielfach sind das auch Ältere, die gerne noch einige Jahre in ihrem gewohnten Beruf tätig gewesen wären.

Naja, so ist eben das Leben. Solche Phasen gab es ja schon immer in der Geschichte. Doch die Phasen der Umbrüche und des Wandels folgen immer schneller aufeinander, in immer kürzeren Abständen. Ich frage mich: Muss das so sein? Nicht für jeden ist Umlernen ein Vergnügen. Manch einer tut sich schwer damit. Schon in den 20er Jahren soll es Heerscharen von Hilfsarbeitern gegeben haben, die die einfachen Prozesse der digitalen Welt unsichtbar im Hintergrund überwachten.

Man sagt, in den letzten Jahren seien noch mehr Leute sehr reich und noch mehr Leute „abgehängt" worden. Wenn das stimmt, dann finde ich diese Entwicklung bedenklich, obwohl es mir sehr gut geht.

Übrigens, weißt Du, welche Bevölkerungsgruppe die ärmste ist? Denke mal nach! Antwort: Die Radfahrer. Die müssen sogar Luft pumpen! – Das, was ich gerade geschrieben habe, ist natürlich nicht ernst gemeint! Man nennt es unter uns Menschen einen Witz oder Humor. Humor ist für Dich freilich eine Blackbox. Und ich glaube, das wird auch so bleiben.

Mach Dir nichts draus. Es gibt auch viele Menschen, für die Humor eine Blackbox ist. Nur, sie geben es ungern zu. Ich nehme an, Du bist dagegen etwas transparenter? Oder existiert für Dich immer nur ein klares „Ja" oder „Nein"?

In den letzten Jahren ist mir aufgefallen, dass Ihr Algorithmus-Denker bei schöpferischen Arbeiten immer besser werdet. Das hätte ich nie gedacht! Allerdings gibt es unter Euch einige, auf die ich mächtig sauer bin. Das sind die mit der Künstlerischen Intelligenz. Die klauen alles, was sie in die Finger bekommen, Hauptsache, es handelt sich um ein kreatives Produkt auf hohem Niveau. Dann kupfern sie es ab, garnieren es mit vorgefertigten Mustern und bringen es je nach Bedarf und gewünschter Stimmung individuell auf den Markt. In ihren Produkten verwischen sie jegliche Spuren des Abkupferns. Alles wirkt wie neu. Sie malen Gemälde, dichten, komponieren. Jetzt pochen sie sogar auf ein Urheberrecht für ihre Leistung, was bei uns Menschen stets missachtet wurde. Unmöglich!

Nichtsdestotrotz, der Markt mit Angeboten ihrer kreativen Kunst boomt. Und immer mehr Roboter wollen ihre künstlerische Intelligenz im Wettstreit messen. In diesem Jahr fand die zweite „Kunst-Olympiade der Roboter" statt mit teilnehmenden Robotern aus über neunzig Ländern. Alle ringen sie um einen Sieg. Hinter jedem teilnehmenden Roboter stehen zwei Fachexperten, die gemeinsam mit dem Roboter ein Team bilden.

In der Disziplin „Lyrikmalen" lautete die Aufgabe, eine ganz bestimmte Passage aus Shakespeares Sonetten mit Pinsel und Tusche in eine Kalligraphie umzusetzen. Von den Teilnehmern aus fünfundfünfzig Ländern siegte ein Roboter aus Sambia. Nach der anschließenden „Hardware-Kontrolle", die mit drei Tagen ebenso lange wie der Wettbewerb dauerte, stellte sich heraus, dass der Roboter aus China stammte. Das wäre völlig legal gewesen, hätte der Roboter mindestens vier Jahre vor dem Wettbewerb die Lizenz des Landes erworben, für das er startete. Es wurde jedoch nachgewiesen, dass die Lizenz erst zwei Jahre alt war. Der Roboter wurde disqualifiziert und vier Jahre für weitere Wettbewerbe gesperrt. Somit erhielt in dieser Disziplin ein Roboter aus Japan die Goldmedaille.

In einer anderen Disziplin, dem „Musikzeichnen", bestand die Aufgabe darin, aus den Tönen einer Passage aus Beethovens 9. Sinfonie, 4. Satz, „Ode an die Freude", eine Kathedrale zu zeichnen. Hier war auch Architekturkunst gefragt. Es siegte ein Roboter aus Frankreich.

In einer weiteren Disziplin, „Handwriting", lautete die Anforderung, auf Grundlage einer kleinen Probe der Handschrift Friedrich Nietzsches aus seinem „Ecce homo" ein Schriftbild mit ganz individuellem Duktus zu erzeugen. Die Buchstaben sollten zu einem Bild verschmelzen, sodass ganz ohne Schrift ein neues Deutungsmuster zu erstellen war. Mit großem Vorsprung holte sich hier ein Roboter aus der Schweiz die Gold-medaille.

Ja, so ist das, Luna. Die menschlichen Künstler haben es nicht leicht in der analogen Welt. Sie müssen sich immer mehr rechtfertigen für den materiellen Wert ihres Produkts, das sich oft kaum unterscheidet von dem der künstlichen Künstler. Da suchen sich viele eine neue Orientierung. Es ist paradox. Bei ihrer Suche sind die Menschen ohne Computer völlig aufgeschmissen. Und wenn sie mal ohne Computer etwas herausfinden müssen, kommt es schnell zum Streit. In diesem Zu-sammenhang fällt mir ein Witz ein, den ich auch nur mit Hilfe des Computers entdeckte. Der geht so:

> Tanja und Anja sind sich nicht einig und sprechen einen vorbeigehenden Herrn an: „Können Sie uns sagen, ob die Sonne im Osten oder im Westen auf-geht?"
> „Tut mir leid, weiß ich nicht, ich bin nicht von hier!"

Ja, so weit ist es schon gekommen ohne Euch. Aber das ist eben nur ein Witz, dessen einziger Zweck darin besteht, Menschen zum Lachen zu bringen. Es ist für Dich bestimmt schwer nachvollziehbar, warum das, was ich als Witz erzähle, nicht völlig normal sein sollte. Aber das macht nichts. Es gibt viele Witze, über die auch un-zählige Menschen nicht lachen können!

Doch eins muss ich mal klar sagen: In der Architektur haben wir allein durch den Einsatz von Computerpro-grammen sensationelle Möglichkeiten erreicht. Ich glau-

208

be, wenn die Menschen das vor hundert Jahren gesehen hätten, was heute möglich ist, dann wären ihre Gedanken schnell bei der Zauberei gewesen.

Luna, bleibe gut beisammen! Hilf Paten-Omi, wo immer Du kannst.

Goodbye
Flor

6. Oktober 2041

Liebe Flor,

Deine Mitteilungen an Luna sind sehr amüsant. Ich hoffe, dass sie Deinen kurzen handschriftlichen Kartengruß, der gestern - frankiert! - ankam, ohne meine Hilfe richtig lesen können wird. Karte und E-Mail gebe ich ihr in den nächsten Tagen zum Lesen.

Kaum zu glauben, wie schnell doch durch persönliche Briefe eine Beziehung entstehen kann ...

Auch musste ich sofort daran denken, wie Du mir von der Phantomgestalt erzähltest, die Du selber kreiert hast. Du sagtest, dass die fiktive Kommunikation über Kunst mit ihr eine Bereicherung für Dich war, Du aber dann das Projekt aus verschiedenen Gründen vor einem Jahr begraben hast. Muss ich mir nun Gedanken machen??? (Lachen!).

Mir ist es immer wieder ein großes Vergnügen, Dich zu lesen. Es passierte sogar schon, dass ich nach Deinen lieben Zeilen mich höchst erfreut im Kreis drehte und tanzte. Dabei war mir, als würdest Du federleicht in meinen Armen liegen. Ich denke oft an Dich!

Deine Gedanken an Luna erheitern mich. Natürlich wissen wir beide, dass es nicht der Computer oder der Roboter ist, der die Kunst macht. Aber Deine persönliche Botschaft an Luna und das Benennen, was es schon an Events gibt, regt sehr zum Nachdenken an. Wer weiß, was es alles in den nächsten dreißig oder fünfzig Jahren geben wird. Man darf gespannt sein.

Stell Dir vor, auf Wunsch von Paten-Omi haben wir unsere neue Luna noch mit einer gewissen Fähigkeit zum Dichten ausstatten lassen.

Ich erzählte Luna schon, dass Du Dich unter anderem besorgt über die Künstlerische Intelligenz der Computer äußertest. Auch brachte ich Deine Betroffenheit über die wachsende Zahl der „Abgehängten" zum Ausdruck. Außerdem erwähnte ich mein Malheur mit ihrer Vorgängerin, deren liebreizenden, bittenden Worten ich nachgab und sie für nur zwei Minuten mit dem Internet verband. Ich betonte, dass das Internet eine großartige Sache sei, aber man müsse auch um deren Gefahren wissen.

Luna reagierte auf meinen Kommentar nicht. Kurz bevor ich abends ging, präsentierte sie Paten-Omi und mir noch etwas Kreatives. Sie sagte, sie habe soeben ihren ersten Dreizeiler gedichtet, im Stil eines Haiku, und trug diesen vor:

weltweites Netz
ich bleibe
an einer Masche hängen

Wir waren von den Socken! Genial. Und lachten.

Weniger zum Lachen gab es vor zwei Wochen. Vielleicht hast Du davon in den Nachrichten gehört. Unser Ort war vorher noch nie das Ziel eines Cyber-Angriffs gewesen. Doch vor vierzehn Tagen hat es uns erwischt. Mehrere Systeme sind abgestürzt und stundenlang lahmgelegt worden. Vor allem traf es Haushalte. Stromausfall. Aber auch der Verkehr brach zusammen.

Da wir relativ einfach wohnen, hielt sich die Bewältigungsstrategie bei uns in Grenzen. Ganz anders waren die Auswirkungen in manchen smarten Wohnungen und Häusern. Auch ein Messenger-Dienst und ein beliebter Online-Kanal waren zeitweise nicht nutzbar. Das führte, wie ich später erfuhr, bei einigen zu panikartigen Zuständen.

Nachdem ich allein zu Hause unsere „Wohn- und Lebensleitlinien für Notfälle" überprüft hatte, fuhr ich mit dem Rad zu Paten-Omi, um nach dem Rechten zu schauen. Zum Glück gab es bei ihr nichts Dramatisches. Sicherheitshalber übernachtete ich bei ihr.

Ich schätzte die Situation mit dem Cyber-Angriff ganz gut ein und behielt den Überblick. Meine psychische Widerstandsfähigkeit scheint nicht schlecht zu sein, was wohl auch auf den Geist und die Aktivitäten in meinem Verein zurückzuführen ist. Später erfuhr ich, dass einige Leute nicht so schnell auf die Beine kamen. Inzwischen aber hat sich alles wieder normalisiert.

Ja, so ist das in der vernetzten Welt. Eigentlich eine schöne Sache. Wenn es da nur weniger böse Absichten gäbe. Doch wie viel weniger der bösen Absichten sollten es denn sein, damit es nicht zu einer ganz anderen Gefahr kommt, die Gefahr der Gleichgültigkeit?

Offensichtlich braucht die Welt den Streit bis zu einem bestimmten Maß! Und zur Wahrung der Freiheit muss es auch klare Gebote und sinnvolle Verbote geben.

Im einfachen Umgang mit den digitalen Medien sind für mich zahlreiche Regeln nachvollziehbar. Dennoch handelt es sich dabei nur um einen winzigen Bruchteil des gigantischen Regelwerkes, das unsere Welt bestimmt. Wahrscheinlich habe ich das meiste noch nicht verstanden. So weiß ich zum Beispiel auch nicht, wie das sichere Löschen von Informationen und das sogenannte „angemessene Erinnern und Vergessen" im Netz funktionieren soll.

Aber – das ist ja auch bei uns Menschen nicht einfach zu verstehen. Das, was man erinnern sollte, wird allzu schnell vergessen. Und jenes, was sich besser im Vergessen auflösen würde, bekommen manche nicht aus ihrem Kopf.

Ich lese gerade Biografien über bedeutende Archäologinnen. Wow! Starke und mutige Frauen! Ich staune über den Eifer mancher Persönlichkeit. Was trieb sie an, Jahrhunderte alte Objekte auszugraben, um sie vor dem Vergessen zu bewahren?

Das sind Frauen, die es einst besonders schwer hatten mit einem Beruf in der Männerdomäne. Ihre Lebensläufe sind außergewöhnlich. Und oft sind es auch die Widersprüche, die eine Biografie interessant machen. Ich will Dir nur einige nennen aus der Reihe all jener, die mich beeindrucken.

Da ist zum Beispiel Esther Boise Van Deman (geb. 1862). Sie hat sich unter anderem als erste Frau mit der römischen Architektur beschäftigt. Auch Margret Alice Murray (geb. 1863) und Gertrude Bell (geb. 1868) will ich erwähnen, ebenso Kathleen Kenyon (geb. 1906), die in einem Buch von 2009 als bedeutendste Ausgräberin in der Geschichte der Archäologie bezeichnet wird.

Besonders fasziniert mich die in Boston geborene Harriet Boyd-Hawes (geb. 1871), die um 1900 die Stätten des antiken Griechenlands mit dem Rad erkundete. Zu dieser Zeit war sie die erste Frau, die auf Kreta Ausgrabungen durchführte. Teilweise beschäftigte sie bei ihren Arbeiten über hundert Leute. Es heißt, dass ihr Einsatz als Rotkreuzhelferin in Krisenzeiten ihr genauso wichtig war wie ihre Arbeit als Archäologin.

Liebe Flor, vor meiner Abfahrt nach Zürich melde ich mich - endlich wieder telefonisch. Ich vermisse auch Deine Stimme! Wir haben die vielen Wochen unserer „disziplinierten Korrespondenz" gemeistert. Doch ich glaube, nun reicht's. Arbeite nicht zu viel. Denke auch an den Schlaf! Ich will in den nächsten Tagen noch den Rest des Manuskripts abschreiben.

Ich freue mich sehr, Dich endlich wieder zusehen.
    Deine Brit

Das Manuskript

X21

April 2017

Über fünf Jahre sind vergangen. Die drastische Zunahme der Migrationsbewegung nach Europa im Sommer 2015 veränderte die gesellschaftliche Situation sehr. Freiheit, Menschenrechte und Sicherheit wurden zu den großen Themen der Zeit. Doch die wirtschaftliche Situation im Land ist prachtvoll.

In den Umfragewerten der Medien heißt es, dass die überwiegende Mehrheit der Bürger optimistisch in die Zukunft schaut. Eine Billion Euro werden dieses Jahr für Sozialleistungen ausgegeben. Zahlen, die man sich ohne Visualisierung und seriöse vergleichende Größen gar nicht mehr vorstellen kann. Die Sommer sind wärmer geworden, um 3 Grad im Vergleich zu den Sommern von 1961 bis 1990.

Überall spürt man einen Umbruch in der Gesellschaft. Zahlreiche Menschen mit dem Smartphone in der Hand und auf den Straßen noch mehr Autos und Fahrradfahrer. Die Neuwagen sind bedeutend stärker geworden. Ihre durchschnittliche Antriebsleistung entspricht nun der von etwa hundertfünfzig Pferden. Und oft sitzt in so einem Neuwagen nur eine Person.

Der Trend nach noch stärkeren Autos hält ungebrochen an, trotz Klimaprotokollen. Aber mit Stärke allein lassen sich viele Probleme der Gegenwart nicht lösen. Besonders in den Städten fühlen die Leute den täglichen Kampf um Vorfahrt, Platz und Geschwindigkeit. Fahrräder mit Elektroantrieb sind sehr verlockend. Kein Wunder, dass auf der Wunschliste vieler Menschen nun auch gute Fahrrad- und Fußwege und sogar Fahrradstraßen stehen.

Doch die Infrastruktur kommt nicht hinterher. Auch die Luftreinhaltung und der zunehmende Lieferverkehr zählen zu den neuen Problemen auf der Straße, mit denen die Menschen konfrontiert werden. Und am Himmel, wie sieht es da aus? Ist der Flugverkehr bei seinen Kapazitätsgrenzen gelandet?

Es ist Zeit für einen mobilen Paradigmenwechsel. Immer mehr Menschen meinen, dass dieses Umdenken eigentlich nur noch Ignoranten leugnen können. Aber die Aussicht auf noch mehr Bequemlichkeit wiegt schwer, sehr schwer. Und es scheint, als wäre im rationellen Verhalten der Menschen die Nutzenmaximierung noch mehr in den Vordergrund gerückt. Zum täglichen Bedarf gehören jetzt nicht mehr nur Strom, Wasser und Gas, sondern auch ein schnelles Internet. Das Mantra der Menschen: Alles soll noch viel bequemer werden. Dieser Zustand ist aber immer auch ein erster Schritt hin zur Gedankenlosigkeit.

Paul hat mit den Lauf-Wettkämpfen aufgehört. Sein letzter Marathon war der Himmelswegelauf von Naumburg zur Arche Nebra, den er Tami widmete. Nun läuft er nur noch ein- oder zweimal in der Woche locker in der Natur.

Inzwischen wohnt er mit Blümchen in einer weiträumigen Dreizimmer-Wohnung. Das Japanzimmer gibt es nicht mehr, dafür aber ein großes Hobby-Zimmer, das zugleich für Gäste genutzt wird. Darin stehen zwei Nähmaschinen, darunter Blümchens moderne „Singer" und die „Pfaff" ihrer Oma.

Blümchen und Paul sind gesund und in vielerlei Hinsicht zufrieden, so wie Millionen andere Menschen in ihrer Region auch. Sie führen privat ein unaufgeregtes Leben, haben jedoch beruflich einen recht hohen Stresspegel. Immer mehr Aufgaben lasten auf immer mehr Schultern. Aber vor allem Paul findet in seiner Beschäftigung eine große Erfüllung. Fachlich ist er auf vielen Gebieten aktiv. Und nicht zuletzt bewegt er sich zwischen Standards und technischen Mustern, Formeln und Algorithmen, wobei ihm sein agiles Arbeiten sehr zugute kommt.

Entspannung finden die beiden auf Spaziergängen in der Natur und mit Besuchen in Museen und Kunstausstellungen. Auch genießen sie die Abwechslung kleiner Reisen.

Heute hat sich Blümchen mit einer alten Bekannten verabredet. Zuletzt hat sie die Frau vor sechzehn Jahren gesehen und sich zweimal im Anschluss an einen gemeinsam besuchten Nähkurs mit ihr getroffen. Nach dem Kurs verloren sie sich aus den Augen. Vor drei Tagen haben sie sich zufällig wiedergesehen. Beide freuten sich riesig, als sie sich erkannten.

Nun sitzen die beiden in einem Café. Es gibt viel zu erzählen. Schon damals staunte Blümchen, wie unbeschwert und spontan die Frau vom Nähkurs, Nora, auf alles reagierte, womit sie plötzlich konfrontiert wurde. Etwas unangepasst, planlos, aber trotzdem angenehm.

Nora erzählt, dass jetzt mit ihren vierundvierzig Jahren wieder ein neuer Lebensabschnitt für sie beginnt. Sie ist schon gespannt, was sie da alles anstellen wird. Vor sechs Jahren kam sie aus Südafrika zurück, wo sie fünf Jahre zusammen mit einem Schweizer aus Basel unweit von Kapstadt gelebt hatte. Dann ging die Beziehung auseinander, doch Nora schwärmt immer noch von diesem Land. Davor lebte sie zwei Jahre in Italien in der Nähe des Vesuvs.

„Das ist alles Vergangenheit! Aber auf keinen Fall möchte ich diese Zeit missen. Es war wunderbar!", sagt sie. „Doch nach meiner Rückkehr war es sehr hart für mich. Ich arbeitete in mehreren Jobs. Vor zwei Jahren bekam ich nach einer Weiterbildung dann endlich eine Festanstellung auf dem Gebiet des Web-Designs. Etwas Glück hatte ich dabei auch." Nora lacht.

Auch Blümchen erzählt munter von ihrem Lebensweg. Als sie andeutet, dass sich nun mit dem digitalen Wandel die Weltsicht vieler Menschen radikal verändern würde, lacht Nora wieder.

„Lass dich bloß nicht verrückt machen, über das, worüber sich manche den Kopf zerbrechen mit der Digitalisierung und der Klimapolitik. Vergeude deine Zeit nicht damit, lebe! Und pass auf, dass du nicht im Käfig der Konventionen landest!"

Blümchen ist ganz angetan von Noras Worten und nickt ihr mit einem leichten Lächeln zu. Sie trinkt einen Schluck Kaffee und geht kurz in sich.

Nach einer kleinen Pause fährt Nora fort: „Ja, in sechzehn Jahren kann man unglaublich viel erleben. Doch die Zeit vergeht dabei irre schnell. Als wir uns zuletzt sahen, war ich noch nicht mal dreißig. Man muss aufpassen, dass man rechtzeitig seine Weichen stellt, um das im Leben zu machen, was man unbedingt machen möchte. Denn auf einmal kann es zu spät sein. Auf keinen Fall aber darfst du in Panik verfallen, wenn es dann unvorhersehbare Hindernisse gibt."

Plötzlich erschrickt Nora bei einem Blick durch die Glastür des Cafés, die zur Straße führt. Sofort steht sie auf und sagt bestimmt: „Mich kriegt ihr nicht!"

Auf Blümchens Verwunderung erklärt Nora hastig, dass sie gerade zwei Parkplatzkontrolleure gesehen hat und nun schnell ihr altes Auto auf einen neuen Stellplatz fahren oder aber die Parkuhr verstellen muss. Sie eilt los. Blümchen ist baff. Auf so eine Idee wäre sie nie gekommen. Auf einmal fühlt sie sich sehr unbeweglich und starr in ihren Ansichten. Nach etwa fünfzehn Minuten kommt Nora freudestrahlend zurück.

„Geschafft!", sagt sie erleichtert. Auch Blümchen freut sich, dass sie noch ein Weilchen unbeschwert quatschen können. Sie weiß, dass ein Strafzettel dem für sie sehr interessanten Gedankenaustausch eine andere Richtung gegeben hätte.

Nun erzählen die beiden gelöst und noch freimütiger als vorher weiter. Nora meint, dass ihr immer wieder das Glück über den Weg laufe.

„Stell dir vor, zwei Monate nach meiner Probezeit bekam ich bei einem Internationalen Foto-Wettbewerb ein Preisgeld von 5000 Euro. Ich war happy und konnte es nicht fassen. Für den Wettbewerb reichte ich ein Foto ein, das ich in Afrika schoss. Dieser Kontinent faszinierte mich schon immer.

Vielleicht haben daran auch meine Eltern einen kleinen Anteil mit dem Buch ‚Agossou – Der kleine Afrikaner'. Sie erwarben diesen bereits gebrauchten schmalen Bildband in einem guten Zustand und schenkten ihn mir mit einer Widmung zu meinem achten Geburtstag. Dieses Kinderbuch mit Aufnahmen aus den 50er Jahren war für mich etwas ganz Besonderes: Faszinierende große Fotoaufnahmen mit kurzen Texten über das einfache und fröhliche Leben des kleinen Afrikaners Agossou. Es zeigt den kleinen Agossou herzlich lachen, fröhlich mit Freunden tanzen und singen und dann wieder sehr nachdenklich. Man sieht, wie seine Eltern ihm Geborgenheit und Anerkennung geben trotz der täglichen mühseligen Arbeit. Vieles um ihn herum ist äußerst primitiv. Auch vermittelt das Buch, wie intensiv die Menschen mit der Natur verbunden sind. Es sieht so aus, als lebten Agossou und seine Spielgefährten nicht gebunden an die Zeit, in einer heilen Welt und in einem tiefen Frieden. Das Buch endet mit einer großen Aufnahme: Zwei Kinder schlafen selig auf einer Bambusmatte – der unbekleidete kleine Agossou und seine Schwester, die sich eng an ihn schmiegt. Im Text darunter heißt es, sie träumen.

Ich habe das Buch damals verschlungen. Immer wieder sah ich mir die beeindruckenden Aufnahmen an und verinnerlichte die Texte. Das war der Anfang meines Traums von Afrika. Das Kinderbuch verfasste die französische Fotojournalistin und Autorin Dominique Darbois. Dass nun viele Jahre später ein Foto, das ich in Afrika gemacht habe, so einschlägt, hätte ich nie gedacht. Dabei drückte ich doch nur in einem bestimmten Augenblick auf den Auslöser! Und dafür bekam ich dann einen Batzen Geld.

Jedenfalls reichte es, dass ich mir im letzten Jahr wieder einen Traum erfüllen konnte: Ich war vierzig Tage allein zu Fuß und mit der Eisenbahn in elf Ländern Europas unterwegs. Ich sag' dir, das war grandios. Aber jetzt muss ich erst mal kurz verschwinden. Bis gleich!"

Nora schnappt ihre Handtasche, erhebt sich und geht zur Toilette. Während Blümchen nun allein am Tisch sitzt, gehen ihr nochmal einige Bilder durch den Kopf. Besonders von Noras Schilderung über Afrika ist sie fasziniert. Blümchen fragt sich, wieso sie nie auf die Idee gekommen ist, dorthin zu reisen. Ihre Gedanken gehen zurück bis in ihre Kindheit und sie stellt fest, dass sie damals ganz anderen Reizen ausgesetzt war als Nora. Die Anregungen in ihren Kinderjahren führten sie auf andere Wege.

Nora kommt zurück und setzt sich zu Blümchen, die sie gleich begeistert erinnert, dass sie noch über ihre Europa-Reise erzählen wollte.

„Ach ja", schwärmt Nora mit einem Strahlen über ihrem ganzen Gesicht. „Die Tage vergingen wie im Flug. Und dabei erlebte ich so einige Travel-Episoden. Gleich zu Beginn hatte ich eine Begegnung mit einem Mann in Calais."

Leidenschaftlich berichtet Nora nun über diese Begegnung. Blümchen spitzt die Ohren. Ihre Gedanken kreisen. Sie macht sich ein Bild von all dem, was sie gerade hört, besonders aber von dem Mann in Calais. Spannung erfüllt sie. Plötzlich schaut Nora auf die Uhr und sagt, dass sie jetzt leider ihre Story abbrechen müsse. Sie wolle heute noch mit ihrer Mutter ins Theater fahren und sie brauche bis zu ihr fast eine Stunde mit dem Auto.

„Ich komme aber im Mai noch einmal in diese Gegend und besuche meine Mutter. Wenn du willst, können wir uns dann treffen", sagt sie.

Blümchen meint, dass sie sich unbedingt wiedersehen müssten. Sie überlegt kurz, ob sie sagen kann, was sie bewegt. Dann denkt sie, dass Nora doch alles viel lockerer sieht als sie, und meint: „Es ist mir, als wäre soeben ein Funke auf mich übersprungen. Ich brenne darauf, noch mehr zu erfahren über deine erste Begegnung mit dem Mann in Calais."

„Au ja, das hat schon sehr interessant begonnen, nicht wahr?", sagt Nora mit fröhlich leuchtenden Augen. „Und wie ich da drauf war, oh je, aber das verrate ich dir gern alles das nächste Mal."

Gut gelaunt verabschieden sich die beiden. Auf dem Weg nach Haus sieht Blümchen einen jungen Mann die Ampel an der Straße reparieren, über die sie gehen muss. Sie fragt ihn, ob er das Intervall der Umschaltung verändert, da sie seit der Umstellung vor einigen Wochen immer sehr lange warten muss, bis endlich Grün kommt. Doch sie erfährt, dass seine Tätigkeit nichts mit der Veränderung des Intervalls zu tun hat. Auf Grün wartend, fragt sie den jungen Mann, der offensichtlich sehr gesprächsbereit ist, ob er weiß, wann die für dieser Straße geplante Herabsetzung der Maximalgeschwindigkeit von 60 km/h auf 50 km/h erfolgt. Er weiß es nicht, hofft aber, dass es noch eine Weile bei 60 km/h bleibt.

Der junge Mann ist sehr freundlich und in aller Gelassenheit überprüft er den Ampelschalter. Da Blüm-

chen immer noch warten muss, erzählt sie kurz, wie
es sie erboste, als sie letzte Woche hier einen Motor-
radfahrer sah, der laut knatternd mit seiner Maschine
ein Stück nur auf dem Hinterrad fuhr.

„Das ist doch schön", sagt der Reparateur schmunzelnd. Es hört sich an, als dächte er, dass es höchste
Zeit würde für etwas mehr Abwechslung auf dieser
stark befahrenen Straße. Immer nur der ewig gleiche
Rhythmus von Anfahren, Gas geben, Aufdrehen, Abstand halten, Bremsen, Anhalten, Anfahren, Gas geben ...

Mit dieser Antwort hat Blümchen nicht gerechnet.
Sie fragt sich, warum sie sich so über den Motorrad-
fahrer aufgeregt hat. Doch dann wird es endlich Grün.
Mit einem abrupten „Servus" trennt sie sich vom Am-
pel-Reparateur und geht zügig über die Straße. Noch
hat sie die andere Straßenseite nicht erreicht, da zeigt
die Ampel schon Rot.

„Schweinerei. Das ist unmöglich", denkt sie.

Abends im Bett gehen Blümchen die Eindrücke vom
Treffen im Café nicht aus dem Kopf. Nora mit ihrer
nonchalanten Lebensführung hat sie total beeindruckt.

Blümchen denkt über das Reisen nach und stellt fest,
dass sie ganz andere Erfahrungen im Ausland gemacht
hat als Nora. Sie selbst war ja bisher nie länger als vierzehn Tage in einem anderen Land und dann immer
nur schön als Tourist. Alles war dabei geregelt von A
bis Z.

„Furchtbar", denkt sie auf einmal und überlegt, dass
sie unbedingt mehr unternehmen muss und wahrscheinlich auch ein bisschen allein. Sie lächelt in sich

hinein und sinniert, dass Nora, so forsch wie damals, als sie sich kennenlernten, noch immer einen leichten Hang für unberechenbare, stürmische Situationen hat.

Blümchen ist aufgekratzt. Sie wälzt sich von einer auf die andere Seite. Dann legt sie sich auf den Bauch. Nach einer Weile legt sie sich wieder auf den Rücken, streckt ihren Körper und dreht sich zurück in die Seitenlage. Sie findet nicht in den Schlaf.

Paul schläft schon lange und sie möchte nicht, dass er durch ihre Unruhe wach wird. Aber sie braucht nun unbedingt Ablenkung. Leise steht sie auf und tastet sich durch das dunkle Zimmer. Im Flur holt sie ihren neuen MP4-Player aus ihrer Tasche und stellt ihn an. Sie entscheidet sich für den 2. Satz aus Beethovens 5. Klavierkonzert, setzt den Hörer auf und geht zurück ins Bett. Ihre Wahl war goldrichtig. Blümchen spürt, wie gut ihr der choralähnliche Inhalt am Beginn des Stückes tut. Wunderbar kann sie sich dabei entspannen und schwebt mit ihren Gedanken in eine andere Welt. Sie findet ihr seelisches Gleichgewicht und irgendwann später auch den ersehnten Schlaf.

Am nächsten Abend diskutieren Blümchen und Paul einmal wieder über die neuen Herausforderungen, die der digitale Wandel mit sich bringt. Sie sind beide der Ansicht, die Umbrüche in der Gesellschaft durch die Digitalisierung würden noch massiver werden. Andererseits stellen sie aber auch fest, dass der Wandel zu einem Comeback führt, weil nämlich viele Menschen in ihrer Region wieder ein stärkeres Gefühl für Heimat entwickeln. Auch die Volksmusik boomt und die Volksfeste ziehen vor allem junge Leute an, in feschem

Dirndl, Lederhose mit Hosenträgern, Trachtenhemd, Trachtenstrümpfen und Trachtenschuhen. Zahlreiche Familien pflegen diesen Brauch.

Trotzdem, die Traditionslokale in der Region sterben aus. Dabei sind es auch die Gasthäuser, die mit ihren Angeboten wie Kässpatzen, Forellenfilet, Schnitzel oder Zwiebelrostbraten immer das fröhliche Leben bestimmten. Doch in den kommenden Jahren wird ein Wirtshaus nach dem anderen schließen müssen, auch wegen Personalmangel. Immerhin werden die Biergärten sehr gut besucht.

Paul und Blümchen freuen sich über das Heimatbewusstsein vieler Menschen. Aber Paul meint auch, dass eine ganze Reihe neuer und notwendiger Maßnahmen für mehr Sicherheit die gewohnten Freiheiten der Menschen beeinträchtigen würden. Er merkt, wie schwer es in dieser Hinsicht ist, mit Blümchen auf einen gemeinsamen Nenner zu kommen.

Beide nehmen sie einen gewissen Vermassungstrend in der Gesellschaft wahr. Vor allem Blümchen sieht darin eine zunehmende Standardisierung in ihrem täglichen Leben.

„Ich habe keine Lust, immer mehr nach der Pfeife anderer zu tanzen, die da irgendwo mit ihren Algorithmen vorgeben, wie die Menschen sich verhalten sollen. Alles soll optimiert werden. Auch will ich nicht laufend die neuen Nutzungsbedingungen bis ins kleinste Detail durchdenken, ob man all die Regeln beachtet hat. Das nervt! Immer mehr wird reguliert. Ich muss nicht alles erst verstehen, denn ich mache vieles lieber aus dem Gefühl heraus. Dann muss ich mich eben korrigieren, wenn es erforderlich ist."

Gestärkt durch den Gedankenaustausch des gestrigen Tages im Café fährt sie fort: „Ich glaube, ich werfe einige meiner Ansichten über Bord."

Paul ist überrascht von dieser Äußerung und überlegt: „Ansichten über Bord werfen? Geht denn das so einfach? Ist sie nicht in Wirklichkeit schon immer etwas unbekümmert, was sie ja auch sympathisch macht?"

Laut meint er, dass Wechsel und Unbeständigkeit doch das Natürlichste in der Welt seien, auch wenn er in gewisser Weise nach Beständigkeit strebt. Dabei betont er, dass heutzutage viele Aktivitäten ganz andere Konsequenzen hätten als noch vor fünfzehn Jahren.

Blümchen erwidert: „Das stimmt. Ist nur die Frage, was die Menschen zu ihren Aktivitäten bewegt. Sicher werden sie seit eh und je beeinflusst. Schlimm ist aber, wenn sie dabei manipuliert werden. Die offensichtliche Manipulation der Menschen ist mir zuwider."

Blümchen und Paul beenden ihren Gedankenaustausch. Sie haben beide das Gefühl: Wer jetzt nicht vom Strom der Zeit massiv verändert werden will, der muss seine Geschicke selbst in die Hand nehmen. Doch gibt es dafür einen verlässlichen Weg?

X22

Mai 2017

Blümchen erhält die längste E-Mail ihres Lebens. Absender: Nora.

Hallo Blümchen,

leider muss ich unser geplantes Treffen im Mai platzen lassen. Da ich so schnell auch nicht in Deine Gegend komme, will ich Dir, wie versprochen, von meiner ersten Bekanntschaft auf meiner 40-Tage-Tour im vorigen Jahr erzählen. Über alle anderen Erlebnisse vielleicht später einmal. So mache ich mir diesen einen Reisetag, es war der fünfte, noch einmal richtig bewusst. Wie gesagt, ich lernte den Mann in Calais zufällig in einem Restaurant kennen. Es war Pfingstsonntag.

Rund um mein Hotel war alles trostlos. Lag es an den dunklen Wolken und dem kalten Wind? Ich sah aber auch kaum Menschen auf den Straßen. Etwas unheimlich. Lediglich vier oder fünf junge Männer sah ich in einem Park. Sie schlugen sich die Zeit tot, langweilten sich auf den Bänken und drum herum. Waren das die erwachsenen Agossous, fragte ich mich und schüttelte innerlich den Kopf; ich habe Dir ja von meinem Kinderbuch über den kleinen Afrikaner erzählt. Ich erkannte: Es waren Flüchtlinge. Calais stand ja diesbezüglich schon länger in den Schlagzeilen. Die Rede war immer von einem örtlichen Flüchtlingslager, in dem tausende Bewohner ausharrten und hofften, heimlich über den Ärmelkanal nach Großbritannien zu gelangen. Da sah ich nun die jungen Männer. Sie grübelten und warfen immer wieder ihre misstrauischen Blicke durch den Park. Ich fühlte mich angesprochen und machtlos. Mit Abstand ging ich an ihnen vorbei.

Nun, solche Szenen kannte ich natürlich aus Südafrika. Trotzdem fühlte ich mich in dieser Situation sehr unwohl, vielleicht sogar leicht depressiv, was ich sonst von mir nicht kenne. Gern hätte ich ihnen in ihrem scheinbar sinnlosen Dasein zumindest einen Ball zugeschmissen, damit sie wenigstens Fußballspielen und eine kurze Ablenkung finden konnten. Doch ich hatte keine Antwort auf die jämmerliche Situation hier in Calais, mit der ich unerwartet konfrontiert wurde.

Endlich, als ich dann in einem kleinen Restaurant mit einem deutschsprachigen Mann ins Gespräch kam, taute ich auf. Zwar hatte ich anfangs den Eindruck, dass in seinen Äußerungen ein bisschen Weltschmerz lag, aber schon wenig später war davon nichts mehr zu spüren. Obwohl, ein bisschen Melancholie ist mir bei Männern nicht unangenehm.

Jedenfalls wurde er von Minute zu Minute lebendiger und auch meine Bedrücktheit löste sich in Luft auf. Das also war der Mann in Calais, über den ich Dir schon ein wenig berichtete.

Er sagte, dass er seit vielen Jahren wieder mal verreise, und zwar für fünf Tage. Schnell fanden wir heraus, dass wir ein Hobby teilten, nämlich bestimmte Menschen, die in Stein geschlagen oder in Bronze gegossen wurden: Denkmäler!

Der Mann erzählte mir, dass er sich kurz vorher das von Auguste Rodin geschaffene Denkmal „Die Bürger von Calais" angeschaut hatte. Die Plastik ist aus Bronze. Sie begeistere ihn wie keine andere. Am Tag zuvor habe er sie sich im Park des Rodin-Museums in Paris angeschaut.

Ich meinte, dass die Plastik sich auf eine Episode im 14. Jahrhundert beziehe, während der Ankunft der englischen Besatzung in Frankreich. Als Vergeltung für die Verluste der englischen Truppe sollten sechs Bürger hingerichtet werden. Sechs wohlhabende Bürger aus Calais opferten sich dafür. Als die englische Königin diese Bürger sah, wahrscheinlich so ähnlich, wie sie Rodin im Denkmal darstellt, bekam sie Mitleid und erflehte die Gnade des Königs.

Der Mann im Restaurant staunte über meine Kenntnisse. Ich teilte ihm mit, dass ich Neuere Geschichte studiert hatte und mich auch für Kunst interessiere. Auch sagte ich ihm, dass ich eine Ausführung dieser lebensgroßen Standplastik schon einmal in Basel gesehen hätte und mir das Denkmal am Rathaus noch anschauen würde, bevor ich am nächsten Tag früh mit der Fähre nach England fuhr. Und wieder staunte der Mann in Calais und sagte, dass er schon einige der insgesamt zwölf Ausführungen der Figurengruppe gesehen hätte, aber noch nie die Plastik in Basel.

Dann erläuterte ich das Anliegen meiner Reise: „Im Moment ist in meinem Kopf eine ganz andere Person präsent, auf deren Spur ich nun bin: Bonifatius! Während meines Studiums war ich auf ihn gestoßen. Der mittelalterliche Kult des heiligen Bonifatius war damals eine Art Steckenpferd von mir. Jetzt aber will ich die Denkmäler, die noch in seinen wichtigsten Wirkungsgebieten stehen, endlich mal vor Ort begutachten. Hoffentlich sehe ich noch einige. Ich will mit meinem ‚Bonifatius-Thema‘ im Südwesten Englands beginnen, in den Orten Credition, Exeter und Nursling. Dann geht es weiter bis nach Dokkum in den Niederlanden. Das ist sozusagen mein Begleitprogramm auf meiner Tour. Ich bin schon sehr gespannt!"

Der Mann in Calais staunte über mein Vorhaben. „Toll, dass Sie sich so intensiv für einen Menschen interessieren, der vor tausenddreihundert Jahren lebte! Bonifatius stammte ja aus dem heutigen England und hat wie vielleicht kein anderer aus dieser Region damals die europäische Entwicklung beeinflusst. Übrigens: Hören Sie sich in England doch um, warum man im nächsten Monat, ich glaube es ist der 23. Juni, abstimmen will, ob Großbritannien weiter in der Europäischen Union bleiben oder austreten soll. Doch zurück zu den Denkmälern. Zu Bonifatius fällt mir ein, dass er im 8. Jahrhundert die Donar-Eiche fällen ließ, um damit die Chatten zum Christentum zu bekehren. Diese Eiche war dem germanischen Gott Donar geweiht. Aus ihrem Holz ließ Bonifatius ein Bethaus bauen."

Der Mann zitierte dann noch einen Spruch aus Tibet, der ihm offensichtlich gefiel: „Ein Baum, der fällt, macht mehr Krach als ein Wald, der wächst."

Ich merkte, dass er auf humorvolle Weise versuchte, mich dazu zu bewegen, das Handeln von Bonifatius neu zu hinterfragen. Dabei hatte ich den Eindruck, dass er in dieser Angelegenheit total offen war für einen Gedankenaustausch. Das gefiel mir und ich wollte gleich reagieren.

Doch bevor ich das konnte, erzählte er schon von seinen Eindrücken in der Pariser Vorstadt Evry: „Ich war vor drei Tagen dort. Es gibt da eine Kathedrale in der ungewöhnlichen Form eines abgestumpften Zylinders. Auf der Dachschräge sind vierundzwanzig Bäume gepflanzt, Silberlinden. So etwas hatte ich zuvor noch nie gesehen. Eine Kathedrale, die erst in den 1990er Jahren errichtet wurde, mit einer Krönung aus Bäumen."

Ich meinte, dass jede Zeit eben ihre Sinnbilder habe. Darum muss man alles auch im Kontext der jeweiligen Zeit sehen, wenngleich man die Dinge aus heutiger Sicht anders bewertet. Das ist gar nicht so einfach.

Dann kam mein Gegenüber wieder auf die Denkmäler zu sprechen und sagte: „Es ist schon erstaunlich. Da werden zweihundert, fünfhundert oder tausend Jahre nach dem Wirken einer Person ihr zu Ehren Denkmäler errichtet. Das ist eine exklusive Erinnerung, die durch eine Glorifizierung über die Jahrhunderte leicht ins Mystische abrutscht. Aber so wollen es eben viele Menschen. Ich finde für die Erinnerungskultur wesentlich, wenn ein Mensch, vor allem ein geliebter, der von uns gegangen ist, etwas Persönliches zurücklässt. Ein persönlicher Gegenstand kann zum Beispiel als analoges Zeugnis der Zeit für die Erinnerung an einen Menschen sehr förderlich sein. Je weniger ein Mensch hinterlässt, desto wertvoller ist es für die Erinnerung an ihn. Wahrscheinlich wird die Erinnerung an einen Menschen besonders verfestigt, je häufiger man auf seine persönlichen Zeugnisse, Fotos und Filme schaut. Doch mit der Zeit verblasst die Erinnerung im Kopf, wie auch ich verblasse. Das ist eben das Leben. Irgendwann ist alles wieder eins."

Ich sagte daraufhin: „Naja, mit den Denkmälern ist das so eine Sache. Da gibt es Persönlichkeiten, die nach ihrem Tod einen heftigen Denkmalstreit auslösten. Und nach über hundertfünfzig Jahren finden sie dann doch als Büste Aufnahme in der Ruhmeshalle und Gedenkstätte Walhalla. Aber Geschichte ist nicht in Stein gemeißelt. Selbst auf Briefmarken oder Geldscheinen kann man das Gedenken nicht ewig am Leben halten, wenn die Menschen immer weniger Briefe schreiben oder es irgendwann keine Geldscheine mehr gibt. Ja, der Verlauf der Geschichte hätte auch ein ganz anderer sein können. Ich glaube, dass unsere Welt nur eine Möglichkeit von unzähligen ist. Und wir müssen aufpassen, dass wir nicht nur das Gute oder zu viel das Böse erinnern. In der Welt der Medien bedienen wir uns beim Erinnern vieler Bilder und Begriffe. Doch wie wird vieles erschwert, wenn überstürzt all die Begriffe ausgetauscht werden, die uns überholt erscheinen? Ich denke da an bestimmte Bezeichnungen oder Worte in unserem Liedgut, Begriffe, die nach wie vor verständlich sind. Damit sollten wir viel toleranter und nicht so pingelig umgehen. Irgendwann gehen sie sowieso sang- und klanglos unter, wie tausend andere Begriffe auch. Das ist der Lauf der Geschichte."

Der Mann in Calais nahm meinen Faden in Sachen Denkmäler wieder auf: „Angesichts der Globalisierung stellt sich die Frage neu, wie verschiedene Denkmäler interpretiert werden. Nehmen wir nur mal als kleines Beispiel Tilly, der vor rund vierhundert Jahren wirkte. Dieser Feldmarschall wird in Altötting bestimmt anders gesehen als in Magdeburg. So ist eben Geschichte. Alles verändert sich ständig. Wahrscheinlich ist das oft der Fall: Jemand wird von der einen Seite als Heiliger gefeiert und von der anderen als Kriegsverbrecher verdammt. Das Gute und das Böse liegen nicht selten dicht beieinander. Und oft ist es nicht einfach, beides voneinander zu unterscheiden. Wahrscheinlich ist Geschichte immer auch das Ringen um Perspektive. Aber das wissen Sie ja viel besser als ich."

Der Mann war mir sehr sympathisch, und ich wollte mich unbedingt noch mehr mit ihm unterhalten. Ich sagte, dass das verantwortungsvolle und wohldosierte Erinnern sehr bedeutsam sei, wie auch das Aufdecken unterdrückter Tatsachen. Man müsse dabei ein gutes Händchen haben für deren Dosis. Denn verdrängt nicht jedes Erinnern etwas anderes ins Vergessen?

Und das Gedächtnis von Siegern unterscheidet sich wahrlich von dem der Besiegten. Mich auf Tilly beziehend merkte ich noch an, dass man das Massaker von Magdeburg als das schlimmste des Dreißigjährigen Krieges sieht. Man hätte denken können, so etwas dürfe sich niemals wiederholen ...!

Dann kam ich auf meine Reise nach Halle an der Saale vor einigen Jahren zu sprechen, an die ich mich noch sehr genau erinnere. Nach dem Besuch des dortigen Geburtshauses von Georg Friedrich Händel ging ich in den historischen Botanischen Garten und von dort über die Hermannstraße zum Landesmuseum für Vorgeschichte, das zum Landesamt für Denkmalpflege und Archäologie Sachsen-Anhalt gehört. Dort sah ich mir das Massengrab mit den Überresten gefallener Soldaten aus dem Dreißigjährigen Krieges an, genauer gesagt von der Schlacht bei Lützen. Es ist erstaunlich, welch detaillierten Informationen die Skelette über die frühere Lebensweise der Verstorbenen bergen.

Mein Gegenüber nickte, als ich das erwähnte. „Skelette sind nicht nur biohistorische Urkunden, sie können auch so etwas wie ein Archiv sein", meinte er. Von seiner Nietzsche-Tour nach Röcken kannte er auch die Geschichte von Lützen, ein Nachbarort von Röcken, erklärte er mir.

Nach unserem sehr anregenden Gedankenaustausch über Kirchen, Bäume, Skelette und Denkmäler kam er auf Paris zu sprechen: „Als ich gestern am Eifelturm stand, musste ich an meine Jugendliebe denken. Sie war Französin und verdrehte mir den Kopf. Stellen Sie sich vor, nach fast fünfzig Jahren hat sie mich mit Hilfe anderer Leute und über Umwege im Internet ausfindig gemacht. Das war eine große Überraschung. Wie staunten wir über den neuen Kontakt nach so vielen Jahren! Wir schrieben uns einige E-Mails und tauschen zwei Fotos. Ursprünglich wollten wir uns am 14. Juli im vorigen Jahr am Eifelturm treffen. Das wäre auf den Tag genau ein Wiedersehen nach fünfzig Jahren geworden. Dann aber beschlossen wir, uns doch nicht zu treffen und den Kontakt zu beenden."

Er fügte noch hinzu, dass er die Französin bei einer Judo-Veranstaltung kennengelernt hatte. Aber das habe ich Dir ja schon im Café erzählt. Jedenfalls wirkte er für einen Moment so begeistert, als wäre die gemeinsame Zeit mit der Französin gerade mal vor ein paar Jahren gewesen. Doch dann schien er zu merken, dass es ihm eigentlich gar nicht so recht war, über seine Jugendliebe zu sprechen. So kam es mir zumindest vor.

236

Doch wahrscheinlich hatte ihm die Strahlkraft des Eifelturms alle Sinne geraubt, sodass er jetzt gar nicht anders konnte, als das zu erzählen, was ihm so brennend auf den Lippen lag.

Ich fand es spannend. Ich wollte mich mit ihm noch mehr über Kunst und Geschichte austauschen. Und abgesehen davon fühlte ich mich mehr und mehr zu ihm hingezogen.

Ich wurde neugierig. Ich wollte unbedingt wissen, warum er sich nicht mit seiner einst verliebten Französin aus der Jugendzeit getroffen hatte. Natürlich ließ ich mir dieses Verlangen während der Unterhaltung nicht anmerken. Doch fand ich, dass der Mann, der mir da gegenüber saß, keineswegs so alt aussah, dass seine Jugendliebe ein halbes Jahrhundert zurückliegen konnte. Ich war völlig irritiert, denn ich vermutete, dass er etwas über fünfzig war. Sollte ich mich so verschätzt haben? Ließ mich meine Menschenkenntnis in diesem Augenblick so sehr im Stich? Oder war es gar ein Bluff von ihm?

Immer wieder schossen mir zwischen unseren Worten ganz andere Gedanken durch den Kopf. Ich überlegte, wie alt ich bei meiner ersten großen Liebe als Teenager gewesen war, und rechnete und rechnete. Dann kam mir in den Sinn, wie Liebestrunkene sich in ihrem leidenschaftlichen Begehren verwandeln. Und wieder redete ich mir ein, dass mein Gegenüber nur ein wenig über fünfzig sein konnte. In Gedanken sah ich die reizvollen Radierungen Picassos, die dieser etwa in jenem Alter zu Ovids Metamorphosen schuf. Meine Lust verlieh den zauberhaften Bildern in meinem Kopf sanfte Flügel.

Doch dann bemerkte ich unerwartet, dass der Mann in Calais sich innerlich langsam auf seine Rückreise einstellte. Mit einem Mal wurde er ernsthafter und er erschien mir sogar etwas verklemmt. Aus meiner Sicht war er plötzlich völlig auf Rückzug programmiert und wie von fernen Göttern gelenkt. Sein Weg war nun der vorgegebene Fahrplan.

„Furchtbar", dachte ich. Wogegen ich drauf und dran war, seinetwegen meine Überfahrt nach England um einen Tag oder auch um zwei zu verschieben! War ich auf dem Holzweg?

Er jedoch sagte lediglich recht bedeckt, dass er nach Norddeutschland wolle. Ich schlussfolgerte, dass er da irgendwo wohnt. Er war natürlich kein Norddeutscher. Sein hörbarer Dialekt kam meinem sehr nahe. Er sagte ja auch, dass er die Region, in der ich aufgewachsen bin, von früher her etwas kenne, und nannte auch Orte dort. Ich merkte aber, dass er über sein früheres Leben nicht sprechen wollte. Darum hakte ich nicht weiter nach. Allerdings wunderte ich mich, dass auch er keine Anstalten machte, noch mehr über mich zu erfahren.

Es wäre schade, wenn wir in dieser Stimmung auseinander gingen, dachte ich und wollte ihn nun unbedingt nochmal herausfordern und fröhlich stimmen. Mir fiel ein Zitat von Emerson ein. Doch ich war mir nicht ganz sicher, ob es ihn auflockern und heiter stimmen würde oder ob er danach womöglich eingeschnappt wäre. Egal, nun wollte ich es wissen.

Ich ließ es auf einen Versuch ankommen und sagte: „Ihr geschätzter Friedrich Nietzsche äußerte sich mal kritisch über die Heiterkeit von Ralph Waldo Emerson. Nun gut. Aber einer meiner Lieblingssprüche ist von Emerson. Den möchte ich Ihnen gern mit auf den Weg geben: ,Versuche niemals, jemanden so zu machen, wie du selbst bist. Du weißt – und Gott weiß es auch –, dass einer von deiner Sorte genug ist.'"

Und stell Dir vor, der Mann lachte. Obwohl ich mir schon, als noch nicht das letzte Wort über meine Lippen gekommen war, den Vorwurf machte, dass ich vielleicht doch etwas unfreundlich gewesen war. Eine Charmeoffensive war das jedenfalls nicht.

Sein Lachen war kurz. Ich konnte ihn nicht mehr umstimmen. Der Einfluss der fernen Götter war mächtiger.

Kurz bevor wir gingen, fragte ich im letzten Moment dann doch noch, ob wir nicht unsere E-Mail-Adresse austauschen wollten. Ich würde ihm gern einen Gruß aus England senden. Er freute sich. Und ich mich auch.

Ich holte mein Notizheft aus meiner Tasche, schrieb meine E-Mail-Adresse auf, riss das Blatt raus und gab es ihm. Anschließend notierte ich schnell die seine. Wir verglichen sie nochmal. Dann verabschiedeten wir uns. Als er ging, sagte ich noch „Au revoir" und schickte ihm ein Lächeln nach.

Blümchen, soweit also meine Schilderung von nur vier Stunden auf meiner Vierzig-Tage-Tour ... Ich habe sehr viel erlebt. Manchmal wurde es sogar aufregend. Insgesamt gesehen war die Tour für mich aber sehr entspannend. Was nicht heißt, dass ich keine Bewegung gehabt hätte! Ich war einige hundert Kilometer zu Fuß unterwegs und zählte dreiundfünfzig Bahnhöfe, in denen ich ein- und ausstieg. Der in Antwerpen gefiel mir am besten, grandios! Leider streikten hier plötzlich die Eisenbahner, sodass ich erst mal dort festhing.

Eine Bahnhofshalle sah jedoch abscheulich und verlassen aus. Das war die in Gotha. Hier aber waren die Züge pünktlich. Wie ich erfuhr, gehörte die Halle nicht mehr der Bahn.

Dem Mann von Calais schrieb ich vier E-Mails und auf jede erhielt ich auch eine Antwort. Das war's aber auch schon. Der Kontakt ist dann bald im Sande verlaufen, nachdem ich einen anderen charmanten Herrn kennenlernte ...

Blümchen, lebe Deine Träume! Dieses Jahr komme ich nicht mehr in Deine Gegend, vielleicht aber im nächsten.

Alles Gute!

Herzlich
Nora, die Frau vom Nähkurs ...

PS: Entschuldige meine lange E-Mail. Aber da Du an meinen Erlebnissen so großes Interesse gezeigt hast, dachte ich, das ist eine gute Gelegenheit, mal einige meiner vielen Reiseeindrücken loszuwerden! Die Geschichte habe ich nur für Dich geschrieben, pst!!

X23

Juli 2017

Nach fast zehn Jahren wird der Archivar völlig überraschend von Blümchen und Paul eingeladen.

Blümchen hatte während des Gesprächs mit Nora sofort den Gedanken, dass der Mann in Calais der Archivar sein musste. Sie kann aber die unglaubliche Geschichte nicht ganz für sich behalten. Blümchen spürt zwar, dass das Vertrauen zwischen Nora und ihr wächst, doch sie schafft es einfach nicht, über Noras Geschichte kein Wort zu verlieren. Die Last ist zu groß. Sie muss zumindest Paul von der Begegnung in Calais erzählen.

Davon abgesehen findet Blümchen es unfasslich, dass mitten in ihrem geregelten Dasein plötzlich zwei Menschen auftauchen, Nora und der Archivar, die beide, ohne dass sie davon etwas ahnen, ihr Leben aufmischen. Blümchen malt sich einiges aus und sieht für sich eine neue Herausforderung. Diese angenehme und zunehmende Spannung möchte sie mit keinem teilen. Nur häppchenweise erzählt sie Paul von Noras zufälliger Begegnung und hält all das zurück, was ihrer Meinung nach nicht für andere Ohren bestimmt ist.

Paul hatte schon viele Jahre keinen Kontakt mehr mit dem Archivar. Er war nicht mehr erreichbar. Nun aber wäre es ein Kinderspiel, den Kontakt wieder herzustellen, würde Blümchen Nora einfach nach der E-Mail-Adresse fragen. Aber genau das will sie nicht. Angestachelt von Noras E-Mail, versucht Blümchen nun aus eigener Kraft, Kontakt zum Archivar herzustellen. Immer wieder muss sie dabei an die Französin denken, der es gelang, nach fast einem halben Jahrhundert über das Internet wieder Verbindung zu dem Archivar aufzunehmen.

Tagelang recherchiert Blümchen vergeblich. In ihrem erfolglosen Bemühen steht sie kurz davor, alles hinzuschmeißen. Plötzlich aber ist ihre Suche doch erfolgreich. Und schneller, als sie dachte, kommt der Kontakt mit dem Archivar zustande.

Der Archivar wird herzlich eingeladen, aber er sagt den Besuch noch nicht zu. Blümchen und Paul schlussfolgern, dass er schon mehrere Jahre allein und zurückgezogen in einem kleinen Häuschen im Norden lebt. Sie wissen nicht, was er so recht macht. Doch Blümchen drängt auf seinen Besuch. Sie sagt zu Paul, dass sie ihn jetzt unbedingt wieder zum Reisen ermuntern müssten.

Es stellt sich heraus, dass der Archivar nur wenige Orte von Blümchens Cousine entfernt wohnt. Blümchen möchte ihn nun rasch und persönlich vor Ort zu einem Besuch motivieren. Also plant sie ein verlängertes Wochenende und ist auch nicht unglücklich, dass Paul aufgrund einer Dienstreise verhindert ist mitzukommen. So fährt Blümchen Mitte Juli allein in den Norden zu ihrer Cousine. Ihr eigentlicher Reisegrund aber ist, die Einladung an den Archivar vor Ort zu bekräftigen. Gleichzeitig will sie sich ein Bild von seiner Lebenssituation machen.

Nach zwölfstündiger Reise mit Bahn und Bus und nach mehrmaligem Umsteigen ist Blümchen Freitagabend im hohen Norden angekommen. Am nächsten Tag fährt sie nach über sieben Jahren zum ersten Mal wieder Fahrrad. Auf dem Weg zum Archivar strampelt sie frohgelaunt und voller Elan durch die wunderschöne norddeutsche Landschaft.

Ihre Tour führt vorbei an großen Weiden, auf denen sie Pferde galoppieren sieht. Am liebsten würde sie hier anhalten und eine Weile zuschauen. Aber die Fahrt geht weiter durch kleine Waldstücke, vorbei an verschlafenen Dörfern und entlang goldleuchtender Getreidefelder. Meist geht es gemütlich dahin. Sie erfreut sich der wilden Blumen, die am Rand der Felder hin und her schwenken. Darunter auch ihr geliebter Klatschmohn. Ihr fällt ein, dass der Klatschmohn in diesem Jahr zur Blume des Jahres gekürt wurde.

Der zuweilen leichte Gegenwind nimmt zu und lässt sie nun kräftiger in die Pedale treten, als wolle er letzte Bedenken herausfordern. Kurz vor Ankunft in der Wohnsiedlung des Archivars spürt Blümchen ein starkes Selbstvertrauen. Sie freut sich, denn so gut fühlt sie sich nicht alle Tage. Auch ahnt sie, dass auf dem Rückweg ihre Anstrengung ja durch den Wind belohnt wird.

Endlich ist sie angekommen. Blümchen staunt über das kleine alte Häuschen, in dem der Archivar wohnt. Es ist umgeben von einem ziemlich verwilderten Garten und einem niedrigen Holzzaun, der hier und da einzubrechen droht. In dem kleinen Garten mit einigen Sträuchern und einem kleinen Haufen Feldsteinen entdeckt sie zwischen dem hochgewachsenen Sommergras einen alten, verrosteten Pflug. Er liegt einfach so verloren da, als hätte man vor vielen Jahren vergessen, ihn wegzuräumen, da er nicht mehr nützlich war. Einige Meter entfernt vom Zaun stehen mehrere hohe, alte Bäume, und erst weit hinten sind die nächsten Häuser zu sehen.

„Eine einsame Ecke, aber sehr idyllisch", denkt Blümchen und hört in diesem Moment nur das Rascheln der Blätter. Sie hätte den Ort ohne die gute Beschreibung des Archivars niemals gefunden.

Nachdem sie das Fahrrad abgestellt hat, staunt Blümchen noch immer. „So ein kleines niedliches Häuschen habe ich noch nie gesehen. Ob es zwei oder gar drei Stübchen hat?"

Auch muss sie kurz an Noras E-Mail denken mit ihrer leidenschaftlichen Beschreibung, wie sie den Mann in Calais sah.

„Ich lass mich überraschen", meint Blümchen, streift sich die Haare aus der Stirn und klingelt.

Sie wartet ein Weilchen und klingelt erneut. Jetzt endlich öffnet sich die leicht knarrende Tür und vor ihr steht ein etwas geplagter, zerzauster, aber strahlender Mann mit zwei Krücken. Ui, damit hat sie nicht gerechnet.

Die beiden begrüßen sich freundlich. Der Archivar sagt gleich, dass er sie schon erwartet habe. Er bittet Blümchen ins Haus. Und während sie ihren dünnen Anorak auszieht, muss sie immer noch über die Krücken staunen.

„Das mit den Krücken ist nicht so dramatisch. Das passiert manchmal ganz plötzlich. Mal ist es die Hüfte, jetzt ist es das linke Knie. Dann bin ich ziemlich festgenagelt. Doch wenn es vorüber ist, könnte ich Bäume ausreißen! So ist es eben, wenn man zu viel sitzt und schreibt und schreibt. Radfahren ist da viel gesünder. Morgen brauche ich die Krücken vielleicht schon nicht mehr", erklärt der Archivar.

Nach dem ersten Gedankenaustausch setzen die beiden sich an den Tisch, auf dem zwei Wassergläser und etwas Gebäck bereit stehen. Blümchen überlegt kurz, um die Situation entsprechend einzuordnen, und atmet tief durch. Der Archivar fragt, ob er etwas Wasser einschenken dürfe.

„Gerne", sagt Blümchen und die beiden kommen ins Gespräch. Schnell entspannt sich alles und der Archivar meint, dass er auch noch Tee oder Kaffee anbieten könne.

Blümchen entscheidet sich für Tee und sagt: „Das Wasser dazu kann ich doch auch zubereiten. Sie sollten sich jetzt nicht so sehr belasten."

Der Archivar nickt und erklärt ihr, dass sie nebenan in der Küche alles dazu findet. Blümchen ist beeindruckt von den einfachen alten Möbeln. Sogar ein kleiner Ofen in der Stube fällt ihr auf. Alles ist anders, fast märchenhaft. Sie fühlt sich in eine andere Zeit versetzt, und es scheint, als wären die Uhren hier stehengeblieben.

Alles, was sie sieht, spricht sie auf besondere Weise an. Blümchen bereitet den Tee zu. Der Archivar wollte ja bei Wasser bleiben, wie er sagte.

Sie hat ihn bisher nur einmal getroffen, und das nur kurz, bei Tamis Beerdigung. Trotzdem kommt es Blümchen nach einer Weile so vor, als würden sie sich schon lange kennen.

Es dauert keine dreiviertel Stunde und das Gespräch der beiden dreht sich nur noch um Tami. Ihr Gedankenaustausch bewegt sich wie in einer abgeschlossenen Welt, die sich mit ihren persönlichen Erinnerungen speist. Keiner kann sie daraus vertreiben. Und die beiden spüren, wie diese Erinnerung sie einander näherbringt. Fast wie von selbst gehen sie zum „Du" über und es scheint, als wäre Tami plötzlich unter ihnen. Der Archivar wirkt nicht mehr so geknickt, obwohl sich nun Schmerzen im rechten Knie bemerkbar machen.

„Wahrscheinlich eine Überbelastung deines rechten Knies wegen der Entlastung des linken", sagt Blümchen. Sie weist darauf hin, dass der Archivar sein Knie im Liegen kühlen solle. Das hat sie bei Paul schon erlebt und empfiehlt, auch eine Tablette zu nehmen. Etwas widerwillig sieht der Archivar schließlich den Sinn dieser Maßnahme ein. Sofort bringt ihm Blümchen aus dem Küchenfach die beschriebene Packung. Im Laufe der weiteren Unterhaltung meint sie schließlich, dass sich auch Paul sehr freuen würde, wenn der Archivar sie beide besuchen käme.

Nach fast drei Stunden muss Blümchen zu ihrem Bedauern verkünden, dass sie eigentlich nur auf einen Sprung vorbeikommen hatte wollen und nun wirklich gehen muss, um noch etwas Zeit mit ihrer Cousine zu verbringen. Enttäuscht bemerkt der Archivar, dass ihr Weg doch weit, aber ihre Begegnung recht kurz war. Blümchen schaut zum Archivar und nimmt seine Feststellung stumm zur Kenntnis. Es ist ihr, als würde in seinen Worten ein Hauch von Wehmut mitschwingen. Sie überlegt kurz und sagt: „Morgen Nachmittag komme ich gern wieder."

Überrascht und freudig vernimmt der Archivar ihre Worte. Und mit der Aussicht, sich morgen wiederzusehen, verabschieden sie sich nach einigen Minuten.

Blümchen ist verzückt. Ihr gefällt das Häuschen des Archivars und die gemütliche Atmosphäre mit einem Flair von Nostalgie. Auch der reizvolle Weg dorthin begeistert sie. Da sie einige Tage Urlaub hat, verschiebt sie kurzerhand ihre Rückreise im Einvernehmen mit ihrer Cousine und Paul um zwei Tage.

Am nächsten Nachmittag fühlt sich Blümchen schon vertrauter im Haus des Archivars. Sie bringt ihm eine zweite Kompresse als Kältepackung mit, die ihre Cousine übrig hatte. Frohgemut besteht Blümchen nun darauf, dass der Archivar auf der Couch liegen bleibt und konsequent sein Knie kühlt. Offenbar geht es ihm aber schon besser.

Blümchen versorgt ihren Gastgeber mit Essen und wechselt die Kompressen. Sie spürt, dass es ihm sehr guttut, sie jetzt hier zu haben. Auch sie fühlt sich wohl. Sie überlegt, am nächsten Tag wiederzukommen, um den Archivar zu versorgen. Unbemerkt schaut sie zu ihm und stellt fest, dass er heute viel gepflegter und zufriedener aussieht als gestern.

„Keine Spur mehr von Bedrücktheit. Ganz im Gegenteil, ein sehr angenehmer Patient", denkt sie.

Der Archivar sagt, dass Blümchen es sich gemütlich machen soll. Dann erwähnt er, dass er schon mehrere Jahre hier allein lebt. Nachdem sich bei seiner Partnerin wieder eine engere Beziehung zum Vater der gemeinsamen Kinder anbahnte, trennte er sich sofort von ihr. Hier begann für ihn ein neues Leben. Zwar hat er nur wenige Freunde, dafür aber sehr nette und junge.

„Gestern hat ein Junge aus unserer Siedlung für mich eingekauft. Er ist sechzehn. Auf den kann ich mich völlig verlassen, wenn ich mal etwas brauche. Ja, so etwas gibt's noch. Das ist toll. Wir lernten uns vor drei Jahren bei einem Schachturnier hier in der Region kennen. Dreimal spielten wir gegeneinander und dreimal verlor ich. Ich hatte keine Chance. Er tröstete mich und sagte, dass jetzt sogar die besten Schachspieler keine Chance hätten, gegen Schachcomputer zu gewinnen. Da war ich etwas beruhigt, aber es machte mich auch nachdenklich. Häufig leihe ich ihm und seinen beiden Freunden mein Zweitfahrrad, ein gutes Mountainbike. Seit einem Jahr gebe ich ihnen auch immer wieder meine komplette Campingausrüstung mit Zelt. Die benutze ich nicht mehr. Und die Jungs freut es riesig. Bei der Rückgabe berichten sie mir dann immer begeistert von ihren Erlebnissen. Wie gesagt, gestern brachte mir der Junge all das Eingekaufte mit dem Fahrrad und legte einiges in den Kühlschrank und in die Küchenschränke. Dann musste er schnell wieder weiter. Manches, was nicht kühl aufbewahrt werden muss, steht noch auf dem Küchentisch und Unterschrank. Aber das stört mich jetzt nicht. Oft mache ich es mir in der Küche gemütlich und entspanne dort beim Lesen. Doch jetzt bin ich froh, hier auf der Couch zu sein. Du kennst dich ja unten im Haus schon etwas aus. Nimm dir in der Küche, worauf du Appetit hast. Im Kühlschrank steht auch noch eine Rotweinflasche. Wenn du magst, kannst du dich auch da bedienen. Ich habe vorgestern davon zwei Gläser getrunken. Der Wein ist also noch gut. Mir aber bring heute bitte wieder nur Wasser."

Blümchen geht in die kleine Küche, die mit Blick zum Garten verlockt. Hier genießt sie kurz die heimelige Atmosphäre. Ihre Gedanken schweben. Dann geht sie zum Kühlschrank, holt die Flasche Rotwein heraus und stellt sie zum Erwärmen auf den Küchentisch. Dazu gesellt sich noch ein Weinglas, das sie im Hängeschrank findet. Blümchen lässt sich Zeit und macht in aller Seelenruhe Häppchen, die sie auf zwei Tellern verteilt. Mit etwas Folie, die sie aus einem der Schubfächer holt, deckt sie beide Teller ab. Dann räumt sie den liegengebliebenen Rest vom Großeinkauf des jungen Mannes weg, wobei sie nicht ohne Zweifel in den Schränken ortet, wo alles seinen Platz haben könnte.

Nachdem Blümchen alles weggeräumt hat, sieht sie ganz links auf dem Unterschrank noch zwei Bücher liegen. Sie bückt sich, um die Titel genauer lesen zu können und nimmt zur Kenntnis, dass es sich hierbei um Essais und Französische Moralisten handelt. Die auf dem Cover genannten Autoren Montaigne, La Rochefoucauld und all die anderen sagen ihr nichts. Der eine Titel erinnert sie sofort daran, dass sie dem Archivar unbedingt sagen muss, dass sie von seiner Begegnung mit Nora weiß. Sie traut sich aber nicht so recht. Doch irgendwann erfährt er sowieso alles, denkt sie und fragt sich: „Gibt es denn ein Recht auf Vergessen? Ist das überhaupt möglich?"

Blümchen macht sich eine Tasse Kaffee und geht mit dieser und einem Glas Wasser zurück in die Stube. Sofort nehmen die beiden ihre Unterhaltung von gestern wieder auf. Erneut kommen sie auf Tami zu sprechen und erzählen sich viele Geschichten aus ihrem Leben. Die beiden merken nicht, wie schnell dabei die Zeit vergeht.

Blümchen denkt immer noch darüber nach, dem Archivar von Nora zu erzählen, und überlegt, wie sie mehr Mut dafür aufbringen könnte. Da fällt ihr der Wein in der Küche ein. Zu besonderen Anlässen genießt sie schon mal zwei Gläschen. Und heute gibt es für sie einen besonderen Anlass. Ob der Archivar, der offensichtlich gern Wasser trinkt, hier in seinem einsamen Häuschen auch nur zu besonderen Anlässen Wein genießt? Und warum heute nicht?

Während Blümchen in die Küche geht, rechnet sie zwei Tage zurück. Das war der Tag, an dem der Archivar die Weinflasche geöffnet hat, wie er sagte. Sie kommt auf den 14. Na ja, das sagt ihr nichts.

„14. Juli", wiederholt sie in Gedanken, und plötzlich erinnert sie sich, dass Nora dieses Datum in ihrer E-Mail erwähnte. „Das war doch der Tag, an dem sich der Archivar vor über einem halben Jahrhundert das letzte Mal mit der Französin traf, seiner ersten Liebe!"

Blümchen ist aus dem Häuschen.

„Jetzt brauch ich erst recht Wein", denkt sie. Und etwas aufgeregt schenkt sie sich vorsichtig ein Glas ein und nimmt gleich einen Schluck.

„Oh, das tat gut", geht ihr durch den Kopf. Nach kurzer Besinnung schenkt sie nach und geht mit dem Glas und einem Teller ins Wohnzimmer. Beides stellt sie auf den Couchtisch. Der Archivar freut sich. Er hat den Eindruck, dass sich sein Gast schon heimisch fühlt. Blümchen nimmt sein Wasserglas, füllt es in der Küche wieder auf und bringt es mit dem reichlich belegten zweiten Teller ins Zimmer.

„So, nun ist für das leibliche Wohl gesorgt. Das Beste aber ist das Wasser", scherzt sie und zitiert den Spruch „Ariston men hydor", den sie vor einem Monat in einem Badehaus las, als sie dort in der Sauna war.

Die beiden lassen es sich schmecken und unterhalten sich ein wenig über gesunde Ernährung. Blümchen hebt ihr Weinglas und sagt: „Auf dein Wohl! Dass du ganz schnell wieder fit wirst. Aber dann bitte keine Bäume ausreißen, lieber neue pflanzen."

Der Archivar freut sich über die couragierten Worte und prostet ihr mit dem Wasserglas zu. Nach einer kurzen Weile nimmt Blümchen allen Mut zusammen und sagt, dass sie neulich nach vielen Jahren eine alte Bekannte aus einem Nähkurs wiedertraf.

„Sie heißt Nora. Sie erzählte mir von ihrem Leben in Afrika und von vielen Reisen. Auf einer ihrer Reisen traf sie in Calais einen Mann. Er hatte dasselbe Hobby wie sie, sagte sie, nämlich Denkmäler. Nora erwähnte, dass der Mann auch eine Beziehung zum Judo hatte. Da musste ich gleich an Tami und an dich denken. Im Nachhinein war ich mir dann ziemlich sicher, dass du der Mann von Calais bist."

Der Archivar, halb sitzend, halb liegend, ist überrascht. Schon einen Moment später strahlt er über das ganze Gesicht und sagt mit liebenswürdiger Stimme: „Wie klein doch die Welt ist."

Blümchen atmet auf. Schon diese Worte sind für sie eine Erlösung. Sie freut sich und ist gespannt, was der Archivar nun alles preisgeben wird.

„Also, jetzt würde ich auch gern ein Glas Rotwein trinken", sagt er.

Blümchen lacht. Sie eilt in die Küche und kommt mit einem Weinglas zurück, das deutlich mehr als üblich gefüllt ist, und stellt es vor dem Archivar auf den Tisch. Dann überlegt sie, dass es bestimmt nicht bei diesem einen Glas bleiben wird. Sie eilt nochmal in die Küche, sucht nach Gebäck und findet auch welches, das sie schnell auf einen Teller bringt. Mit diesem und der Weinflasche geht sie dann zurück in die Stube.

„Nachschub gesichert. Nun kannst du loslegen", sagt sie strahlend, und es klingt wie ein Startkommando. Also legt der Archivar los. Blümchen freut sich, denn sie spürt, dass er sich immer mehr öffnet. Sie lässt sich nicht anmerken, dass sie vieles, was der Archivar erzählt, schon von Nora weiß.

Die beiden sind so vertieft in die Geschichte, dass sie jedes Gefühl für Zeit verlieren. Plötzlich kommt Blümchen ihre Rückfahrt in den Sinn. Zwar ist es erst früher Abend, wo im Sommer das Leben pulsiert. Doch heute ziehen mit einem Mal am Horizont dunkle Wolken auf. Es scheint, als würde der Wind sie im Eiltempo voranschieben. Der Archivar schaut zum Fenster und ist überrascht.

„Es ist nicht gut, wenn du mit dem Rad in ein Unwetter gerätst. Musst du morgen wieder nach Hause fahren?"

Blümchen verneint, aber sie ist plötzlich etwas ratlos. Mit dieser Situation hat sie nicht gerechnet.

Der Archivar sagt, dass sie natürlich hier im Haus übernachten könne: „Du kannst hier unten auf der Couch schlafen."

Blümchen ist erleichtert und nimmt das Angebot gerne an. Mit einem Mal kann sie das Aufziehen des Gewitters mit ganz anderen Gefühlen verfolgen. Rasch holt sie ihr Fahrrad in den Flur. Erste Blitze künden den enormen Wetterumschwung an und in der Ferne leichtes Donnern.

Der Archivar steht auf. Es geht schon ohne Krücken, humpelt aber noch. Er sagt Blümchen, dass er ihr oben im Schrank zeigen will, wo sie sich vor dem Schlafen Bettzeug raussuchen kann. Nachdem sie oben alles geklärt haben, gehen sie wieder hinunter. Im Fenster sehen sie, wie die Wolken sich immer mehr zusammen ziehen. Es wird windig und dunkler. Der Archivar legt sich wieder auf die Couch, und Blümchen schaltet die Wohnzimmerlampe an. Sie stellt sich ans Fenster und bestaunt das Schauspiel hier in der einsamen Natur. Nun blitzt und kracht es.

„Hat dein Häuschen auch einen guten Blitzableiter?", fragt sie leicht aufgeregt.

Der Archivar beruhigt sie: „Natürlich. Du brauchst dir keine Sorgen zu machen. Früher sind wir Kinder in solchen Situationen immer ins Bett unserer Eltern gekrabbelt. Und Mutter legte vorsorglich zwei Kerzen und Streichhölzer bereit. Denn wenig später war bei uns im Dorf oft Stromsperre."

„Au, eine Kerze würde ich jetzt auch gern anzünden", sagt Blümchen leise. Der Archivar erklärt ihr, wo die Streichhölzer liegen. Blümchen nimmt die dicke Kerze von der Anrichte, stellt sie auf den Couchtisch und zündet sie an. Dann schaltet sie die Stehlampe in der Ecke an und die große Wohnzimmerlampe aus. Draußen beginnt es heftig zu regnen.

„Bloß gut, nun ein Dach über den Kopf zu haben", denkt Blümchen und macht es sich im Sessel bequem.

Einige Augenblicke lauschen die beiden nur dem Unwetter. Immer wieder prasselt es gegen die Scheibe. Dann nimmt Blümchen einen Schluck Wein und sagt: „Zuletzt hast du erzählt, dass dich die Französin nach fast einem halben Jahrhundert über das Internet ausfindig gemacht hat. Das ist erstaunlich. Was doch heute mit dem Internet alles möglich ist. Und ihr habt auch E-Mails geschrieben, euch aber nicht wieder getroffen, wie du sagtest. Warum denn nicht?"

„Ach, weißt du", sagt der Archivar, „es war der Mangel an Sprache. Wo sie nicht mehr gefordert wird, verkümmert sie. Früher, im lernfreudigen Alter, war das alles kein Problem. Und wenn man dann wirklich mal ein bestimmtes Wort suchte, dann hatte man ein kleines Wörterbuch. Selbst das gemeinsame Suchen nach dem richtigen Wort hatte seinen Reiz. Doch nun, nach den vielen Jahren, mussten wir leider Übersetzungsprogramme zu Hilfe nehmen. Das brachte viel Aufwand. Und letztendlich können Maschinen nicht die persönliche Kommunikation ersetzen, noch nicht. Es fehlen die vielen Feedbackschleifen der Menschen. Der Sinn bleibt auf der Strecke. Darum beendeten wir den Kontakt. Ich war enttäuscht und wollte dann eigentlich alles vergessen. Ich glaube, das wohldosierte Gespräch ist wie eine Klammer für eine lange Beziehung. Doch nicht mehr lange, dann versteht die Maschine den Menschen. Man kann gespannt sein, wie sich dann Beziehungen gestalten."

Der Regen lässt nach. Blümchen und der Archivar genießen, wie sich nun spät am Abend draußen das

Wetter beruhigt. Doch es bleibt dunkel. Nach einer Weile kommt der Archivar darauf zu sprechen, dass nicht nur der Schutz von materiellem Eigentum zum Beispiel vor Naturkatastrophen wichtig ist, sondern überhaupt der Schutz der Kulturgüter und der Daten. Gleichzeitig weist er darauf hin, dass es im digitalen Zeitalter immer schwieriger wird, Angelegenheiten wie Urheberrecht und Datenschutz neu zu definieren.

Er meint: „‚Datenschutz' ist ein gut gemeintes Wort. Doch manche Dinge lassen sich einfach nicht schützen oder aber nur vorübergehend bis hin zu gewaltigen Maßnahmen. Und wieder andere Dinge können zu einer ambivalenten Situation führen, sodass man dem geforderten Schutz nur halbherzig nachkommt, weil es ansonsten zu ganz anderen unangenehmen Einschränkungen führen kann. Dazu zähle ich auch den Fluss persönlicher Daten."

Das Gewitter hat sich verzogen. Blümchen knipst die Wohnzimmerlampe an und löscht die Kerze. Der Archivar blickt auf ihren Gürtel mit seiner charmanten Schnalle und staunt.

„Übrigens, der Gürtel, den du trägst, ist ganz toll. Das wollte ich dir gestern schon sagen. Der steht dir sehr gut."

Blümchen ist erfreut über das Kompliment, und sie schmunzelt. Insgeheim ist sie froh, dass der Archivar nun endlich den Gürtel entdeckt hat und ihn erwähnt.

„Das sieht sehr kunstvoll aus, was da auf der Schnalle zu sehen ist", ergänzt er. Blümchen erklärt, dass das die erste grafische Arbeit von Tami ist, die ihr den Gürtel schenkte. Der Archivar staunt noch mehr.

„Nie hat mir meine Tochter etwas von ihren grafischen Arbeiten gezeigt, doch über ihre Versuche in der Schriftstellerei hat sie mich viel wissen lassen."

Blümchen ist berührt. Und im Überschwang ihrer Gefühle öffnet sie die Schnalle, zieht den Gürtel aus ihren Hosenlaschen und reicht ihn dem Archivar.

„Hier, das schenke ich dir! Es ist mir ein großes Bedürfnis. Auch wenn der Gürtel nie wieder getragen werden sollte, er ist eine schöne Erinnerung an Tami."

Der Archivar ist verdutzt und weiß im ersten Moment nicht, was er sagen soll. Schließlich bemerkt er verwundert: „Aber dann fehlt er doch dir!"

Blümchen sagt, dass sie ihm etwas anvertrauen möchte: „Ich habe den Gürtel nur auf dieser Reise zu dir getragen. Ich hänge sehr an ihm. Aber seit ich mit Paul zusammenlebe, bringe ich es nicht fertig, den Gürtel wieder zu tragen. Ich habe noch eine andere grafische Arbeit von Tami als Erinnerung. Darum ist der Gürtel in deiner Nähe bestens aufgehoben."

Beide sind gerührt. Der Archivar steht auf, und er und Blümchen umarmen sich. Es braucht noch einige Momente, bis sich das angespannte Gefühl der beiden langsam legt. Nachdem sie sich wieder gesetzt haben, sprechen sie noch ein wenig über Erinnerungskultur.

„Es ist kaum zu glauben, wie schnell man auch Bedeutendes vergisst und wie nach vielen Jahrhunderten längst Vergessenes wieder ausgegraben wird", sagt der Archivar. Da fällt Blümchen ein, dass sie im vorigen Jahr in Augsburg zu einem Konzert des Chors MUSICA SUEVICA war. Sie erzählt, wie sie diese Musik beeindruckt hat.

„Der Verein führt vergessene Werke von Augsburger und schwäbischen Komponisten aus der Mozartzeit auf. Dazu forscht man im Archiv nach geeigneten Werken, überarbeitet sie und bringt die verstaubten Noten zum Erklingen. Mich fasziniert, wie man auch mit Musikinstrumenten und Singstimmen wahre Schätze bergen kann. Da eröffnet sich ein großer Raum für die Deutung der Töne. Oh, warte mal!"

Sie geht in die Stubenecke und holt aus ihrem kleinen Rucksack den MP4-Player mit den Kopfhörern heraus. Dann schaltet sie ihn an und sucht.

„So, nun gebe ich dir mal eine Kostprobe des Chors mit dem ‚Te Deum von Carl Bonaventura Witzka. Ich habe mir den CD-Mitschnitt besorgt und das Stück sowie Kempters Pastoralmesse im letzten Monat auf meinen Player gespielt. Egal, wie es mit dem Schutz des geistigen Eigentums steht, ich brauchte die Stücke unbedingt! Du kannst gern mal eine Hörprobe machen. Unterdessen hole ich mir von oben Bettzeug herunter. Ich glaube, diese Musik ist auch ein schöner Abschluss für den heutigen Tag."

Der Archivar setzt sich die Kopfhörer auf und gibt sich der Musik hin. Blümchen geht unterdessen ins Bad und macht sich für die Nacht fertig. Als sie mit dem Bettzeug wieder herunterkommt, nimmt der Archivar die Kopfhörer ab und räumt die Couch.

„Großartig", sagt er. „Ich habe eine Bitte. Darf ich den Player mit hoch nehmen, um mir das Konzert bis zum Schluss anzuhören?"

„Na klar", sagt Blümchen und sie wünschen sich eine gute Nacht.

Am nächsten Morgen hat sich Blümchen schon lange angezogen, das Bettzeug wieder zusammengelegt und den Frühstückstisch gedeckt. Alles ist fertig. Sie wartet nur noch auf den Archivar. Endlich kommt er und freut sich, dass alles schon vorbereitet ist.

„Er sieht aus wie umgewandelt", denkt Blümchen und ist sich sicher, dass seinem Besuch nun nichts mehr im Wege steht.

Beim Frühstücken verspricht der Archivar, nächsten Monat zu Blümchen und Paul zu kommen.

Einen Tag später befindet sich Blümchen auf der Rückreise. Sie ist erfüllt mit schönen Eindrücken und kann es kaum erwarten, Paul darüber zu berichten.

Im Zug sendet sie ihm eine SMS: „Nur noch zwei Stunden Fahrt! Freue mich riesig auf Dich!!! Dein Blümchen."

X24

Wie versprochen, kommt der Archivar zu Besuch. Als Gastgeschenk überreicht er Blümchen und Paul eine kunstvoll bemalte Vase und ein großes, dickes Buch. Es hat den Titel „Direkt um Zürich - A3 Westumfahrung Zürich und A4 im Knonaueramt". Paul ist überwältigt von dem Geschenk.

„Unglaublich, an was der Archivar denkt", geht es ihm durch den Kopf. Freudig blättert er gleich in dem schweren Buch mit den wunderbaren Fotos, Skizzen und den sehr anschaulich aufbereiteten Daten und Texten.

„Die Dokumentation dieses Großprojektes mit seinem Tunnel- und Brückenbau und all den flankierenden Fachgebieten ist für mich wie eine Bibel. Ich bin hocherfreut!", dankt er dem Archivar herzlich.

Blümchen und Paul sind sehr berührt und nehmen ihren Besuch in die Arme. Schnell entspinnt sich ein Gespräch.

Am nächsten Tag erzählt Paul von seinen Lauf-Events, was dem Archivar sehr imponiert. Er bewundert Pauls Zielstrebigkeit und sein Durchhaltevermögen. Irgendwann will Blümchen dann wissen, wieso das Herz des Archivars so sehr für den Sport schlägt und speziell für Judo, obwohl er, wie er sagte, eher ein Zuschauer war und kein Sportler.

Der Archivar, der sich auch gut in der Sportgeschichte auskennt, entgegnet: „Wenn ihr wollt, kann ich euch auch einige historische und kuriose Begebenheiten erzählen, die sowohl Judo als auch Marathonereignisse betreffen."

Nach Bekundung von großem Interesse dafür legt der Archivar los: „Die Begeisterung für Judo kam durch meinen Vater, der von dieser damals neuen Sportart hörte und es gern gesehen hätte, wenn ich ein Aktiver geworden wäre. Doch da hatte er Pech. Meine Ausdauer war nicht groß und ich hörte schon nach der bestandenen Prüfung zum grünen Gürtel mit dem Judo wieder auf. Seltsamerweise aber ist mein Interesse für diesen Sport nicht verschwunden, auch wenn mein erstes großes Erlebnis als Zuschauer bei einer Judo-Veranstaltung für viele Jahre das einzige bleiben sollte. So brannten sich die Bilder dieses Events ganz besonders in mein Gedächtnis, und das war 1967.

Ich erinnere mich noch gut, wie wir vor einem halben Jahrhundert 1967 in den Osterferien nach Lissabon flogen, auch, um uns dort am 1. und 2. April die Jugend- und Junioren-Europameisterschaft im Judo anzusehen. Mich reizte die Reise sehr, denn es war auch die Zeit, in der wir alle so begeistert waren von Portugals legendärem Torjäger Eusébio.

Die damalige Meisterschaft im Judo fand im Sportpalast ‚Pavilhão dos Desportos' statt. Das weiß ich deshalb so genau, weil ich das Programmheft noch besitze und dort eine lustige Situation erlebte. Ich kam nämlich auf der Suche nach einer Toilette direkt bei den beiden deutschen Mannschaften vorbei, die es damals noch gab.

Ich blieb stehen und lauschte eine Weile. Man überreichte ihnen gerade die Länder-Schilder für den Einmarsch in die Halle. Doch plötzlich begann ein Wortwechsel zwischen den beiden Mannschaften, die ansonsten nur rivalisierende Blicke tauschten.

Auf dem mit fetten Buchstaben bedruckten Länder-Schild ‚Alemanha Or.‘ standen nämlich, klein mit Bleistift geschrieben, die drei Buchstaben B,R und D. Und auf dem Schild ‚Alemanha Fe.‘ waren die mit Bleistift geschriebenen Buchstaben D,D und R zu lesen. Es aber sah so aus, als wollten beide Mannschaften das Schild ‚Alemanha Fe.‘ für sich beanspruchen.

Die Schilder gingen hin und her, bis man geklärt hatte, dass der Bleistifthinweis nicht stimmte. ‚Alemanha Or‘. (Oriental) entsprach nämlich ‚DDR‘ und die Formulierung ‚Alemanha Fe.‘ (Federal) ‚Westdeutschland‘ bzw. ‚BRD‘. Ja, damals waren die sogenannten Länderbezeichnungen der beiden deutschen Teile besonders auf internationalem Parkett ein riesiges Problem.

Erinnern kann ich mich auch noch, wie vor der Eröffnung der Europameisterschaft der damalige Ministerpräsident Portugals Salazar in einer prachtvollen Sänfte hereingetragen wurde.

Mich interessierten vor allem die Kämpfe im Leichtgewicht, also die Klasse bis 58 kg. Hier gewann im Eröffnungskampf der Europameisterschaft der Ostdeutsche mit einem Konterwurf gegen den Westdeutschen vorzeitig mit einem vollen Punkt. Im Kampf um das Finale standen sich in dieser Gewichtsklasse wieder ein West- und ein Ostdeutscher gegenüber. Das war ein begeisternder Kampf, der immer wieder die vielen Zuschauer zu Beifall hinriss. Der Kampf endete mit einem Sieg durch Kampfrichter-Entscheidung für den Westdeutschen.

Viele Jahre später baute ich mir unter anderem ein kleines Judo-Archiv auf. Als ich um die Zeit von 1967 recherchierte, fiel mir auf, dass in den 60er Jahren mehrere Personennamen des Judosports in deutschsprachigen Zeitungen falsch geschrieben wurden. Es gab Fälle mit bis zu sechs verschiedenen falschen Schreibweisen eines Familiennamens. Naja, damals gab es eben noch keinen Computer.

Doch zurück zu Lissabon. Ich besuchte dort auch die bedeutende Hängebrücke über den Tejo, die 1966 eröffnet wurde und damals den Namen des Ministerpräsidenten Salazar trug. Nach der Nelkenrevolution 1974 erhielt diese Brücke den Namen ‚Ponte 25 de Abril‘.

Erstaunen wird euch vielleicht auch, dass der sehr schöne Lissaboner Sportpalast, in dem ich 1967 die Judokämpfe sah, nun den Namen des Marathonläufers Carlos Lopes trägt. Er wurde 1984 der erste portugiesische Olympiasieger. Der Sportpalast heißt nun ‚Pavilhão Carlos Lopes‘.

Doch in dem Monat April des Jahres 1967 gab es noch weitere erstaunliche Sportereignisse in der Welt. Beim Boston-Marathon, zu dem offiziell noch keine Frauen zugelassen waren, lief Kathrine Switzer inoffiziell mit. Sie meldete sich unbemerkt unter dem Namen K. V. Switzer an. Als man bemerkte, dass da eine Frau mitlief, wollte man ihr die Startnummer abreißen. Ihr Freund aber, der mitlief, schuppste den Mann weg, der ihr die Nummer abreißen wollte. So erreichte sie das Ziel. Sie ist eine Wegbereiterin des Marathonlaufs. Erst 1972 wurden Frauen erstmals offiziell zum Boston-Marathon zugelassen. Auch den Jubiläumslauf ‚2500 Jahre Mythos Marathon' von Marathon nach Athen machte sie mit. Sogar jetzt, genau ein halbes Jahrhundert später, ist sie als Siebzigjährige erneut den Boston-Marathon gelaufen. Freudig erwähnte sie zu dieser Gelegenheit, dass nun, fünfzig Jahre später, bei diesem Lauf fast die Hälfte aller Läufer Frauen waren.

Und weiter geht's mit den Sport-Kuriositäten im Monat April des Jahres 1967. Dazu muss ich allerdings ins Jahr 1912 zurückgehen, in dem Jigorō Kanō, der Begründer des Judo, Mannschaftsführer der zwei japanischen Teilnehmer bei den Olympischen Spielen in Stockholm war. Die beiden Teilnehmer waren Marathonläufer. Ich erinnere mich an die Geschichte und meine Recherchen so gut, da dieses Ereignis wenige Tage vor der Geburt meines Vaters stattfand.

Als der Marathonläufer Kanaguri Shisō damals bei ungewöhnlicher Hitze im Stockholmer Vorort ankam, wurde er von einer Familie in ihren Garten eingeladen, um etwas zu trinken. Nach dem Trinken schlief er sofort ein und wachte erst am nächsten Tag wieder auf, als die Polizei ihn schon suchte. Im April 1967 setzte der zu diesem Zeitpunkt Fünfundsiebzigjährige genau an der Stelle seinen Marathon fort, wo er ihn 1912 beendet hatte. Somit ist dieser Marathon der zeitlich längste, der jemals gemessen wurde. Die Zeit könnt ihr im Internet recherchieren.“

Paul, der die Geschichten des Archivars gespannt verfolgt hat, eilt ins Nachbarzimmer und kommt mit seinem Smartphone zurück. Dann lässt er sich den Namen des japanischen Marathonläufers buchstabieren und tippt diesen in eine Suchmaschine. Blümchen und der Archivar schauen gespannt zu, ob seine Recherche wohl die erhofften Treffer bringen würde.

Tatsächlich. Schon nach kurzer Zeit verkündet er sein Ergebnis schmunzelnd: „Also, der langsamste Marathon, der jemals gemessen wurde, beträgt genau 54 Jahre, 8 Monate, 6 Tage, 3 Stunden, 32 Minuten und 20,3 Sekunden."

Nun lachen alle und heben freudig ihre Weingläser zum Anstoßen.

„Ach, wie schön", sagt Blümchen gerührt. Paul fügt hinzu, dass er diesen Rekord gerne überbieten würde, stellt aber fest: „Schade, dazu bin ich wahrscheinlich schon zu alt!"

Blümchen merkt an, dass Laufwettbewerbe schön seien, wenn man sich dabei nicht zu sehr unter Druck setze und den Zwang ausschalte.

Der Archivar lächelt. Nach einer Weile sagt er: „Es geht noch weiter! Im Jahr 2012 - hundert Jahre nach diesen Olympischen Spielen - nahm Shisōs Urenkel am Marathon in Stockholm teil und stoppte genau an derselben Stelle, wo damals sein Urgroßvater eine Pause eingelegt hatte. Und die Nachkommen der schwedischen Familie luden ihn in den Garten ein und gaben ihm etwas zu trinken."

Blümchen wirft Paul einen Blick zu, lässt sich aber ihr Abschweifen nicht anmerken. Sie muss kurz daran denken, dass Paul und sie auch gerne Nachwuchs hätten. Gleich darauf ist sie aber wieder bei der Sache und verfolgt aufmerksam die weiteren Ausführungen des

Archivars, der nun über weitere Facetten des Sports spricht.

Die Stimmung ist heiter. Paul fragt den Archivar, wie er über die Bedeutung der Judogürtel denke und insbesondere über die Dan-Grade. Der Archivar sagt, dass man jegliche Grade immer aus unterschiedlicher Perspektive betrachten kann, und nennt Beispiele: „Die Vergabe des schwarzen Gürtels hat man sogar schon im Wirtschaftsbereich eingeführt, als Ausdruck für die Beherrschung eines bestimmten Qualitätsstandards. So kann man in Dokumenten unter dem Personennamen zum Beispiel die Bezeichnung ‚Dr. Ing/Master Black Belt' finden. Immer ist es eine Anerkennung erbrachter Leistungen und eine Orientierung für andere. Der erste Dan-Träger in Deutschland war Alfred Rhode. Er gründete in den 1920er Jahren den ersten deutschen Judo-Club und wird als Vater des deutschen Judosports gesehen.

In der Erziehung ist es sehr wichtig, dass den Kindern bestimmte Werte mit auf den Weg gegeben werden, was auch mir rückblickend manchmal nicht gelungen ist. Vor allem möchte ich auf ein Poster mit den sogenannten ‚Judowerten' des Deutschen Judo-Bundes hinweisen. Das ist genial, was man da vor längerer Zeit formuliert hat und den Vereinen als Bestandteil des Kinderpasses überreicht. Eigentlich könnte das Plakat mit den wunderschönen Karikaturen und den zehn beschriebenen Werten, die durch Judo besonders vermittelt werden, in jedem Kinderzimmer hängen! Doch genug für heute."

Sehr beeindruckt entschließen sich dann alle drei, schlafen zu gehen. Es ist weit nach Mitternacht.

Auch an den folgenden Tagen geht die Unterhaltung stets bis in die Nacht hinein. Blümchen und Paul erzählen viel aus ihrem Leben.

Jeden Vormittag, wenn sie schon auf der Arbeit sind, schreibt der Archivar ausgiebig Tagebuch. Den Nachmittag nutzt er für lange Spaziergänge. Er freut sich über einige markante Bauwerke aus der früheren Zeit, die ihm noch Orientierung geben. Doch er stellt fest, dass auch augenfällige Bauten, die wohl nicht unter Denkmalschutz standen, abgerissen wurden. Viel hat sich verändert.

An einem Abend erzählt der Archivar ausführlich von seinem Nietzsche-Projekt und schwärmt gleich zu Beginn von Sils Maria: „Hier wohnte ich mehrere Tage fast allein im Nietzsche-Haus. Das vertraute Domizil, die Ausflüge in die umliegenden Berge und besonders der wunderschöne Wanderweg von Sils nach Maloya entlang am Silsersee haben tiefe Eindrücke bei mir hinterlassen. Und immer wieder zog es mich zu diesem magischen Ort Sils Maria."

Dann kommt der Archivar auf Turin zu sprechen, mit der eindrucksvollen Brücke über den Po, die Napoleon erbauen ließ. Friedrich Nietzsche erwähnt sie in einem Brief: „Abends auf der Pobrücke: herrlich! Jenseits von Gut und Böse!"

Paul strahlt und erzählt, dass er auch schon über diese Brücke gegangen sei, und zwar mit einem sehr glücklichen Gefühl nach seinem Turin-Marathon. Blümchen gesteht, dass sie nicht viel von den gelehrten Worten halte und schon gar nichts von Philosophie.

„Musik aber, gute und wohldosiert, gibt mir viel Kraft im Leben", erklärt sie.

Der Archivar nickt ihr zu und freut sich über ihre Ansichten. Er sagt: „Es gibt eben auch Leute wie mich, die von bestimmten Texten, und noch dazu handgeschriebenen, besonders angetan sind. Der ‚Ecce homo‘, den Paul mir einst schenkte, hat bei mir großes Interesse ausgelöst. Mit Hilfe der darin vorhandenen Transkription habe ich die gesamte Faksimileausgabe des Druckmanuskripts gelesen. Auch kam mir dabei in den Sinn, wie aufwändig damals doch die Korrekturen gewesen sein mussten, ganz ohne Schreibmaschine und Computer.

Mir gefallen darin mehrere Passagen und eine ganz besonders: ‚So wenig als möglich sitzen, keinem Gedanken Glauben schenken, der nicht im Freien geboren ist und bei freier Bewegung, – in dem nicht auch die Muskeln ein Fest feiern.‘ Toll, wie Nietzsche hier mit winziger Schrift zwischen den geschriebenen Zeilen noch den Satz einfügte: ‚in dem nicht auch die Muskeln ein Fest feiern.‘

Ein schönes Bild! Und fast hätte ich für diese klitzekleine Einfügung eine Lupe gebraucht.

Zwischen den Blättern der Faksimiles fand ich noch ein offensichtlich verstecktes handbeschriebenes Blatt mit dem Gedicht von Friedrich Rückert ‚Aus der Jugendzeit‘ und ein Foto von meinen Kindern und ihren Großeltern."

Dann verriet der Archivar, dass Tami über Jahre hinweg einen recht interessanten Roman geschrieben hatte: „Sie betrachtete ihren Entwurf als ‚Experiment des Schreibens‘. Keiner sollte vor einer möglichen Veröffentlichung davon erfahren. Nur mir schickte sie den Entwurf mit der Bitte um Korrekturhinweise und kritisches Feedback. Beim Lesen staunte ich, wie sehr sie Marc Aurel schätzte. So lässt sie eine betagte Person in ihrem Roman mit seinen Worten sagen: ‚Vergiss nicht – man benötigt nur wenig, um ein glückliches Leben zu führen.'

Und am Schluss ihres Manuskripts äußert sich dieselbe Person wieder mit Gedanken Marc Aurels: ‚Der Zeitpunkt ist nah, wo du alles vergessen hast, und nahe der Zeitpunkt, wo alle dich vergessen haben.' – Der Text ist für mich sehr aufschlussreich und hat starke autobiografische Züge. Doch zu einer Korrektur und Veröffentlichung ist es leider nicht mehr gekommen", sagt der Archivar und deutet an, später einmal ausführlicher darüber erzählen zu wollen.

In den letzten Tagen des Besuches wird erneut über den Klima- und Umweltschutz diskutiert. Doch dieses Mal vergeben die drei verschiedene Rollen: der Pessimist, der Optimist und der Skeptiker. Und jeder darf mal in jede Rolle schlüpfen und auch mit Fakten aufwarten. Dabei ist Bedingung, dass keine „Reizwörter" benutzt werden, die unter anderem auch zu Übertreibungen führen könnten. Und wenn möglich, sollte jeder in seine Argumentation ein Aphorismus früherer Dichter und Denker einbauen.

Mit der Zeit entpuppt sich das, was ursprünglich mehr als Gaudi gedacht war, als ein Spiel mit vielen starken Argumenten. Der Archivar überrascht mit seiner These: „Skeptiker sind nicht unwichtig. Und gegenwärtig einiges skeptisch zu sehen, heißt doch nicht, dass man für die Zukunft Optimist ist. Wir brauchen unbedingt Optimismus in der Forschung, um die Ergebnisse verhängnisvoller Fehlentscheidungen durch bessere Lösungen zu ersetzen. In dieser Hinsicht bin ich zuversichtlich für die Zukunft. Auch Vertrauenskrisen in der Gesellschaft gehen irgendwann wieder vorüber. Und Angstszenarien sind völlig fehl am Platz."

Daraufhin entgegnet Paul: „Die Korrekturen durch intelligente Technologien werden allein niemals ausreichen, um unseren Planeten zu retten. Die Menschen sollten in einigen Bereichen nicht halbherzig, sondern radikal ihr Verhalten ändern. Das aber wird leider nicht möglich sein im Wettbewerb zwischen den Nationen. Deshalb muss man aufpassen, dass wirksame Umweltschutzmaßnahmen nicht durch ausländische Produzenten rigoros ausgenutzt werden, die zum Beispiel dem Naturschutz eine geringere Priorität einräumen. Trotz der enormen Aufgaben in Sachen Klimaschutz darf man eben nicht den Blick für das Machbare verlieren."

Paul betont, dass deshalb auch die Einschränkungen für die Menschen nicht zu groß sein dürften. Und er weist darauf hin, dass Energiewende grundsätzlich global gedacht werden muss, wenn man das Weltklima ins Auge nimmt.

„Wir brauchen neue Bauelemente, vor allem auch, wenn ich an die enormen Vorhaben in Afrika denke. Meiner Meinung nach könnte es in der Zukunft teilweise auch synthetische Kraftstoffe geben, die CO_2-emissionsfrei sind. Dafür müsste man Arbeitsplätze in Afrika schaffen. Jegliche Energiebilanz aber ist nur dann wahrhaftig, wenn man nicht nur die Produktion der Materialien und Güter in Betracht zieht, sondern auch den notwendigen Rückbau entsprechender Anlagen und die konsequente Entsorgung der Materialien. Recycling ist die große Herausforderung der Zukunft. Dafür brauchen wir intelligente Lösungen!"

Im weiteren Verlauf würdigt Paul die großartigen technischen Leistungen und plädiert für Technologien mit einem hohen Grad an Nachhaltigkeit im harten Geschäft des Wettbewerbs. Dann kritisiert er die Verkehrspolitik im Land scharf. Schon seit Jahren fragt er sich, wann endlich die mutige Verkehrswende kommt, die sowohl dem erforderlichen Umweltschutz als auch einer entspannten Mobilität der Bürger deutlich mehr entspricht. Seiner Meinung nach müssten unter anderem die Verkehrsträger besser vernetzt und der Platz in den Städten neu vermessen werden. Auch das Verhalten in vielen gesellschaftlichen Bereichen zum ungebremsten Wachstum hin kann er überhaupt nicht verstehen und schüttelt den Kopf.

Nach einer Weile schmunzelt Paul und gibt mit den Worten Friedrich Schillers verschmitzt noch ein schönes Bild zum Besten: „„Fühlt sich doch das Insekt in einem Tropfen Wasser so selig, als wär' es ein Himmelreich, so froh und so selig, bis man ihm von einem Weltmeer erzählt, worin Flotten und Walfische spielen!'"

Da flammt Blümchen auf. „In unserer Wohnung hängt ein Spruch aus Japan: ‚Man kann das Wachstum eines Pflänzchens nicht beschleunigen, indem man an ihm zieht.'" So bekräftigt sie Pauls Ansicht. Dann erklärt sie, warum wir die Insekten brauchen, und sagt: „Vor einiger Zeit las ich, dass rund eine Million Tier- und Pflanzenarten vom Aussterben bedroht sind. Außerdem gibt es einen Konflikt zwischen dem Klima- und Artenschutz. Ich denke da an die Rotoren der Windkraftanlagen, mit denen jährlich Hunderttausende Vögel und Fledermäuse zusammenstoßen. Auch Milliarden fliegende Insekten bleiben jedes Jahr an den Rotorblättern hängen und müssen umständlich entfernt werden."

Der Archivar beendet schließlich die Diskussion und versucht ein Resümee: „Wenn nur wenige Menschen viel für den Umweltschutz tun, dann ist das zwar lobenswert, aber es bringt leider nicht viel. Die Frage ist doch, wie sehr viele Menschen für den Umweltschutz mobilisiert werden können, um mit dem Druck von unten die Politiker in ihren Entscheidungen zu beeinflussen.

Darum sollte jeder, der kann, sofort Schritt für Schritt sein Handeln im Sinne des Klimaschutzes ausrichten. Tatsache ist doch, dass wir nur dann die Umwelt schützen und den Planeten retten können, wenn alle Menschen sich entsprechend umorientieren, einschränken und auch auf einige Dinge verzichten.

Das jedoch ist das Dilemma: Freiwillig werden es die Menschen nicht tun. Ihre Einsicht und ihr Handeln fallen auseinander. Deshalb brauchen wir mutige Politiker, die einerseits ordentliche Anreize schaffen für ein ökologisch orientiertes Handeln und andererseits die Gesellschaft an einigen Stellen hinsichtlich sinnvoller Verbote überzeugen. Alles andere hilft wenig. Die Menschen müssen nicht nur ein Gefühl bekommen für das Angemessene, sie müssen endlich auch entsprechend handeln."

Für Paul und Blümchen ist der Besuch des Archivars eine angenehme Abwechslung.

„Es wäre schön, wenn du in einem halben Jahr wieder zu uns kommst", meint Blümchen. Der Archivar lächelt und zuckt leicht die Schultern.

Am vorletzten Tag des Besuches muss Blümchen zum Arzt. Sie hat den Termin kürzlich vereinbart. Paul, der einen Tag Urlaub genommen hat, nutzt die freie Zeit für weitere Gespräche. Als der Archivar erneut auf das Thema „Erinnern und Vergessen" zu sprechen kommt, merkt Paul an, dass Tami sich fotografisch sehr für das „Verschwinden" interessiert hatte. Besonders in Athen musste er immer wieder an sie denken, als er sich mit der antiken Kunst, den Bauten und Ruinen vertraut machte.

„Tami hätte sich mit Begeisterung von dem einst Gewesenen ihre Bilder im Kopf gemacht", sagt Paul. Der Archivar sitzt entspannt im Sessel. Was er gerade über seine Tochter hört, freut ihn.

Nach Sekunden der Stille meint er: „Im Herbst 1991, zwei Jahre nach der Öffnung der Berliner Mauer am 9. November 1989 und ein Jahr nach der deutschen Wiedervereinigung, fuhr ich für zwei Tage nach Weimar und für zwei Tage nach Dresden. Die Reise hat mich sehr beeindruckt. In Dresden sah ich den riesigen Trümmerberg mit der Ruine der Frauenkirche. Das war ein Mahnmal an ihre Zerstörung im Zweiten Weltkrieg.

Am 15. Februar 1945, zwei Tage nach dem verheerenden Bombenangriff auf Dresden, bei dem auch mein Großvater ums Leben kam, stürzte die ausgebrannte Kirche zusammen. Doch wer hätte das gedacht: Im Jahr

2005 erfolgte die Weihe der wieder aufgebauten Frauenkirche. Aus dem festen Glauben an ihre Visionen schöpfen die Menschen eine ungeahnte Kraft. Ich war 2013 ein weiteres Mal in der Stadt und habe sie nicht wiedererkannt."

Paul sagt, dass er sich das einmalige Wiederaufbauprojekt der Frauenkirche im Internet angeschaut habe. Er bewundert die Leistung aller Beteiligten und besonders die der Architekten und Ingenieure. Anhand historischer Pläne und Grundrisse, die es in Archiven noch gab, meisterten sie den Wiederaufbau.

„Sie bedienten sich modernster Computertechnik und zum Glück konnten sie noch auf alte Fotografien zurückgreifen. Tami hätte mich jetzt, wo ich das sage, bestimmt schmunzelnd angeschaut. Jedenfalls wurde historisches Material wieder an ursprünglichen Stellen eingebaut. Das Ganze ist phänomenal. Auch in friedlichen Zeiten macht es uns ohnmächtig, zu sehen, wie bedeutende Bauwerke den Flammen zum Opfer fallen. Seien es liebgewonnene Gemäuer, historische Archive oder sonstige berühmte Bauten, die uns, wenn sie lichterloh brennen, in tiefe Traurigkeit versetzen. All das ist Geschichte, die vor unseren Augen ausradiert wird. Doch es macht uns stark und stolz, wenn wir entschlossen architektonische Schönheit wieder aufbauen oder rekonstruieren. Oft aber ist das nicht mehr möglich."

Nach einer Weile beginnt der Archivar, von seinen Eltern zu erzählen: „Erst jetzt, 72 Jahre nach Kriegsende, komme ich dazu, die Zeit meines Vaters im britischen Gefangenenlager genauer zu erforschen."

Er geht in den Flur, holt aus seinem Koffer einen Laptop und schaltet ihn ein. Als die gesuchte Seite erscheint, sagt er: „Ich habe mir ein kleines Sport-Archiv aufgebaut und darüber hinaus noch ein paar andere vorhandene Quellen aus dem britischen Gefangenenlager erfasst."

Mit Blick auf seinen Laptop fährt er fort: „Unter anderem besitze ich aus diesem Lager die ‚LAGER-ZEITUNG des Deutschen Hauptquartiers Bellaria' in Italien, Nummer 89 vom 5. September 1945. Darin heißt es:

‚Alle in der Lager-Zeitung enthaltenen Nachrichten und Kommentare entstammen ausländischen Rundfunksendungen und Zeitungen sowie dem Nachrichtendienst der Sender der alliierten Militär-Regierungen in den besetzten Gebieten und erscheinen ohne Stellungnahme des Deutschen Hauptquartiers.'

Beeindruckt haben mich außerdem zwei gedruckte Programmzettel vom Gefangenenlager. Zum einen handelt es sich dabei um die Weihnachtsfeier, Heiligabend, am 24. Dezember 1945 um 16:00 Uhr im Betreuungssaal. Aufgelistet sind im Programm Choraufführungen, Verlesung des Weihnachtsevangeliums und Weihnachtsworte durch zwei Pfarrer sowie gemeinsames Lied: ‚Stille Nacht, heilige Nacht'. Anschließend war Beisammensein unter dem Weihnachtsbaum mit Kaffeetrinken und gemeinsamen Liedern angesagt. Auf der Rückseite des Blattes steht der Text von vier Weihnachtsliedern: ‚Stille Nacht, heilige Nacht', ‚O du fröhliche, o du selige', ‚O Tannenbaum' und ‚Süßer die Glocken nie klingen'.

Am 1. Weihnachtsfeiertag steht ein Evangelischer Weihnachtsgottesdienst im Programm. Und um 16:00 Uhr ‚Die Weihnachtsgabe der Abteilung Betreuung des Deutschen Hauptquartiers'. Für den 2. Weihnachtsfeiertag ist der katholische Weihnachtsgottesdienst angesetzt und um 16:00 Uhr ein Gastspiel einer Spielgruppe und Solisten. Und für 20:00 Uhr ist der Film ‚Meine vier Jungens' gelistet."

Paul, der sehr beeindruckt den Ausführungen des Archivars folgt, äußert sich mit leiser Stimme: „Ich stelle mir gerade vor, wie da die Männer in stiller Stunde bedrückt zusammensitzen und ihre Gedanken in der Ferne um ihre Frauen, Kinder und Angehörigen kreisen, von denen sie nicht wissen, wie es ihnen tatsächlich geht. Noch vor wenigen Monaten hatten diese Männer erbittert im Krieg gekämpft, und nun fanden sie in ihrem Umfeld eine relative Geborgenheit. Doch wie ging es ihren Lieben zu Hause? Ich glaube, die Weihnachtslieder mit ihren alten Texten, waren in dieser Stunde wie Balsam für die Seelen. Ich kenne die Liedtexte nicht auswendig. Doch wenn mich nicht alles täuscht, ist darin auch von ‚rettende Stund', ‚uns zu versühnen' und von ‚Engelein singen wieder von Friede und Freud' die Rede.

Die Männer sehnten sich nun sicher nach Stabilität, und dem entsprach ebenfalls ein Weihnachtslied:

‚O Tannenbaum, o Tannenbaum,
wie treu sind deine Blätter.
Du grünst nicht nur zur Sommerzeit,
nein, auch im Winter, wenn es schneit.'"

Der Archivar freut sich über Pauls Worte und stimmt ihm völlig zu. Dann kommt er auf den zweiten Programmzettel aus dem Gefangenenlager zu sprechen: „Dieser betrifft die Einladung zum ‚Orchesterkonzert des Deutschen Orchesters Schneider aus Anlass des Besuches des Herrn Kardinals Graf v. Preysing am 24. Februar 1946, 20:00 Uhr, im Betreuungssaal des Deutschen Hauptquartiers.' Die Passage ‚aus Anlass des Besuches des Herrn Kardinals Graf v. Preysing' ist durchgestrichen. Darüber steht mit Vaters Handschrift ‚Aus Anlass d. 6-jähr. Ehejubiläum'."

„War das der Hochzeitstag deines Vaters?", fragt Paul nach. Der Archivar bestätigt seine Vermutung und strahlt dabei übers ganze Gesicht. Dann fügt er noch hinzu, dass auf dem Programm Werke von Marcello, Händel, Mozart, Beethoven, Haydn und Schubert stehen.

Nach kurzen Bemerkungen über die Nachkriegszeit kommt der Archivar wieder auf seine Kinderjahre zu sprechen: „Erst mit etwa vierzig Jahren wurde mir bewusst, wie meine Eltern mich in der Kindheit und Jugend mit einigen kleinen Dingen unauffällig motivierten. Ich erinnere mich, dass sie mir im Alter von etwa zehn Jahren ein Quartett schenkten mit den Portraits bedeutender Dichter und Denker aus aller Welt. Fasziniert von den Spielkarten mit ihren biografischen Angaben unter den Portraits, sortierte ich sie immer wieder und breitete sie auf meinem Nachtschrank aus. Zum Spielen jedoch waren sie mir viel zu wertvoll.

Meine Mutter interessierte sich sehr für Biografien von Menschen, die ihr im Umfeld der klassischen Literatur und im Film bedeutsam erschienen. Begeistert las sie über fremde Kulturen. Sie schenkte mir in meiner Jugend unter anderem zwei Schriftsteller-Lexika und drei Nachschlagewerke. Nach dem Fall der Mauer schenkte sie mir das Buch ‚Traum der ewigen Schönheit‘ von Jutta Hecker, die übrigens in München studierte. Ich habe das Buch nun nach vielen Jahren im Zug wieder gelesen. Es ist ein Roman über die antike Kunst und über das Leben des Archäologen Johann Joachim Winckelmann. Doch ich will nicht zu viel darüber erzählen, denn ich möchte es dir schenken. Es hat eine handschriftliche Widmung der Autorin und ist auch ein kleines Dankeschön von mir für die große Nietzsche-Faksimileausgabe, die du mir überlassen hast. Von Tami weiß ich, wie sehr du dich für die Ästhetik des Schönen interessierst. Das kleine Buch braucht nicht viel Platz. Wirf es nach dem Lesen nicht weg. Verschenke es an Liebhaber, die im Schönen immer auch das Gute und Wahre sehen. Oder schenke es jenen, die keine Mühe scheuen, in der Geschichte der Menschen zu graben, um das Schöne neu zu entdecken.

Übrigens, die Autorin dieses Buches war auch ein Grund, warum ich 1991 nach Weimar fuhr. Ich war dort unter anderem im Goethe- und Schiller-Archiv. Das ist das älteste Literaturarchiv in Deutschland, in dem auch Nachlässe von Friedrich Nietzsche verwahrt werden. Vor 1920 war der Vater der Autorin, Professor Max Hecker, Direktor am Goethe- und Schiller-Archiv gewesen. Meine Mutter, die von der Kulturstadt Weimar schwärmte, war noch vor mir dort gewesen, mehrmals. Ich gebe dir das Buch nachher, wenn Blümchen wieder da ist.“

Paul ist von den Worten des Archivars sehr angetan und nun ganz gespannt auf das Buch. Nach einer kleinen Pause fragt er seinen Gast nach weiteren Tätigkeitsfeldern in seinem Leben.

„Ach, weißt du, ich bin immer noch von einigen Themen aus dem Berufsleben infiziert. Momentan verfolge ich ein wenig Forschungen über die Langzeitspeicherung. Da gibt es recht interessante Ergebnisse, zum Beispiel die DNA-Speicher. Auf die kann man digitale Dateien auflesen und wieder abrufen. DNA, also das Erbgut von Lebewesen, soll eine große Speicherdichte haben und könnte vielleicht tausende Jahre überdauern. Das ist erstaunlich. Doch ob das alles jemals praxistauglich wird, das ist die Frage.

In unserer Zeit dreht sich alles um die digitale Speicherung. Und überhaupt, die digitalen Errungenschaften sind überwältigend. Ich aber bin nach wie vor ein Freund des Analogen. Mein Blick richtet sich auf die analogen Technologien und auf die Echtzeit. Ja, auch das Abnutzen und Scheitern gehört in unsere kulturelle Welt. Und wer weiß, wenn wir die Entwicklungen mal kulturhistorisch betrachten, vielleicht verschwindet das Digitale viel schneller als wir denken?

Ich glaube, wir müssen vielmehr die Lebenskunst üben, vielleicht so ähnlich wie in der Antike. Wir sollten nicht in die virtuelle Welt flüchten und uns jagen. Ich benutze immer noch mein altes Handy und schätze mich als Nicht-Smartphone-Besitzer damit glücklich. So werde ich nicht von dem vielen Unfug in der Welt und den überflüssigen Dingen abgelenkt.

Doch zurück zum Speichern und Wiederauffinden von Informationen, wobei das Erinnern und Vergessen eine große Rolle spielt. Viele Fragen wollen in diesem Zusammenhang beantwortet werden: Wie wählen wir aus, was wir erinnern wollen, wenn es dafür nur ein begrenztes Maß gibt? Welche Erinnerungen bilden für die Menschen die Grundlage ihrer Entscheidungen?

Algorithmen dürfen nicht erzwingen, dass jeder nur noch das im Netz findet, was anscheinend zu seinem Weltbild passt. Das Gefährliche dabei ist, dass der Nutzer Manipulationen und Einschränkung in der Suchmaschine meistens nicht bemerkt. Und oft weicht der Nutzer trotz fehlender Anonymität oder eines zu geringen Datenschutzes nicht auf andere Suchmaschinen oder Internetdienste aus. Vor allem für Kinder können die digitalen Geräte zur Gefahr werden, wenn man nicht frühzeitig mit ihnen den maßvollen Umgang damit einübt. Hier sind besonders die Eltern gefragt. Man sieht ja, wie viele unentwegt in ihr Smartphone starren und die Umwelt weniger wahrnehmen. Experten raten von einer Smartphone-Nutzung vor elf Jahren ab. Ansonsten könnte es für diese Generation sehr problematische Folgen haben. Vielleicht wird es sogar statt des Zeitalters der Informiertheit erst einmal eine Zeit der Leichtgläubigkeit geben oder aber eine Zeit einer gewissen Orientierungslosigkeit?

Mit der Nutzung des Smartphone wird natürlich in vielen Situationen enorm viel Zeit gewonnen. Die Anwendung verändert unsere Lebensgewohnheiten radikal. Doch zur Wahrheit gehört auch, dass nicht wenige Menschen durch die Zeitersparnis zum Opfer der Zeitfress-Maschine werden. Das Smartphone hat sie längst entführt und in ihrer Begierde verzaubert. Aber vielleicht wollen sie das ja auch.

Nichtsdestotrotz, eine Zukunft ohne Smartphone ist nicht mehr denkbar. Ich hoffe, dass es eines Tages auch völlig selbständige, unabhängige und erfolgreiche Suchmaschinen geben wird, die in europäischen Firmen entwickelt wurden. Mögen sie sich wie auch eine wertorientierte Künstliche Intelligenz nach Europäischem Standard im Wettbewerb um das Vertrauen der Nutzer hervorragend bewähren! Neulich las ich, dass wir vielleicht schon in einigen Jahren internetbasierte Angebote von Speicherplatz und Rechenleistung nach Europäischem Standard haben könnten, auf deren Grundlage Daten ausgelagert werden. Und was das Suchen in den Suchmaschinen betrifft, da soll es sogar möglich werden, auf die Aneinanderreihung der Schlüsselwörter zu verzichten. Dank der Künstlichen Intelligenz sollen dann auch komplexe Anfragen richtig beantwortet werden, unabhängig davon, wie ein Nutzer die Wörter buchstabiert. Die Maschine erfasst die Bedeutung eines ganzen Satzes. Das kann ich mir gar nicht vorstellen. Ja, und was würde sich ändern, wenn man für jegliche Anfragen in der Suchmaschine Geld bezahlen müsste?

Eins jedoch ist Fakt: Die gigantische Menge an Informationen und Wissen im Netz wächst unaufhaltsam rasant weiter! Wird es in weiter Zukunft mal ein langsameres Wachstum geben? So bleibt die ewige Frage: Was entsorgen wir in unserem Leben als Ballast und wie ordnen wir den Rest? Mir fallen Gedanken von Rainer Maria Rilke ein:

Uns überfüllts.
Wir ordnens.

Es zerfällt.
Wir ordnens wieder
und zerfallen
selbst.

Ja, wir brauchen in vielen Dingen eine Vorstellung darüber, wie etwas in einem bestimmten Zeitabschnitt halbwegs ordentlich ablaufen könnte. Doch das Miteinander der Menschen, ihre Kooperation, verlangt immer wieder eine Balance zwischen Freiheit und Bindung.

Ich jedenfalls brauche nicht die mit Macht ausgerüsteten humorlosen Autokraten, die Schwarz-Weiß- oder Freund-Feind-Denker. Noch dazu, wenn sie ihre Worte immer wieder herausposaunen. Unsere komplexe Welt verlangt täglich Besonnenheit, aber auch rechtzeitig klare Entscheidungen anhand empirischer Daten."

Leicht erregt macht der Archivar nach seiner umfangreichen Bekundung nun eine Pause. Er holt Zigarettenschachtel und Feuerzeug aus der Hosentasche und geht auf den Balkon. Nach dem ersten Zug schaut er noch einmal, ob die Balkontür richtig zu ist, und genießt dann Minuten der Entspannung. Vor vier Jahren hat er wieder mit dem Rauchen angefangen.

Nach einer Weile kommt er losgelöst und in gewohnter Gelassenheit ins Zimmer zurück, setzt sich und bringt schmunzelnd seine Ausführungen zu Ende: „Bei aller technischen Entwicklung, ein Sinn unseres Lebens besteht auf jeden Fall darin, Freude zu empfinden und Freude zu verschenken. Und wo auch immer es geht, sollten wir unbedingt unsere Spontanität nicht verkümmern lassen und herzlich lachen. Doch dafür braucht man eben andere, die uns kitzeln."

Er greift zum Weinglas, hält es hoch und resümiert hoffnungsfroh: „Auf dass sich die menschliche und künstliche Intelligenz immer gut vertragen! Möge die geschaffene künstliche Intelligenz niemals die Geister rufen, die wir dann nicht mehr loswerden. Wie sagte doch unser lieber Goethe:

Alles Vergängliche
Ist nur ein Gleichnis;
Das Unzulängliche,
Hier wird's Ereignis;
Das Unbeschreibliche,
Hier ist's getan;
Das Ewig-Weibliche
Zieht uns hinan."

Daraufhin nimmt der Archivar einen Schluck und in sichtbar großer Zufriedenheit stellt er das leere Glas langsam auf den Tisch zurück. „So, nun reicht's", sind seine Worte.

Paul nickt und will jetzt eigentlich nichts mehr sagen. Nach einigen Augenblicken der Stille bemerkt er dann doch noch: „So hat sich die Welt in kurzer Zeit dramatisch verändert. Und das ist erst der Anfang des Unvorstellbaren, das uns demnächst erwartet."

Blümchen ist vom Arzt zurück. Schon als sie zur Tür hereinkommt, spüren Paul und der Archivar, dass etwas passiert ist. Ihre Schritte sind beschwingt und fröhlich, als wollte sie jetzt tanzen. Man merkt, dass sie die Worte über ihre Freude noch ein wenig zurückhalten will. Sie geht ins Nebenzimmer. In diesem Augenblick ahnt Paul, worum es sich handeln könnte, aber er will es einfach nicht glauben.

Es dauert eine kleine Ewigkeit, als würde Blümchen etwas Bestimmtes suchen. Dann endlich öffnet sie die Tür und kommt herein. Zur Verwunderung der Männer hält sie in ihren Händen über alles strahlend einen Daruma, dessen rechtes Auge mit blauer Tusche ausgemalt ist. Sichtbar für alle stellt sie ihn auf die kleine Vitrine.

Nun ist alles klar. Paul bekommt nasse Augen, geht zu Blümchen und nimmt sie fest in seine Arme. Es sieht so aus, als wollte er sie nicht mehr loslassen. Der Archivar zieht sich zurück in einen Sessel und ist völlig überrascht. Er freut sich.

Keiner will nun etwas sagen. Stille. Jedes erdenkliche Wort ist jetzt fehl am Platze. Es scheint, als würde eben das, woran keiner geglaubt hat, wahr.

So verändert sich für alle im Zimmer plötzlich die ganze Welt. Ihr Leben bekommt in diesem Augenblick einen neuen Sinn.

Irgendwie habe sie an ihrem Daruma stets festgehalten und ihre Hoffnung nicht aufgegeben, sagt Blümchen später, auch wenn er in den letzten vier Jahren tief im Schrank versteckt gewesen war. Wann Daruma sein zweites Auge bekommen würde, war nun berechenbar. Bis spät in den Abend teilen alle die große Freude.

Am nächsten Tag kommt der Abschied. Paul schenkt dem Archivar sein Lauf-Tagebuch, von dem er für sich keine Kopie angefertigt hat. Der Archivar ist tief beeindruckt. Dann sagt Paul, dass er mit Blümchen all die vielen Fotos, Briefe, Taschenkalender, einige E-Mail-Ausdrucke und Tagebücher von Tami ordentlich in Kartons verpackt hat, zusammen mit den vielen Fotoboxen von ihrem Großvater. Alles lagert nun im Keller. Eigentlich schauen sie nicht mehr in die Kartons. Obwohl er normalerweise nichts davon hält, Fotos, Tagebücher und ähnliche Dokumente aufzubewahren, würde Paul den Inhalt dieser Kartons niemals vernichten. Zögernd fragt er den Archivar, ob er einen Tipp für ihn hätte, was man damit machen könnte.

Der Archivar überlegt. Dann sagt er: „Wenn ihr wollt, könnt ihr mir alle Kartons übergeben."

Paul und Blümchen sind erleichtert und froh über diese Lösung. Paul versichert: „Wenn du das wirklich alles übernehmen willst, dann werde ich in der nächsten Zeit einen Transport organisieren, der alles zu dir bringt. Auch das bleikristallene Tintenfass haben wir vorsichtig verpackt. Es ist ein Erbstück von Tamis Großvater. Vielleicht wollen es deine Söhne. Ihren blauen Judogürtel aber würden wir gern behalten, als Erinnerung."

Der Archivar nickt und reicht Paul die Hand. Er strahlt über das ganze Gesicht und verspricht, in einem Jahr wiederzukommen. Alle umarmen sich und wünschen sich gegenseitig alles Gute.

„Du wirst gebraucht!", sagt Blümchen sehr deutlich zum Archivar und gibt zu verstehen, dass sie die Einzige im Bunde ist, die noch nie in Lissabon war.

Daraufhin sagt Paul: „Ich lade euch ein zu einer Reise nach Lissabon. Doch nächstes Jahr werde ich erst einmal den Stockholm-Marathon laufen. Und ich weiß jetzt schon, dass ich nicht im Ziel ankomme!"

Alle sind sehr gerührt. Der Archivar fügt hinzu: „Auf Lissabon freue ich mich ganz besonders. Da aber lade ich euch ein zu einem Fado-Abend, an den wir uns alle lange und gern erinnern werden."

Auf dem Weg zurück vom Bahnhof, als der Archivar schon auf seiner Heimreise ist, sagt Blümchen nach einer Weile der Stille zu Paul, dass ihr nun alles wie ein großer Zauber vorkomme. Ihr geht so viel durch den Kopf, unter anderem auch Vornamen. Sie fragt ihn, wie er zum Beispiel den Namen Tamino findet.

Paul stutzt kurz. Dann strahlt er nach Blümchens heftigen Gemütsbewegungen und sagt: „Wunderbar! Aber lass uns über Jungen- und Mädchennamen erst später sprechen. Hauptsache das Kind ist gesund!"

Brit

X25

22. Oktober 2041

Lieber Leser,

das gefundene Manuskript hat meine Sicht auf viele Dinge in der Welt verändert. Ich habe es bestimmt schon zwanzig Mal gelesen, und immer wieder entstehen neue Fragen.

Doch schon nach dem zweiten Mal war mir klar, dass ich meinen Vornamen Brit mit dem Namen Tamino verbinden werde. Das ist zwar noch kein Unisex-Vorname, aber das macht nichts. Ganz im Gegenteil. Auch wenn der Name nicht so bedeutsam für mich wäre, ich finde ihn schön. Ich freue mich, dass Blümchen sich damals diesen Namen wünschte. So lebt sie in gewisser Weise auch in meinem neuen Vornamen weiter.

Ich bewundere Paul. Sein Durchhaltevermögen und seine Begeisterung für Neues beeindrucken mich. In vielen Dingen ist er für mich eine Kraftquelle.

In drei Tagen fahre ich nach Zürich zu Flor. Ich freue mich schon riesig. Unter anderem wollen wir feierlich unsere neuen Vornamen würdigen.

Wie versprochen, hat Flor das „Gastmahl für die Musen" organisiert und dafür ein paar Freundinnen und Freunde eingeladen. Das war ja ihre Idee. Ich staune, wie sie das alles schafft. Denn neben Malen und Klavierspielen studiert sie ja hauptsächlich Architektur. Sie meint, dass ihr Talent für die Kunst und die Musik nicht ausreicht, um ihren Lebensstandard zu halten. Das mag bei Flor stimmen, denn sie stellt in bestimmten Dingen sehr hohe Ansprüche in ihrem Leben. Vor allem aber hat sie den Ehrgeiz, eines Tages alles aus eigener Kraft zu bestreiten.

Vor mir liegt das gefundene Manuskript. Einen Abzug davon habe ich vor langer Zeit Flor gegeben.

Im Manuskript lag versteckt noch ein Foto von einem geselligen Abend. Nach umfangreichen Recherchen fand ich heraus, dass es sich um einen Fado-Abend in Lissabon handelt. Man sieht auf diesem Foto an einem Tisch sitzend in frohgelaunter Stimmung den Archivar, Blümchen sowie zwei süße Kleinkinder: Flor und mich.

Meine Nachforschungen ergaben, dass dieses fröhliche Beisammensein anlässlich Blümchens neununddreißigsten Geburtstags stattfand. Doch ich konnte nicht ermitteln, wer das Foto schoss. Schnell stellte ich fest, dass der Archivar leider schon im folgenden Jahr verstarb. Etwa ein Jahr nach seinem Tod lud Nora anlässlich ihres fünfzigsten Geburtstages zu einer Tour mit einer Segelyacht ein. Wie ich anhand einiger wichtiger Dokumente und vieler Recherchen ermittelte, war es an diesem Tag am Ort der Segelparty sehr windig. Offensichtlich wurde der starke Wind plötzlich zu einem schweren Sturm und zu einem Verhängnis für die Besatzung. Die Yacht kenterte und in dieser höchst dramatischen Situation überlebten drei Personen nicht: Blümchen, Paul und Nora.

Das ist die große Tragödie am Anfang meines und Flors Leben. Es war auch die Zeit, in der sich unsere Wege trennten. Wir hörten nie wieder voneinander. Beide erhielten wir Psychotherapie und landeten irgendwann bei verschiedenen Pflegeeltern. Später wurden wir von ihnen adoptiert.

Flor erhielt recht früh Klavierunterricht. Ihre neuen Eltern sahen darin anfangs auch eine Art Musiktherapie. Später, als ihre Eltern spürten, wie sie beim Spielen in der Musik aufblühte, kauften sie ihr einen Flügel. Seitdem galt ihre ganze Leidenschaft neben Malen dem Klavierspielen. Als ich Flor zum ersten Mal besuchte, sagte sie, dass die Begegnung mit mir für sie wie eine Sternstunde sei. Es ist ihr, als würde ein nie gedeuteter Traum, den sie seit ihrer Kindheit träumte, in Erfüllung gehen. Dann spielte sie mir auf ihrem Steinway zwei Stücke vor.

All das hat mich zutiefst berührt. Das erste Stück, die „Quatre Polonaises", war von Clara Schumann, die es bereits im Alter von zehn und elf Jahren komponierte. Das zweite Stück, die „Vier Balladen", war von Johannes Brahms. Flor erzählte mir damals, dass auch Brahms, als er diese Balladen komponierte, jünger gewesen war als sie jetzt. Sie schwärmte davon, was man doch in jungen Jahren schon alles schaffen kann. Zugleich bedauerte sie, wie man in der Jugend mit zu vielen sinnlosen Dingen die schönen Jahre verplempern könne.

Flor und ich wuchsen in lieben Familien auf, die beide schon eigene Kinder hatten. So bekam ich drei neue Geschwister und Flor zwei. Uns ging es sehr gut.

Nach meinem Abitur wollte ich endlich mehr über meine Vergangenheit und das Leben meiner leiblichen Eltern wissen. Zwar hatte man mir einige kleine Erbstücke mit auf den Weg gegeben, doch hatte ich vorher nie einen Anlass gesehen, mich mit meinen frühen Kinderjahren zu beschäftigen. Und erst recht nicht mit meinen leiblichen Eltern. Vielleicht, weil es mir immer gutging und ich in einer harmonischen Umwelt aufwuchs. Ich konnte mir keine bessere Familie wünschen.

Nun aber kramte ich in den vier großen Kisten herum, die meinen Nachlass enthielten. Ich wusste um ein Heftchen mit einigen Telefonnummern. Als ich mehrere davon ohne große Hoffnung ausprobierte, kam mit einer tatsächlich eine Verbindung zustande. Erstaunlich! Am anderen Ende der Leitung meldete sich der Sohn des Archivars. Zum ersten Mal sprachen wir miteinander.

Es dauerte nicht lange und ich fuhr zu ihm. Wir hatten eine sehr intensive Begegnung. Er ist nun schon über fünfzig Jahre alt. Nach dem Tod des Vaters, den er und sein Bruder irgendwann auch nur noch den Archivar nannten, hatte er einige Erinnerungsstücke bekommen. Er erzählte mit, dass er lediglich das bleikristallene Tintenfass als Erinnerung an Tami und seine Großeltern im Wohnzimmer aufstellen würde. Er selbst habe zwar mit Tinte nichts am Hut, doch Tami habe ein Faible für blaue Tinte gehabt. Sein Bruder, der sich für nostalgische Geräte interessiert, bekam den alten Fotoapparat von Tami, den ihr der Großvater geschenkt hatte.

Der Sohn des Archivars erzählte mir dann sehr viel über Tami. Auch nachdem er mit seiner Mutter in den

Nachbarort umgezogen war, hatte die Mutter Tamis Grab weiter gepflegt. Fast zwanzig Jahre lang war sie, außer in den kalten Monaten, alle zwei Wochen zum Friedhof gefahren. Nach dem Tod der Mutter hatte der Sohn nach dreißig Jahren auf das Grabrecht an der Grabstätte im Nachbarort verzichtet und sie auflösen lassen.

Schließlich sprach der Sohn des Archivars wieder über den Nachlass: „Ich glaube, im Keller sind noch ein paar Sachen in einem Karton. Die haben wir nicht weggeworfen. Vielleicht ist etwas dabei, das dich interessiert."

Das ließ ich mir nicht zweimal sagen. Voller Spannung ging ich mit ihm in den Keller. In dem erwähnten Karton fand ich ganz oben eine alte Mappe. Als ich sie aufschlug, sah ich darin einige Papierkopien von einem Foto im Format A4. Der Sohn des Archivars meinte, dass darauf seine Großeltern mit den drei Enkeln zu sehen seien. Er habe damals das Bild mehrmals vervielfältigt und eine Kopie in seinem Wohnzimmer aufgehängt. Auch für seine Mutter und seinen Bruder habe er eine Kopie gemacht und die restlichen wieder in der Mappe abgelegt, in der zuvor schon die eine Fotokopie gelegen war.

Darunter befand sich eine weitere dünne Mappe, in der ich mehrere E-Mail-Ausdrucke und Dokumente entdeckte. Ich traute meinen Augen nicht. Einige Ausdrucke waren mit einem Datum versehen, das noch vor meiner Geburt lag. Mein Herz klopfte. Und ich fragte mich, wieso diese Mappe hier gelandet war. Genau das interessierte mich nun bei meinen Erkundungen brennend.

Unter den Mappen lag noch eine braune, fein kartonierte Box mit der Aufschrift: „Friedrich Nietzsche Ecce homo Faksimileausgabe des Druckmanuskripts". Ich hob die schwere Box heraus, öffnete sie und sah auf den ersten Blättern die Handschrift von Friedrich Nietzsche. Doch nachdem ich die ersten fünf Originalblätter leicht angehoben hatte, erblickte ich darunter auf anderem Papier eine ganz andere Handschrift. Mir war, als käme mir die Schrift bekannt vor. In meiner plötzlichen Aufregung klappte ich alles wieder zu.

Der Sohn des Archivars merkte, dass ich mich für den hier im Keller verstaubenden Nachlass interessierte. Er sagte, dass ich alles im Karton haben und behalten könne, wenn ich wolle. Die Sachen im Karton hatte er vor allem auch als Andenken an seinen Großvater bekommen. Sein Zwillingsbruder meinte damals gleich, dass er die Box haben könne. In diesem Augenblick wurde mir klar: Ich habe einen ungeahnten Schatz geborgen und gerettet!

Ich war überwältigt und nahm alles mit: die beiden Mappen und die schwere Faksimileausgabe, die der Sohn des Archivars mit nach oben in die Wohnung trug. Dann verschwand er. Nach einer Weile kam er mit einem alten, kleinen Stoffkoffer und drei dicken Heften in der Hand zurück.

„Der Koffer ist für den Transport. Den kannst du behalten. Und diese drei Tagebücher schenke ich dir. Zwei sind von Tami und eins ist ein Lauf-Tagebuch von Paul. Das ist damals auch bei mir gelandet, aus welchen Gründen auch immer. Aber jetzt weiß ich, dass alle drei bei dir in besten Händen sind."

Das berührte mich überaus und ich bedankte mich herzlich. Zum Schluss des Besuches wünschte ich ihm und seinem Bruder alles Gute und versprach, wieder von mir hören zu lassen.

Im Zug luchste ich noch mal in die Box und war mir nun sicher: Es ist die Handschrift des Archivars.

Zu Hause inspizierte ich dann meinen Schatz aufs Genaueste. Ich überprüfte die vielen Blätter und stellte fest, dass die letzten achtzehn Seiten nicht mit der Hand geschrieben, sondern per Computer als Druckschrift erstellt worden waren. Das lag sicher daran, dass der Archivar, wie mir der Sohn erzählte, durch einen plötzlichen Schlaganfall auch seine Handschrift verlor. Aber offensichtlich wollte er unbedingt seine Geschichte zu Ende bringen. Deshalb benutzte er für die letzten Seiten den Computer.

Meine Sachen für die Zürich-Reise sind gepackt. Ich bin schon etwas aufgeregt und sehr gespannt. Mehrmals habe ich Flor bereits besucht. Sie hat eine schöne kleine Wohnung, in der mir ein Bild besonders aufgefallen ist. Es handelt sich um die „Briefleserin in Blau" von Jan Vermeer.

Natürlich ist es eine Kopie, die aber einen unbezahlbaren Wert für Flor hat. Das Bild mit der schwangeren Briefleserin schenkte ihr Vater ihrer Mutter wenige Wochen, bevor Flor geboren wurde. So jedenfalls wurde es ihr überliefert. Dieses Bild sowie zwei vollgepackte Kisten und zwei gefüllte alte Koffer sind der Nachlass ihrer leiblichen Eltern. Flor meinte, dass wir beide im nächsten Jahr nach Amsterdam fahren sollten, um uns dort unter anderem das Original im Museum anzuschauen.

Ich werde Flor einen Premium-Giclée-Druck schenken. Das ist ein Bild, das recht weit in der Geschichte zurückreicht. Es zeigt zwei halbnackte Frauen mit Pfeil und Bogen vor einem Felsbrocken: „Diana Preparing for Hunting". Gemalt wurde es von Angelika Kauffmann, deren 300. Geburtstag wir am 30. Oktober begehen.

3. November 2041

Die Woche in Zürich war wunderbar. Die Tage mit den schönen Erlebnissen und tollen Überraschungen verflogen viel zu schnell. Wieder zeigte mir Flor einige neue Stadtteile mit ihren reizvollen Winkeln. Wir besuchten das Kunsthaus, machten einen langen Spaziergang am Zürichsee und unternahmen einen Ausflug in die Berge. Am 300. Geburtstag von Angelika Kauffmann schenkte ich Flor das Bild „Diana, Preparing for Hunting", worüber sie sich riesig freute. Flor sagte, dass sie dieses Bild sehr inspirieren wird für ihr nächstes Mal-Projekt.

Überwältigend war der Abend mit dem inszenierten „Gastmahl der Musen". Die beiden Kabarettisten, eine Frau und ein Mann, waren etwa Mitte Dreißig. Mit ihrem höchst lustigen Dialog über „Die Kunst der Liebe in der Mitte unseres Jahrhunderts" sorgten sie für große Erheiterung.

Ihr Repertoire war beachtlich. Mal ulkten und neckten sie am Rande der Gürtellinie. Dann wieder regten sie mit ernsten und hintergründigen Momenten zum Nachdenken an. Immer wieder brachten sie mit ihren scharfsinnigen Witzen über sich selbst die Runde zum Lachen.

Mit viel Charme und Humor bewegten sie sich auf dem Boden einer großen Sehnsucht nach Romantik. Amüsant hinterfragten sie mal diesen, mal jenen Trend der Liebenden in unserer Zeit. Die Zuhörer schmunzelten. Manche kringelten sich und wieder andere hielten sich in bestimmten Situationen bei ihren Lachanfällen die Hand vor den Mund. Zum Schluss der Vorstellung gab es einen kräftigen Applaus.

Am meisten jedoch überraschte mich die Vorführung zum Ende des Gastmahls. Während wir alle - zwölf geladene Gäste - in fröhlicher Runde mit Getränken beieinander saßen, betraten plötzlich der Flötenspieler und der Klarinettist ganz leise spielend den Raum. Sofort wurde es ganz still. Das Kuriose dabei: Sie waren mit einem breiten blauen Textilband im Abstand von etwa zwei Metern verbunden. Dann kam der Saxophon-Spieler hinzu und trieb mit einem kurzen fulminanten Solostück die Spannung auf die Spitze. Es war hinreißend.

Nach seinem Schluss und großem Applaus wurde es wieder ruhig. Nun trat, immer noch angebunden, mit einem kleinen Schritt der blondlockige Flötenspieler vor und hielt mit leichter Stimme eine Ansprache: „Meine lieben Freunde. Das, was ihr hier seht, das ist kein belangloses Band sondern ein sehr wertvoller blauer Gürtel von genau vier Zentimetern Breite und zweihundertvierzig Zentimetern Länge. Er hat nicht nur historische Bedeutung. Dieser Gürtel soll ab heute ein neues sinnstiftendes Symbol sein, das Menschen ehrt, die in besonderer Weise sozial engagiert sind. Und es sollen Menschen sein, die vorbildlich nachhaltig leben und, wo immer es geht, einen natürlichen Frohsinn pflegen. Ich habe heute die schöne Aufgabe, mit diesem Judogürtel aus dem Nachlass von Flor jemanden aus unserem Freundeskreis zu ehren und bitte, dass du, liebe Brit, nach vorne kommst."

Die Anwesenden jubelten. Während ich nun völlig perplex langsam zu den Musikern ging, spielte der Saxophonist eine herzzerreißende Melodie. In der Zwischenzeit brachte der Flötenspieler den blauen Gürtel in seine Hände und band ihn mir behutsam zweimal um die Hüfte. Mit einem professionellen Knoten vollendete er die kleine Zeremonie und nahm mich unter dem Applaus der Freunde in seine Arme. In diesem Moment verschwand Flor. Wenig später, als sich alles beruhigt hatte, tauchte sie in komplett neuer Kleidung wieder auf. Sie trug eine weiße Jeans und dazu ein hellblaues Poloshirt, auf deren rechter Seite zwei blassrosafarbene Blüten gedruckt waren, die von einem dünnen, verzweigten Stängel gehalten wurden. Doch was mir sofort auffiel und mich erfreute, das war der zauberhafte Gürtel von Tami, der Flor wirklich gut stand, als wäre er nur für sie gemacht. Ich hatte ihr den Gürtel zum dreiundzwanzigsten Geburtstag geschenkt.

Diesen Gürtel hatte ich in meinem Nachlass gefunden, zusammen mit einem etwas seltsamen Glückwunschschreiben zu meinem ersten Geburtstag. Der mit dem Computer erstellte Glückwunsch lautet:

Liebe Brit,

dieser Gürtel ist ein Andenken. Wenn Du willst, wirst Du später mit wachem Geist selbst herausfinden, worin die enorme Kraft dieses Gürtels liegt. Er hält nicht nur zusammen, sondern er kann auch zusammenbringen, was zusammen sein will. Aber auch die Kirschblüten auf der Schnalle haben besonders im Land der aufgehenden Sonne eine Botschaft: Sie zeugen von einer unberührten, zart rosaweißen Schönheit, die nicht lange währt, aber von großer Intensität ist. Wenn die zarten Blütenblätter verflogen und schließlich ganz verschwunden sind, müssen sich die Äste auf eine neue Herausforderung einstellen. Jeder Baum wird selbst herausfinden müssen, wie er am besten überlebt. Alles hat seine Zeit. Freue Dich auf das, was kommt. Sei besonnen, aber auch mutig. Alles Liebe und Gute auf Deinem Lebensweg wünschen Dir

Deine Dich liebenden Eltern

Mehrmals habe ich die Blüten auf dem zauberhaften Gürtel sehr genau betrachtet, ihn jedoch niemals getragen. Schon vor Jahren hatte ich mich gefragt, warum ich ein so ungewöhnliches Geschenk zu meinem ersten Geburtstag bekommen hatte. Doch erst als ich das Manuskript las, wurde mir alles klar. Und dann dauerte es nicht lange und ich schenkte ihn Flor. Dazu schrieb ich einen lieben Glückwunsch auf einem kleinen Zettel, den ich in der winzigen Innentasche des Gürtels versteckte.

Zurück zu dem wunderbaren „Gastmahl der Musen" in Zürich: Flor kam vom hinteren Ende des Raums zu mir nach vorn. In ihren Händen trug sie einen großen blauen Stein. Bei mir angekommen sagte sie: „Meine liebe, liebe Brit Tamino, völlig unabhängig von der eben begangenen Zeremonie ist es mir ein tiefer Herzenswunsch, dir diesen schönen Lapislazuli zu schenken. Er stammt aus meinem Nachlass und ist für mich von immenser Bedeutung."

Sie übergab mir in freudiger Erregung den Stein und küsste mich kurz auf den Mund. Ich war in diesem Augenblick völlig sprachlos. Den blauen Gürtel um die Hüfte und den Lapislazuli in den Händen kämpfte ich gegen die Tränen. Während nun die drei Musiker ganz leise ein Ständchen spielten, legte ich vorsichtig den Stein vorne auf dem Tisch ab und drückte Flor herzlich.

Flor brachte in Zürich erneut zum Ausdruck, wie überaus glücklich sie ist, dass ich das Manuskript entdeckt und schließlich auch sie gefunden habe. Für sie ist die Geschichte im Manuskript äußerst heilsam und ihre Gedanken weilen nun oft und froh in dieser ganz anderen Welt bei ihren und meinen leiblichen Eltern sowie bei Tami. Auch erklärte mir Flor, dass es sich bei den Blüten auf ihrem Poloshirt um Moosglöckchen handelt, auf die sich der Vorname ihrer Mutter Linnea bezieht, die stets Blümchen genannt wurde.

Die Tage von Zürich wirken in mir noch stark nach. Mehrmals am Tag muss ich an Flor denken und auch an die anderen herzlichen Begegnungen, die ich erfuhr.

Jetzt aber will ich mir nochmal einige Auszüge aus den E-Mail-Ausdrucken und Dokumenten zu Gemüte führen, die mir der Sohn des Archivars überließ. Ich frage mich immer noch, wieso sie bei ihm landeten, obwohl die Frage nun nicht mehr so wichtig ist. Ich habe alles entsprechend aufbereitet und einschließlich meiner anderen Rechercheergebnisse sortiert. Vielleicht entdecke ich noch etwas Neues, zusätzlich zu dem, was ich schon gefunden habe:

Oktober 2017
Nachdem Nora von Blümchen erfahren hatte, dass sie im Juli 2017 drei Tage zum Archivar gereist war, nahm sie den Kontakt zu ihm wieder auf. In der Folgezeit fuhr sie etwa alle zwei Wochen mit dem Zug zu ihm.

Februar 2018
Nora war total verliebt in den Archivar.

März 2018
Der Archivar erfuhr, dass Paul Blümchen eine Kopie des Bildes „Briefleserin in Blau" in einem wertvollen Rahmen geschenkt hatte.

17. April 2018
E-Mail von Nora an den Archivar:

... habe Dir heute das Buch „ARCHIVOLOGIE. Theorien des Archivs in Philosophie, Medien und Künsten" gekauft. Ich glaube, das ist genau das, was Dich auf diesem Gebiet interessiert. Es geht um die Faszinationsgeschichte des Archivs. Warum werden aus Archivaren plötzlich Avantgardisten? Das ist eine der Fragen, die man in dem Buch zu ergründen versucht. Viele interessante Beiträge, unter anderem einer von Michel Foucault. Du schreibst, dass Dich momentan zwei uralte Bände fesseln, in denen Du zuletzt ein wenig als Jugendlicher gelesen hattest. Na, da bin ich aber gespannt auf „Die neue Volkshochschule. Bibliothek für moderne Geisteshaltung" von 1925. Ja, ja, diese modernen Geisteshaltungen ...

„Das Archiv ist das Gesetz dessen, was gesagt werden kann", sagt Michel Foucault. Und was ist dann Geschichte? ...

Mai 2018
Flor erblickte das Licht der Welt.

14. Juli 2018
Ein Wunsch von Nora: Der Archivar und sie trafen sich am Samstag, den 14. Juli, vor der Alten Pinakothek in München. Es war sehr warm. Es gab eine besondere Ausstellung: „Briefleserin in Blau". Vor dem Museum warben hoch oben an den Masten zwei große Fahnen mit dem überdimensionalen Bild der Briefleserin in Blau, die offenbar schwanger ist. Die dritte Fahne, ganz in Blau, wies darauf hin, wie lange das Gemälde in München ausgestellt wurde.

26. Juli 2018
E-Mail von Nora an den Archivar zum Geburtstag:

... Komisch, oft denke ich, meine Seele will einfach ihr Eigenleben führen, losgelöst von allem, was sie umgibt. Aber manchmal ermahnt sie ihr geduldiger Träger, etwas rücksichtsvoller mit ihm umzugehen. Er erinnert sie, dass sie schließlich doch ein Teil von ihm sei. Ich gestehe, es fällt mir nicht leicht, das immer genauso zu sehen. Eins aber glaube ich ganz fest: Unsere Seelen altern nicht. Neuerdings habe ich sogar den Eindruck, sie wollen ihr Alter rückwärts zählen. :-) ...

27. Juli 2018
E-Mail vom Archivar an Nora:

Meine liebe Nora! Auch ich habe den Eindruck, unsere Seelen wollen momentan von Alterung wenig wissen. Naja, Hauptsache sie gehen d'accord mit ihren Körpern. Aber man sollte die Körper nicht unterschätzen, sie haben ein gutes Gedächtnis! Vielleicht ist es ihr Schicksal, dass sie einerseits die gehorsamen Träger von all dem sind, was man Seele und Psyche nennt. Und andererseits können sie ohne diese niemals verantwortlich handeln. Das eine kommt nicht ohne das andere aus. Für mich sind sie ein Ganzes!

Früher hatte ich manchmal das Gefühl, als würde sich ein zarter Schleier über meine Seele legen und sie dann samt Körper in eine wehmütige Stimmung entführen. Doch sobald der Schleier verschwunden war, wurde bei mir meistens eine ungeahnte Energie freigesetzt ...

Liebste, ich weiß um Deine große Leidenschaft für Abenteuer. Oft erinnere ich mich an Deine begeisterten Erzählungen über Thor Heyerdahl mit seinen Floß-Abenteuern. Ich glaube, wenn er Dir ein Angebot gemacht hätte, mit auf die KON-TIKI zu kommen, Du hättest es nicht ausgeschlagen.

Ich lese gerade abwechselnd Goethe und dann wieder Hölderlin. Sehr schön, was da Letzterer schreibt:

„Auf dem Bache zu schiffen, ist keine Kunst. Aber wenn unser Herz und unser Schicksal in den Meeresgrund hinab und in den Himmel hinauf uns wirft, das bildet den Steuermann."

Und einen Auszug aus Goethes „Gesang der Geister über den Wassern" muss ich Dir unbedingt auch noch mitteilen (erste und letzte Strophe):

Des Menschen Seele
Gleicht dem Wasser:
Vom Himmel kommt es,
zum Himmel steigt es,
Und wieder nieder
Zur Erde muß es,
Ewig wechselnd.
...
Seele des Menschen
Wie gleichst du dem Wasser
Schicksal des Menschen
Wie gleichst du dem Wind!

28. Juli 2018
E-Mail von Nora an den Archivar:

... Das waren noch Zeiten, als die Liebsten geschriebene Worte, wahrscheinlich amouröser Natur, in einer Schatulle bewahrten. Auch das fiel mir gleich ins Auge an dem wunderbaren Gemälde „Briefleserin in Blau"...

Doch die schönste Nachricht heute ist: Im September kann ich endlich zu Dir ziehen. Hurra! Alles ist nun geregelt!

Hast Du denn mein Geburtstagspäckchen mit der Taschenuhr schon erhalten? Als wir beide auf dem Flohmarkt an der Ostsee waren, habe ich die Taschenuhr von Dir unbemerkt erworben. Die schenke ich Dir. Während andere die Gleichzeitigkeit leben wollen, versuchst Du, die Zeit zu strecken. Das finde ich großartig! Vielleicht hilft die Taschenuhr Dir, die Zeit zu verlangsamen.

Sie strahlt hell silber, und alles wirkt robust und nicht billig. Sicherlich handelt es sich um verchromtes Zinn. Am meisten gefällt mir das Bild auf dem Sprungdeckel: der geduldige Angler! Manchmal dauert es halt ein bisschen länger, bis man das geangelt hat, was man sich wünscht. Und oft bemerkt der Angler nicht, dass er selbst längst gefangen wurde ...

Ich freue mich auf meine 18. Fahrt zu Dir hoch oben im Norden (Ich habe nachgezählt, 18 Nachtzüge!).

Warum gelingt es uns nicht, wenn ich bei Dir bin, die Zeit anzuhalten? Doch nicht mehr lange, dann bin ich immer bei Dir.

Übrigens, wenn Du die Zeit mit der Taschenuhr anhalten oder gar verstellen willst, dann brauchst Du nur an der Krone zu ziehen und entsprechend zu drehen! ...

29. Juli 2018
E-Mail vom Archivar an Nora:

... Natürlich sah ich die Schatulle im Gemälde. Doch nicht nur der Platz, wo ein Liebesbrief aufbewahrt wird, macht ihn verlockend. Auch der Weg, den er nimmt, kann unvergessliche Reize auslösen.

Ich habe eine Überraschung für Dich: Ich möchte mich in zwei Wochen mit Dir vor der Bräutigamseiche in Dodau treffen. Dort werde ich dem Astloch dieser Eiche ein wichtiges Brieflein anvertrauen und wünsche mir, dass Du es als Erste findest. Doch aufgepasst, das Astloch erreicht man nur über eine Leiter ...

Übrigens, Paul und Blümchen schenkten mir zum Geburtstag eine analoge Sofortbildkamera. Bei meinem letzten Besuch bei ihnen vor einem Jahr erklärte ich Paul, dass ich ein Freund des Analogen bin. Ich brachte zum Ausdruck, dass es ganz natürlich sei, in Echtzeit auch das Abnutzen und Scheitern zu akzeptieren. Darüber habe ich mich auch mal ausführlich mit Tami unterhalten. Nun will Paul bestimmt sehen, wie ernst meine damaligen Worte gemeint waren ... :-)

Jedenfalls machte ich mir wieder einige Gedanken über die Vorgänge des Dahinschwindens, während ich gleichzeitig die neue Kamera ausprobierte. Mein Fazit: Ich bin sehr beeindruckt!

Im Gegensatz zum Mainstream will ich nun meine Einstellung zum Fotografieren total umstellen. Ich werde nur noch sehr wenig fotografieren, wobei mir auch die hohen Kosten für die Erstellung der Bilder sehr helfen werden. Mir geht es nicht nur um Charme und Nostalgie, die mit den Sofortbildkameras verbunden sind. Mich reizen besonders das volle Risiko, das man mit diesen Fotoapparaten eingeht, und die Ästhetik des unperfekten Sofortbildes.

So wie meine Augen mit zunehmendem Alter an Sehkraft verlieren, so werden auch diese Sofortbilder bei schlechter Aufbewahrung rasch an Farbe verlieren. Das ist das Natürliche im Leben und auf unserem Planeten. Auch meine neuen unperfekten Privatfotos können ihren Zweck für einen bestimmten Augenblick erfüllen ...

30. Juli 2018
E-Mail von Nora an den Archivar:

... Dein Vorhaben mit dem Astloch in der Eiche fasziniert mich! Ich kann es kaum noch erwarten, den Baum zu erklimmen! Auch ich habe nun einen Wunsch. Ich möchte mit Dir schon in den nächsten Wochen die Brauteiche bei Hüsbygaard und die Storcheiche bei Mölln aufsuchen. Hoffentlich existieren die alten Eichen noch. Diese liebenswerten Bäume, was für ehrwürdige Natur-Denkmäler sind es doch!

Erinnerst Du Dich an unser erstes Gespräch Pfingsten 2016 in Calais? Da ging es um Denkmäler. Sie sollen ja dem Denken eine Richtung geben. Doch ich finde, dass es besonders die großen und freien Bäume sind, die uns zum Nachsinnen über uns selbst bringen. Mit ihrer Pracht und Bescheidenheit versetzen sie uns ins Staunen.

Vor allem liebe ich alte, knorrige Linden. Sie schenken mir Kraft und Vertrauen. Ihr hohes Alter löst in mir Respekt aus. Im Volksmund sagt man: Dreihundert Jahre kommt sie, dreihundert Jahre steht sie, dreihundert Jahre vergeht sie. Was sind wir dagegen doch für kurzlebige Geschöpfe. Es lebe das Altehrwürdige!

Mein Liebster, das, was ich vor vier Tagen über meine Seele äußerte, war sehr spontan von meinen Gefühlen geleitet ... schmunzel!

Übrigens, um noch mal auf den „Holzfäller" Bonifatius zu sprechen kommen: Es heißt, dass auf sein Anraten hin auf alten heiligen Plätzen Marienlinden gepflanzt wurden. Wenn wir zusammen wohnen, möchte ich mit Dir die ältesten und markantesten Linden in Mitteleuropa aufsuchen ...

Was die Sofortbildkamera betrifft, da sage ich nur: typisch Paul! Toll! Das ist sehr originell und witzig. Aber ich glaube, es war nur ein Spaß von ihm. Sie schenkten Dir diesen Apparat bestimmt nur als Zweitkamera. Dass Du nun damit Dein neues Lebensmotto zementieren willst, damit hat wohl keiner gerechnet. Ich bin gespannt, wie Du mit der Kamera umgehst. Wirst Du das durchhalten, was Dir vorschwebt? (Ich habe da meine Bedenken ... :-))

19. August 2018
E-Mail vom Archivar an Nora:

... Mit dem letztens mitgebrachten Buch und der CD hast Du mir eine Riesenfreude gemacht. Ich merke immer wieder, wie ich von Deinem enormen Gespür für historische Abläufe lerne. In dem Buch „Erinnerungsräume. Formen und Wandlungen des kulturellen Gedächtnisses" von Aleida Assmann habe ich erst ein wenig gelesen. Doch ich kann jetzt schon sagen, dass es höchst interessant und auch sehr komplex ist.

Besonders hat mich die CD mit dem Titel „Wem gehört die Geschichte" begeistert. Das sehr natürliche und lockere Gespräch darauf zwischen der Literaturwissenschaftlerin Aleida und dem Ägyptologen Jan Assmann über Erinnern und Vergessen ist das Beste und zugleich Köstlichste, was ich in den letzten Jahren zu dieser Thematik hörte. Ich habe mir die CD schon zweimal angehört! Tausend Dank! ...

17. Dezember 2018
Sieben Tage vor dem Heiligen Abend erfuhrt Nora, dass sie schwanger war.

4. Mai 2019
E-Mail von Paul an den Archivar:

Lieber Archivar,
Schreiben ist nicht meine Sache. Und so wirst Du erstaunt sein, von mir diese E-Mail zu erhalten. Aber ich möchte die Eindrücke des heutigen Tages unbedingt mit Dir teilen.

Zwei Kollegen, beide Architekten, überredeten mich, nach Weimar mitzureisen.

„100 Jahre Bauhaus", sagten sie, „das darf man sich nicht entgehen lassen."

Heute, nach dem zweiten Tag, muss ich sagen: Sie hatten recht. Überhaupt, ich bin begeistert von dieser kleinen Kulturstadt. Beim Abendessen im Restaurant Hotel Elephant brachte ich meinen Kollegen gegenüber zum Ausdruck, dass es letztendlich Deine Schilderungen über diese Stadt waren, die mich dazu bewogen hatten mitzufahren. Vor fast zwei Jahren erzähltest Du mir, wie besonders Deine Mutter von Weimar geschwärmt hatte und wie sie Dir damals das Büchlein „Traum der ewigen Schönheit" schenkte. Dieses Büchlein mit einer Widmung der Autorin aus Weimar hast Du dann mir wiederum geschenkt. Du sagtest, es sei auch ein Dank dafür, dass ich Dir die große Nietzsche-Faksimileausgabe überließ. Naja. Ich freue mich jedenfalls, dass sie nun in Deinen Händen ist. Doch mir scheint, all das mit den Büchern hinterlässt jetzt deutliche Spuren ...

Bereits gestern war ich kurz im Goethe- und Schiller-Archiv sowie im Nietzsche-Archiv. Besonders aber beeindruckten mich die heutigen Museumsbesuche. Das neue Bauhaus mit seinen zahlreichen Objekten und Design-Ikonen ist eine Wucht! Hier wurde mir bewusst, wie sehr das 1919 von Walter Gropius gegründete Bauhaus für neue Ideen stand, den Alltag in Architektur, Design und Kunst zu gestalten.

Nach einer Pause gingen wir in das Neue Museum zur Ausstellung „Van de Velde, Nietzsche und die Moderne um 1900". Da konnte man gut nachvollziehen, wie die europäische Kulturelite hier rund zwanzig Jahre vor dem Bauhaus eine grundlegende Reform des Lebens anstrebte. Malerei, Philosophie, Design, Handwerk, Architektur - alles zeugt von einem neuen Geist. Besonders beindruckten mich die eleganten Arbeiten von Van de Velde. So sucht man wohl in jeder Zeit, auch in der unseren, immer wieder nach neuen Formen, die gleichzeitig mit Umbrüchen in Kunst und Architektur einhergehen.

Morgen gilt dann unsere Aufmerksamkeit den großen Dichtern Goethe und Schiller. Und übermorgen geht's wieder nach Hause. Vorhin kauften wir einige Bücher, die wir uns auf dem Rückweg im Zug zu Gemüte führen wollen. Nichts geht doch über ein schönes gedrucktes Buch! (Nebenbei gesagt, ich hoffe, dass man im Rahmen der kostengünstigen Anleihen digitaler Bücher, die immer beliebter werden, bald zu gerechten Lizenzregelungen kommen wird. Es muss in dieser Hinsicht auch eine faire Entlohnung für die Verlage und Autoren geben. Und der Buchmarkt muss unbedingt eine Chance auf sein Fortbestehen haben!)

Ich kaufte mir das Buch „Die Leiden des jungen Werther". Nun freue ich mich schon, unter den Eindrücken der letzten Tage darin zu lesen, und zwar mit allen Sinnen - analog eben! Den Laptop nahm ich nur mit, um im Zug noch an einem dringenden beruflichen Projekt zu arbeiten. Zum Glück habe ich auf der Hinfahrt alles erledigt und kann Dir nun auf diese Weise ein paar Eindrücke aus Weimar mitteilen, digital! :-)

Alles Gute!
Herzliche Grüße aus Weimar auch an Nora,
  Paul

Ergebnis meiner Recherchen: Der Archivar schenkte Paul das Büchlein „Traum der ewigen Schönheit". Das geschah wenige Tage vor dem 100. Geburtstag seiner Mutter und zugleich im Jahr des 300. Geburtstages von Johann Joachim Winckelmann.

9. Juni 2019
Ein Wunsch von Nora: Der Archivar und sie verbrachten einen schönen Tag in Basel. Auf dem Münsterplatz schrieb der Archivar für Nora ein paar Zeilen in eine große Klappkarte mit einer Ansicht des Basler Münsters:

Meine Liebste,

welch wunderschöner Tag heute mit Dir. Vorhin zeigtest Du mir im Kunstmuseum „Die Bürger von Calais" und eben den kleinen Zeugnis-Stein beim Münster vor dem Kreuzgang. Wir schauen beide gern zurück in der Geschichte, und das auch, um uns für das vor uns Liegende zu wappnen.

Manchmal ist es nur ein kleiner Stein, wie der da drüben, der uns zum Nachdenken bewegt. Das gemeißelte Signet auf seiner Oberfläche macht neugierig: eine herabstürzende Pfingsttaube, deren Federkleid von Feuerzungen gesäumt ist und dazu der Text „STONE OF WITNESS MAY 89".

Dank des Buches, das Du vor unserer Reise besorgtest, wissen wir, dass dieser Stein an die große Basler Pfingstversammlung vor dreißig Jahren erinnern soll.

Doch wie reicht sein Zeugnis über ein Jahrhundert hinaus, mit einem so schwachen Datum? Ist es die Jahreszahl, die dem Erinnern eine Richtung gibt? Ich freue mich mit Dir auf das, was kommt. Machen wir uns leer für das Neue!

sei's drum.
ich schenk
dir
dieses da
tum

9.6.2019 – Pfingstsonntag auf dem Münsterplatz in Basel – IX.VI.MMXIX

Dieses Schriftstück, das der Archivar der schwangeren Nora schenkte, ist die einzige Handschrift, die ich von ihm in meinem Nachlass gefunden habe. Die große Klappkarte lag zusammen mit dem Ausdruck eines Artikels in einer Klarsichthülle.

Der Artikel, vermerkt mit „Basel, 16.5.19", trägt die Überschrift „Die ökumenische Versammlung in Basel fand im richtigen Moment statt". Darin werden Zeitzeugen befragt, die – dreißig Jahre später – von einem einzigartigen Aufbruchsgeist sprechen, der sich so nicht wiederholen ließe.

Neben dem sogenannten Zeugnis-Stein wurde eine Linde gepflanzt als „Zeichen für das Leben und die Umwelt".

Ich weiß nicht, welches Buch sich Nora damals besorgte, aber ich habe eins zu diesem Ereignis erwerben können. Es trägt den Titel „Gerechtigkeit und Frieden umarmen sich. Europäische Ökumenische Versammlung Basel 1989". Das Buch mit zahlreichen Fotos gibt Auskunft über die sehr hoffnungsvolle Versammlung. Auch erfahre ich, dass sie in ihrer Art die erste seit dem Mittelalter war.

Ich vermute, dass Nora von ihrem früheren Freund aus Basel auf diese Versammlung aufmerksam gemacht wurde.

19. Juni 2019
E-Mail von Blümchen an Nora:

Liebe Nora,

wohlbehalten sind wir drei wieder zu Hause gelandet. Somit ist unser erster Familienurlaub in Uhldingen-

Mühlhofen bereits Vergangenheit. Doch die wunderbaren Eindrücke vom Bodensee wirken intensiv nach. Und dazu zählt besonders das Wiedersehen mit Euch.

Paul und ich möchten uns nochmal herzlich für das großartige Geschenk für uns und zum 1. Geburtstag von Flor bedanken. Das Erlebnis mit Euch vor drei Tagen war ein absolutes Highlight! Unvergesslich: die gemeinsame Hin- und Rückfahrt mit der Fähre von Meersburg nach Bregenz einschließlich der Ausstellung „Angelika Kauffmann Unbekannte Schätze ..." im vorarlberg museum. Nun wissen wir, es war Deine Idee: zuerst mit dem Segelboot nach Meersburg und dann, einen Tag später, die gemeinsame Fahrt mit der Fähre.

Ich musste an Deine besonderen Umstände denken und auch daran, dass Ihr ganz bequem mit der Fähre von Konstanz nach Meersburg hättet fahren können. Aber das, was Du Dir in den Kopf setzt, ziehst Du halt durch, wie früher auch schon. Wo habt Ihr denn den Bootsführer mit seinem Segelboot aufgetrieben?

In der Anlage sende ich Dir noch ein Foto, das Paul ausnahmsweise (!) mit seinem Smartphone im Museumscafé gemacht hat. Es entstand, nachdem die Männer von der Ausstellung kamen und Du mir gerade die beiden Kunstpostkarten geschenkt hast. Das Foto soll eine kleine Erinnerung an diesen wunderschönen Tag sein. Ich glaube, es ist eine deutlich schärfere Aufnahme als die, die uns Dein lieber Archivar von seiner Sofortbildkamera zeigte. Sein kleines Foto wird bestimmt schnell, zu schnell an Farbe verlieren.

Liebe Nora, wir freuen uns so sehr, dass Ihr Euch gefunden habt.

Alles Gute insbesondere Dir in den nächsten Monaten! Pass gut auf Dich auf!

Herzliche Grüße von uns und auch an den Archivar,
Blümchen

Die ausgedruckte E-Mail von Blümchen an Nora und das Foto, das offensichtlich Blümchen sandte, sowie ein weiteres, bedeutend stärkeres Blatt Papier mit einer aufgeklebten Kunstpostkarte und einem entsprechenden Text von Nora fand ich zusammengeheftet in einer Klarsichtfolie. Diese lag in der Mappe, welche ich vom Sohn des Archivars mitbrachte. Auf jedem der drei Blätter steht handschriftlich „aufheben!"

Das Ergebnis meiner Recherchen: Auf dem Foto von Blümchen sind sie, Flor und Nora zu sehen. Deutlich erkenne ich eine der beiden Kunstpostkarten. Es handelt sich um das Bild „Flora" von Angelika Kauffmann. Von der zweiten Kunstpostkarte ist nur ein Teil zu sehen. Aber ich bin mir sicher, dass es sich um dieselbe Karte handelt, welche auf dem Blatt von Nora aufgeklebt ist: „Immortalia – Die Nymphe der Unsterblichkeit empfängt von Schwänen Namenstafeln" ebenfalls von Angelika Kauffmann. Unter der auf dem Blatt von Nora aufgeklebten Kunstkarte ist folgender gedruckter Text zu lesen:

Dieses Zeit-Dokument von Nora an ihren Liebsten ist bitte analog zu archivieren! Auf Deutsch: sorgfältig aufbewahren!

Memoria et Immortalia – Erinnerung und Unsterblichkeit

„Die Memoria gilt als nobelste Aufgabe der Kunst. In dem Epos ‚Orlando furioso' erzählt Ariost die Geschichte Immortalis, der Nymphe der Unsterblichkeit: Ein Greis wirft Schilder mit den Namen Verstor-bener in das Wasser des Vergessens, des Flusses Lethe. Zwei Schwänen gelingt es aber, einige zu retten. Immortalia bringt die Täfelchen in den Tempel. Sie verhilft den Genannten damit zu ewigem Ruhm, den – so Ariosts Aussage – nur der Dichter und das geschriebene Wort bringen können."

„Wollen Sie, dass für Sie wertvolle Menschen nicht in Vergessenheit geraten? Dann schreiben Sie deren Namen auf ein Schildchen und legen Sie es in die Schatzkiste. Diese wird in die Sammlung des Museums übernommen."

Diese Hinweise neben dem Gemälde „Immortalia" habe ich, Nora, in der Ausstellung abgeschrieben, nachdem ich mir diese gemeinsam mit Blümchen angeschaut hatte. Anschließend schrieb ich einen Namen auf ein Schildchen und legte es in die Schatztruhe, die vor dem Gemälde stand.

Nachdem die beiden Männer sich die Ausstellung zu Gemüte geführt hatten, erfuhr ich von meinem lieben Archivar, dass auch Paul ein Schildchen in die Schatztruhe gelegt hatte.

Das eben hier im Museum sind die wunderbaren Augenblicke, die ich mit diesem Blatt Papier ein Weilchen festhalten möchte. Es lebe die Kunst und ihre Geschichte!

Sonntag, der 16. Juni 2019, vorarlberg museum in Bregenz

gemeinsam mit Blümchen, Paul, Flor und meinem lieben Archivar.

In großer Liebe
Nora

Auf der Rückseite dieses Blattes sind noch zwei kleine Fotos aufgeklebt. Eins mit Nora und dem Archivar, die freudig vor einem Segelboot stehen. Auf dem anderen Foto sieht man in offensichtlich gut gelaunter Runde Blümchen, Paul, Flor und Nora auf der Fähre. Allerdings haben diese Fotos schon deutlich an Farbe verloren. Aber die Motive geben mir noch einen Eindruck von dem damaligen Bodensee-Unternehmen.

Nach meinen Recherchen führte eine Auftragsreise Angelika Kauffmanns mit ihrem Vater von Bregenz nach Meersburg. Und vielleicht legten sie diese sogar auf dem Bodensee zurück. Sie malte in Meersburg den Fürstbischof von Konstanz Franz Konrad von Rodt, dessen Gemälde nun im Kunsthaus Zürich zu sehen ist. Ich glaube, dass Nora diesen kunstgeschichtlichen Hintergrund kannte.

Juli 2019

Es ist mir ein Rätsel, wieso Nora im Juli 2019, zwei Monate vor ihrer Entbindung, so viele Baumpatenschaften übernahm: Insgesamt zwanzig Patenschaften (!!) mit einer unterschiedlichen Anzahl von Bäumen. Die öffentlichen Patenschaften sind alle als anonym ausgewiesen. Die Urkunden dazu, aber auch schriftliche Vereinbarungen mit privaten Baumbesitzern, fand ich in meinem Nachlass. Aufgeführt darin sind: Flatterulme, Edelkastanie, Fichte, zwanzig Winterlinden, Feldahorn, Traubeneiche, Apfelbaum, Europäische Lärche, Japanischer Kirschbaum, Bergahorn, Waldkiefer, Rosskastanie, zwanzig Weißtannen, Esche, zwanzig Zerreichen, Bergulme, zwanzig Sommerlinden, Rotbuche, Ginkgo, Stieleiche. Die Patenschaften, von denen drei sogar eine Laufzeit von zehn Jahren haben, verteilen sich auf mehrere Bundesländer.

Besonders gefällt mir die Urkunde für Noras Anteilschein. Ich habe sie eingerahmt und aufgehängt. Darauf steht zwischen den eindrucksvollen Tier- und Blumenaufnahmen folgender Text: „Der ehemalige innerdeutsche Grenzstreifen, das Grüne Band, ist mit seinen 1 393 km das längste Biotopverbundsystem in Mitteleuropa. Viele bedrohte Tier- und Pflanzenarten finden hier noch ein Zuhause. Die Inhaber dieser Anteilscheine setzen sich gemeinsam mit dem Bund für Umwelt und Naturschutz Deutschland e.V. (BUND) für den Erhalt und Schutz dieses einmaligen Refugiums ein. Wir danken."

Dahinter steht handschriftlich: „Das ist jetzt nach fast dreißig Jahren ein wunderbares Denkmal deutscher

Zeitgeschichte. Es lebe diese natürliche Lebenslinie! Nora"

8. September 2019
Über den schwach leserlichen Text in Druckschrift auf der Rückseite einer Kopie meiner Geburtsurkunde muss ich immer wieder schmunzeln:

„Am ‚Tag des offenen Denkmals‘ mit dem Leitwort ‚Modern(e): Umbrüche in Kunst und Architektur‘ erblickt unser Kind das Licht der Welt.
    Große Freude! Großer Umbruch! Große Freude! Manchen Zufällen wohnt ein Zauber inne!"

X26

10. November 2041

Ich bin mir sicher, dass der Archivar noch weiterkommen und beschreiben wollte, wie meine Mutter und er mich in ihre Arme nahmen, wie sie mit mir spielten und mich das Sprechen lehrten. Doch mit einem Schlag verlor er wesentliche Kräfte und seine Handschrift. Und dann reichte sein Leben nicht mehr, festzuhalten, wie ich wurde, was ich war.

Aber in den Silben meines neuen Vornamens Brit Ta-mi-no leben nicht nur meine Schwester Ta-mi sondern auch mein Vater Mi-chael, der Archivar, und meine Mutter No-ra weiter. Seit Oktober lautet mein neuer Vorname Brit Tamino.

Auch Flor hat den Namen ihres Vaters Paul und eine Silbe des Namens ihrer Mutter Lin-nea (Rufname Blümchen) wunderbar übernehmen können. Seit Oktober lautet ihr neuer Vorname Flor Paulina.

17. Dezember 2041

Ich bekomme einen „Rundbrief" von meinem Verein:

Liebe Freundinnen und Freunde des Vereins!

Jetzt zum Jahresende danke ich unserem Verein, der mir seit seiner Gründung vor vier Jahren viele hilfreiche Impulse gegeben hat. Gleichzeitig möchte ich das ausklingende Jahr zum Anlass nehmen, einen kleinen Rückblick zu wagen auf zwei Jahrzehnte unserer Gesellschaft. In dieser Rückschau bis zum Jahr 2020 versuche ich vor allem Entwicklungen des Internets zu reflektieren. Natürlich ist das alles völlig subjektiv und nur ein kleines Fenster auf unsere komplexe Welt. Vielleicht aber macht es deutlich, wie sinnvoll die Schaffung unserer Plattform war. Über sie teilen wir nun immer erfolgreicher Wissen, Ressourcen und Netzwerke entsprechend unserer Maxime. Und nicht zuletzt stehen im Fokus unseres Vereins ja auch die Aktivitäten für gemeinnützige Projekte.

Noch weit vor dem Jahr 2020 waren die Menschen schon überaus begeistert von den neuen Möglichkeiten des Internets. Alles wurde leichter und hilfreicher. Das World Wide Web stand für eine Unabhängigkeit aller Menschen. Und plötzlich war dann das Internet in unserem Leben nicht mehr wegzudenken. Bereitwillig übernahm man in allen Bereichen die angebotenen Dienste, ohne sie überall kritisch zu hinterfragen. Man erlebte die schöne Welt des Internets, die vordergründig suggeriert wurde. Nun, es dauerte einige Jahre, bis man trotz aller Vorteile der digitalen Medien merkte, wie leicht sie manipuliert werden konnte. Gereiztheit und Aggressionen nahmen in den sozialen Netzwerken beträchtlich zu. Es schien sogar so, als wären sie ein Schutzraum für Hetzer. Längst war es die Zeit, in der alle Lebensbereiche durch Veränderungen der Digitalisierung geprägt waren.

Manchmal tat man sich in dieser Phase schwer herauszufinden, ob es sich bei einer beliebigen digitalen Entwicklung letztendlich um eine gute oder schlechte Technologie handelte. So wurde der Ruf nach klaren Standards und Normen in der IT-Welt immer lauter, ohne dass jedoch die gewonnenen Freiheiten eingeschränkt werden sollten. Das war in gewisser Weise die Widersprüchlichkeit des technologischen Wandels.

Schon zu Beginn der neuen Dekade, ab 2020, war die digitale Welt so weit fortgeschritten, dass es im Internet nichts mehr gab, das sich nicht täuschen ließ. Das betraf unter anderem auch die Stimmen- und Fotomanipulation. Die Menschen konnten nicht mehr erkennen, dass es sich um Täuschungen handelte. So begann in dieser Zeit erneut die Umwertung einiger Werte.

„Grundwahrheiten" wurden in der Gesellschaft neu erklärt. Und es führte kein Weg daran vorbei, sie neu zu definieren. Das war nicht zuletzt auch eine erforderliche Grundlage für die Arbeit der Wissenschaftler und Ingenieure. Nach wie vor war jedoch die Ökonomie mit ihrem Credo der Automatisierung, einer ständigen Erhöhung der Geschwindigkeit und der dauerhaften Effizienz noch der Dreh- und Angelpunkt jeglicher Arbeit. Dadurch könne ein immer höherer Wohlstand erreicht werden. Immer mehr Tätigkeiten wurden automatisiert und von Robotern übernommen. Das führte zu zahlreichen neuen Berufsbildern und Umschulungen.

Die Digitalisierung beförderte die Globalisierung und erhielt besonders in Krisenzeiten einen Schub durch viele ihrer Vorzüge. So stellten immer mehr Menschen in Europa freiwillig persönliche Daten zur Verfügung, um dadurch zum Beispiel durch ihre Handynutzung wesentliche Vorteile zu erlangen. Doch die Krisen lehrten auch, dass es bei den weltweiten Lieferketten gewisse Grenzen gibt: Die Wichtigkeit der Produktion vor der eigenen Haustür auch von ausreichenden lebensnotwendigen Gütern wurde den Menschen bewusst. Ebenso standen wieder die Fragen der Selbstkontrolle und der Macht der Künstlichen Intelligenz im Raum.

Einige Experten außerhalb Europas plädierten dafür, die Privatsphäre doch ganz abzuschaffen. Sie empfahlen, sich mehr auf die Erhaltung der Demokratie zu konzentrieren, damit die Algorithmen sie nicht völlig umkrempelt.

Doch mit der Zeit spürten viele Menschen, wie die Vermessung der Welt an ihren eigentlichen Bedürfnissen vorbeiführte. Einige verloren im Umgang mit der virtuellen Welt immer mehr den Bezug zur Realität. Und wieder andere sahen ihre Privatsphäre verschwinden.

Die Nutzung des Internets führte in der ganzen Welt zu ungeahnten Möglichkeiten, während gleichzeitig bis heute überall die Cyberkriminalität lauert. Die virtuelle Welt wimmelt von betrügerischen Verwirrspielen. Parallel zu den enormen Fortschritten in vielen Industriebereichen und im Gesundheitswesen, die die Digitalisierung mit sich brachte, verstärkte sich der Kampf um Recht und Gerechtigkeit im Internet deutlich. Der Klimaschutz nahm in den 20er Jahren Fahrt auf. Die CO_2-Bepreisung wurde zu einem großen Thema und führte endlich, wenn auch anfangs sehr zögerlich, zu Konsequenzen in unserem Land. Gleichzeitig machte man sich bewusst, Kohlendioxid nicht zu verteufeln. Ist es doch der Baustein allen Lebens.

Das dramatische Waldsterben führte zur Erkenntnis, dass Monokulturen keine Zukunft mehr hatten. Milliarden Bäume verschiedenster Art wurden gepflanzt.

Die Dekade ab 2030 war besonders geprägt von den Veränderungen der Umlagesysteme wie zum Beispiel Renten- und Krankenversicherung. Die nachhaltige Wirtschaft sowie die nachhaltige Mobilität setzten in vielen Bereichen deutliche Akzente.

Besonders spürbar wurde das im Bahnverkehr. Veränderungen in der Infrastruktur und neue Rahmenbedingungen in der Wirtschaft führten zu einem tiefgreifenden Wandel in der Gesellschaft. Dadurch kamen jedoch weniger Bürger in Lohnarbeit.

Außerdem spürten nun noch mehr Menschen, die nicht freiwillig alle Daten von sich preisgeben wollten, dass sie in eben jenen Daten gefangen waren. Auch aus diesem Grund strebten nicht wenige freiwillig ein „einfaches Leben" an, das aber im Vergleich zu früheren Jahren auf einem viel höheren Niveau lag. Einem großen Teil der Bevölkerung wurde der enorme Energieverbrauch auch der Internet-Dienste bewusst. Ebenso war der immense Ressourcenverbrauch bei der Herstellung von Hardware schon lange ein bedeutendes Thema.

Aus diesen und vielen anderen Gründen bildete sich eine Bevölkerungsgruppe, bei der ein gewisses Maß an Verzichtskultur klar erkennbar war. Das waren vor allem Menschen, die die Freude an einer verlässlichen Wirklichkeit pflegten.

„Wohlstand" und „Bequemlichkeit" wurden in Teilen der Gesellschaft neu definiert. In diesem Jahrzehnt, in dem sich auch ethische Normen festigten, wuchs nicht nur die Sehnsucht der Menschen nach Verlässlichkeit und Stabilität. Immer mehr verlangten ein Internet, das wirklich dem Gemeinwohl diente und sie mit seinen Verlockungen letztendlich nicht in die Irre führte.

Besonders im letzten Jahrzehnt konnten mit dem Einsatz der Quantencomputer einige Probleme gelöst werden. Doch man sagt auch, dass sich durch ihren Einsatz die Datensicherheit im Internet nicht erhöhte.

Noch sind es wenige Bürger, die nicht mehr arbeiten brauchen, weil die Maschinen mehr denn je produzieren und besorgen. Doch ihre Anzahl steigt. Und wie wir wissen, stehen damit eine Menge neuer Fragen im Raum:

Was werden die Menschen in der Zukunft tun mit ihrer vielen freien Zeit?

Müssen sie noch hadern mit einem Tempolimit auf manchen Gebieten?

Gelingt nun der Ausbruch aus den Zwängen der Rekordhatz?

Wie weit reicht die Geduld der einstigen Getriebenen?

Wird mit weniger Arbeitszeit auch die Menge des Unfugs abnehmen?

Amüsiert sich, wie Neil Postman sagte, die Welt zu Tode?

Positiv sehe ich, dass die Bürger schon seit langer Zeit ein wachsendes Vertrauen in „lernende Systeme" haben, nachdem einige Wirkmechanismen der Künstlichen Intelligenz etwas transparenter und nachvollziehbar dargestellt wurden. Besonders auch die älteren Leute sind begeistert von den „lernenden Systemen", weil sie die vielen Erleichterungen im Alltag spüren.

In das letzte Jahrzehnt fällt auch die Gründung unseres Vereins und ich glaube, wir alle sind mit unseren Maximen auf einem guten Weg in die Zukunft! Vor allem die junge Generation ist sehr änderungsbereit. Sie hat gelernt, sich in der Wissensgesellschaft auf Wesentliches zu konzentrieren. Mit ihren Aktivitäten öffnet sich die Pforte für ein großes Vertrauen in die Zukunft. Damit steigen nun auch die Chancen für ein respektvolles Miteinander in der Gesellschaft. Ich freue mich auf das nächste Jahr und wünsche Euch einen guten Rutsch!

Max

PS: Man hat kurzfristig aus der Geschichte gelernt. Doch langfristig? Wie steht es um das Bemühen für das Wohl der übernächsten Generation? In „Wilhelm Meisters Wanderjahre" sagt Johann Wolfgang von Goethe:

„Alles Gescheite ist schon gedacht worden, man muss nur versuchen, es noch einmal zu denken."

Zum Weiterlesen und Hören

Assmann, Aleida: Erinnerungsräume. Formen und Wandlungen des kulturellen Gedächtnisses. München: C.H. Beck 2009

Assmann, Aleida; Assmann, Jan: Wem gehört die Geschichte? Über Erinnern und Vergessen. 2 Audio-CDs, c+p 2011 supposé Berlin, Aufnahmen Konstanz März 2010

Aurel, Marc: Selbstbetrachtungen. Leipzig: Insel 2003

Bashō, Matsuo: Auf schmalen Pfaden durchs Hinterland. Mainz: Dieterich'sche Verlagsbuchhandlung 2001. Erstdruck Kyoto 1702

Baumgärtel, Bettina (Hg.): ANGELIKA KAUFFMANN. Unbekannte Schätze aus Vorarlberger Privatsammlungen. Publikation anlässlich der Ausstellungen in Wörlitz 2018 und Bregenz 2019. München: Hirmer 2019

Berggruen, Olivier; Hollein, Max; Pfeiffer, Ingrid (Hg.): Yves Klein. Publikation zu Ausstellungen 2004 und 2005. Ostfildern-Ruit: Hatje Cantz 2004

Billeter, Heinrich (Text); Felber, Madeleine U (Skizzen): ... und das böggenwerck solt abgeschafft syn: Zürcher Fasnacht - Sakkaden - 1489 bis 1999. Zürich: Stäubli 2000

Darbois, Dominique (Text u. Fotos): Agossou. Der kleine Afrikaner. Stuttgart: Franck'sche Verlagshandlung 1957

Ebeling, Knut; Günzel, Stephan (Hg.): ARCHIVOLOGIE. Theorien des Archivs in Philosophie, Medien und Künsten. Berlin: Kulturverlag Kadmos 2009

Eliot, T.S.: Vier Quartette. Four Quartets. Übertragen und mit einem Nachwort versehen von Norbert Hummel. Berlin: Suhrkamp 2015.

Felber, Peter; Pfister, Xaver (Hg.): Gerechtigkeit und Frieden umarmen sich. Europäische Ökumenische Versammlung Basel 1989. Basel: Friedrich Reinhardt / Zürich: Benziger 1989

Foerster, Heinz von; Pörksen, Bernhard: Wahrheit ist die Erfindung eines Lügners. Gespräche für Skeptiker. Siebte Auflage. Heidelberg: Carl Auer 2006

Fröhlich, Hans Joachim: Alte liebenswerte Bäume in Deutschland. Buchholz: Cornelia Ahlering 2000

Goethe, Johann Wolfgang von: Die Leiden des jungen Werther. Hamburg: Severus 2014

Goethe, Johann Wolfgang von: Faust. Der Tragödie Zweiter Teil. Stuttgart: Reclam 2008

Goethe, Johann Wolfgang von: Sämtliche Gedichte. Leipzig: Insel 2007

Goethe, Johann Wolfgang von: Wilhelm Meisters Wanderjahre oder Die Entsagenden. Hrsg. von Karl-Maria Guth. Sonderausgabe. Hofenberg 2016

Hadley, George; Künzi, Hans P. (Hg.): Nichtlineare und dynamische Programmierung. Würzburg: Physica 1969

Hecker, Jutta: Traum der ewigen Schönheit. Der Lebensroman Johann Joachim Winckelmanns. Berlin: Verlag der Nation 1968

Heyerdahl, Thor: Das große Heyerdahl Buch. KON-TIKI: Ein Floß treibt über den Pazifik. AKU-AKU: Das Geheimnis der Osterinsel. Berlin: Ullstein 1980

Imhof, Michael; Stach, Gregor K. (Hg.): Bonifatius. Vom angelsächsischen Missionar zum Apostel der Deutschen. Petersberg: Michael Imhof 2004

Kanton Zürich; Baudirektion Kanton Zürich; Volkswirtschaftsdirektion des Kantons Zürich (Hg.): Direkt um Zürich. A3 WESTUMFAHRUNG ZÜRICH UND A4 IM KNONAUERAMT. / Straight around Zurich. A3 ZURICH WEST BYPASS AND A4 IN THE KNONAU DISTRICT. Zürich: Pöyry Infra AG 2009

Koren, Leonard: Wabi-sabi für Künstler, Architekten und Designer. Japans Philosophie der Bescheidenheit. Tübingen: Ernst Wasmuth 1995

Krause, Kurt (Hg.): Die neue Volkshochschule. Bibliothek für moderne Geistesbildung. Band 1 und Band 2. Leipzig: Verlagsbuchhandlung Weimann 1925

Kruse, Christiane: das bauhaus in weimar, dessau und berlin. leben, werke, wirkung. Berlin: Edition Braus 2018

Kühn, Stefan; Ullrich, Bernd; Kühn, Uwe: Deutschlands alte Bäume. Eine Bildreise zu den sagenhaften Baumgestalten zwischen Küste und Alpen: München: BLV Buchverlag 2003

LAGER-ZEITUNG des Deutschen Hauptquartiers Bellaria. Italien, 5. September 1945, Nr. 89

Lenz, Siegfried: Deutschstunde. Hamburg: Hoffmann und Campe 1973

Mercouris, Spyros; Spathari, Elisabeth: Democracy and the Battle of Marathon. Katalog zur Ausstellung in der ZAPPEION EXHIBITION HALL, 23.-31. Oktober 2010. Athen: Kapon Editions 2010

Michel, Wilhelm: Friedrich Hölderlin. Eine Biografie. Hamburg: Severus 2013

Montaigne, Michel de: Essais. Frankfurt am Main: Fischer 2016

Niehaus, Andreas: Leben und Werk KANÔ Jigorôs (1860-1938). Ein Forschungsbeitrag zur Leibeserziehung und zum Sport in Japan. Band 4. Würzburg: Ergon Verlag 2003

Nietzsche, Friedrich: Der Wanderer und sein Schatten. in: Friedrich Nietzsche: Werke in drei Bänden. Hrsg. von Karl Schlechta. 8. Auflage. München: Carl Hanser 1977. Erster Band, S. 871-1008 (Zitat S. 1008)

Nietzsche, Friedrich: Ecce homo. Wie man wird, was man ist. in: Friedrich Nietzsche: Werke in drei Bänden. Hrsg. von Karl Schlechta. 8. Auflage. München: Carl Hanser 1977. Zweiter Band, S. 1063-1112 (Zitat S. 1084f.)

Nietzsche, Friedrich: Jenseits von Gut und Böse. Vorspiel einer Philosophie der Zukunft. in: Friedrich Nietzsche: Werke in drei Bänden. Hrsg. von Karl Schlechta. 8. Auflage. München: Carl Hanser 1977. Zweiter Band, S. 563-759

Platon: Das Gastmahl. Stuttgart: Reclam 2008

Postman, Neil: Wir amüsieren uns zu Tode. Urteilsbildung im Zeitalter der Unterhaltungsindustrie. 21. Auflage. Frankfurt am Main: Fischer Taschenbuch 1988

Rilke, Rainer Maria: Duineser Elegien. Die Sonette an Orpheus. Frankfurt am Main/Leipzig: Insel Taschenbuch 1974

Rottloff, Andrea: Die berühmten Archäologen. Mainz: Philipp von Zabern, 2009

Bourg, Lionel (Texte); Velter, André (Texte): ALAIN BAR. Préface de Jean-Luc Rougé. gravures. Albertville: PAROLE GRAVÉE 1997

Rückert, Friedrich: Aus der Jugendzeit. in: Friedrich Rückert. Gedichte. Stuttgart / Leipzig: Reclam 1998. S. 81–82

Schalk, Fritz: Französische Moralisten. La Rochefoucauld, Vauvenargues, Montesquieu, Chamfort. Zürich: Diogenes 1995

Schiller, Friedrich: Gedichte 1789-1805. Berlin: Holzinger 2013

Schiller, Friedrich: Kabale und Liebe. Stuttgart Reclam 2012

Schmidt, Hanns H. F.: Das große Sagenbuch der Altmark. Teil 2: Von K wie Kleinau bis Z wie Zichtau. Oschersleben: dr. ziethen 1994, (Steinfeld S. 214-215)

Shakespeare, William: Hamlet. Stuttgart: Reclam 2001

Shakespeare, William: Wie es euch gefällt. Zweisprachige Ausgabe. München: dtv 2007

Spoerl, Heinrich: Man kann ruhig darüber sprechen. Heitere Geschichten und Plaudereien. Berlin: Paul Neff, ohne Jahresangabe

Stich, Sidra: Yves Klein. Buch zu Ausstellungen 1994 und 1995. Stuttgart: Cantz Verlag 1994

Tonger, Peter Josef: Lebensfreude. Sprüche und Gedichte. 21. Auflage. Köln: P. J. Tonger, ohne Jahresangabe (um 1920?)

Walter, Sabine; Föhl, Thomas; Holler, Wolfgang (Hg.): Neues Museum Weimar. Van de Velde, Nietzsche und die Moderne um 1900. München: Hirmer 2019

Weizenbaum, Josef: Die Macht der Computer und die Ohnmacht der Vernunft. Erste Auflage. Berlin: Suhrkamp 1978

Wetering, Janwillem van de: Der leere Spiegel. Erfahrungen in einem japanischen Zen-Kloster. Reinbeck bei Hamburg: Rowohlt 2002

Zweig, Stefan: Die Welt von Gestern. Erinnerungen eines Europäers. Frankfurt am Main: Fischer 1979

Dank

Ich danke Katharina Maier, der Lektorin dieses Buches, die mir Zuversicht und viele gute Hinweise gab, das Buch auf meine Art zu schreiben.

Danken möchte ich auch Madeleine, die mich mit ihren künstlerischen Arbeiten und Ausstellungen immer wieder inspirierte und anspornte, eine Geschichte aufs Papier zu bringen.

Vor allem aber danke ich Elke, die mir beim Schreiben nicht nur den Rücken freihielt, sondern auch als leidenschaftliche Leserin wertvolle Anregungen aus der Welt ihrer Bücher gab.

Augsburg, Januar 2020

Felswand –
mein letztes Wort
kommt wieder zurück

Winfried Benkel, geboren 1950, lebt in Augsburg. Er studierte Informatik und arbeitete in einem Ingenieur- und Architekturbetrieb sowie bei mehreren Fernsehsendern. In dieser Zeit beschäftigte er sich unter anderem mit der Entwicklung von Archivsystemen.

Er liebt es, sich in der Natur zu bewegen. Dabei fallen ihm oft gute Gedanken und seine besten Haiku ein.

Seine Maxime: Das Neue entsteht im Laufen und findet im Stillsitzen seine Vollendung.